VORSCHAU

Der Erzähler, der biedere Lokalreporter Friedrich Wiesekopsieker, leidet unter der Trennung von seiner Frau und dem Stress seines Berufs. Er hat im lippischen Dalborn ein altes Bauernhaus erworben und will es zu neuem Leben erwecken. Er hofft, dort Ruhe und Frieden zu finden, doch nicht nur in dem heruntergekommenen Gemäuer scheint es zu spuken.

Nach einer Serie fremdenfeindlicher Übergriffe und zwei mysteriösen Leichenfunden wird das ganze Dorf in Angst und Schrecken versetzt. Kommissar Dunkelmann, ein skuriller, eigenwilliger Ermittler, kann nach langem Hin und Her ein Netz von Kriminalität und ideologischer Verblendung entwirren.

Was als Dorfkrimi beginnt, entwickelt sich zunehmend zu einer beklemmenden Bestandsaufnahme der aktuellen gesellschaftlichen Lage. Geistige Brandstifter treiben ihr Unwesen: Ein Ewiggestriger will die Ordnung des Dritten Reichs wiederherstellen. Ein vermeintlicher Landprediger aus den Staaten und der Anführer einer lippischen Rockerbande erweisen sich als gewaltbereite Nationalisten und Rassisten. Unter ihren Machenschaften leidet insbesondere eine junge kurdisches Frau, die von ihren Eltern zwangsverheiratet werden soll und in Dalborn Zuflucht sucht.

Das Dorfleben ist durcheinandergeraten. Es geht die Angst um, dass die Täter erneut zuschlagen. Die Opfer leiden unter Albträumen und Verfolgungsängsten. Dass dennoch Menschen, die permanent Anfeindungen und Unterdrückung ausgesetzt sind, unbeirrt zueinanderhalten, grenzt an ein Wunder und spornt andere an, sich aktiv gegen Rassismus und Fremdenhass zur Wehr zu setzen. Der Erzähler fragt sich, warum allenthalben Hass und Zwietracht herrschen. Gilt das Gesetz des Stärkeren? Ist der Mensch ein Wolf?

Ein Polit-Thriller der besonderen Art, brandaktuell, spannungsgeladen und turbulent, mal gefühlvoll, mal bissig-ironisch, immer nahe am Leben und reich an heimischem Lokalkolorit, in dem sich letztlich alles um die Sehnsucht nach Liebe und einem friedlichen Miteinander dreht. Der geschichtliche Zusammenhang ist authentisch, die Handlung ist frei erfunden und Ähnlichkeiten mit lebenden Personen sind nicht beabsichtigt.

JÖRG ARMIN KRANZHOFF

DAS ROTE SOFA

WOLFSSPUREN BAND I

EIN KRIMI AUS LIPPE

DAS ROTE SOFA

JÖRG ARMIN KRANZHOFF

LIPPE VERLAG

Brüder schlagen dann, morden einander, wüst ist die Welt: Es ist Beilzeit, Schwertzeit, Windzeit, Wolfszeit, bis einstürzt die Welt. (Edda. Voluspa 45-46)

Bibliographische Information der Deutschen Bibliothek
Die Deutsche Bibliothek verzeichnet diese Publikation in der Deutschen Nationalbibliographie; detaillierte Daten sind im Internet über http://dnb.ddb.de abrufbar.

Dr. Hans Jacobs, Hellweg 72, 32791 Lage
ISBN 978-3-89918-071-8

DAS ROTE SOFA

Er näherte sich dem Nachbarhaus, schlich durch die Hintertür, huschte durch den Flur und stieß die Tür zur Schlafkammer auf. Der Alte schreckte in seinem Bett hoch und rief um Hilfe. Als er die Schelle auf dem Nachttisch betätigen wollte, riss ihm der Eindringling brutal die Schnur aus der Hand. Er stürzte sich auf ihn, packte ihn an der Gurgel und würgte ihn. Der Alte wehrte sich verzweifelt und schlug wild um sich. Er keuchte und stöhnte, bis er zunehmend erlahmte, in die Kissen zurücksank und die Besinnung verlor. Der Mann ließ nicht von ihm ab. Seine Hände umklammerten den Hals seines Opfers, bis es kein Lebenszeichen mehr von sich gab.

Der Mann verließ das Haus, bahnte sich den Weg durch das dichte Gebüsch, hielt kurz inne, warf einen Blick zurück, als ob er sichergehen wollte, dass die Luft rein war, schritt auf das Deelentor zu, fand es verschlossen, entdeckte ein offenstehendes Stallfenster und schwang sich ins Innere.

Ich hörte, wie er die Treppe hochkam und die Tür zu meiner Schlafkammer aufgestoßen wurde. Er warf sich auf mich, griff mir an die Kehle und würgte mich. Ich hatte ihn dicht vor mir. Ich spürte, wie sein Atem ging. Er grinste höhnisch, seine Augen blitzten teuflisch. Und dann sah ich, wie sich sein Körper mit dichter Behaarung überzog und sein Gesicht in eine Wolfsfratze verwandelte. Seine Augen funkelten feurig-gelb, seine Ohren wurden lang und spitz, an den Fingern wuchsen ihm Krallen und im Mund Fangzähne. Er heulte auf und fletschte sein Gebiss. Aus seinem Maul floß grüner Speichel.

Ich wollte schreien, bekam aber keinen Ton heraus. Ich wollte den Angreifer zurückstoßen, aber mein Arm war wie gelähmt. Ich wollte aufspringen und weglaufen, aber meine Füße waren schwer wie Blei. Ich fühlte, wie meine Sinne schwanden. Ich sah alles nur noch wie durch einen Schleier und griff mit meinen Händen ins Leere.

Dann löste sich der Spuk plötzlich in nichts auf. Als ich verstört hochschreckte, konnte ich Traum und Wirklichkeit nicht auseinanderhalten und hatte mir unwillkürlich an den Hals gefasst. Ich fürchtete, der Fremde könne noch immer im Haus sein, und wagte mich nicht aus dem Zimmer. Die Bilder verfolgten mich. Ich wurde sie nicht los.

Was es mit dem Traum auf sich hatte, will erklärt werden. Angefangen hatte es damit, dass ich ein altes Bauernhaus im lippischen Dalborn erworben hatte. Es hatte lange leer gestanden und war in einem desolaten Zustand. Der windschiefe Bau machte den Eindruck, als könne er beim nächsten Sturm zusammenstürzen. Das Fachwerkgefüge hatte sich verzogen und abgesenkt. Die Ausmauerungen der Gefache waren brüchig oder bereits herausgefallen. Die Sparren und Dachlatten waren morsch und angefault. Die Stürme hatten einen Teil der Dachziegel weggefegt. Der verwahrloste Bau wirkte gespenstisch und bedrohlich, aber noch konnte ich nicht ahnen, was sich an grauenhaften Dingen hinter seinen Mauern getan hatte.

Der Vierständerbau aus dem Jahr sechzehneinundachtzig gehörte vormals einem sogenannten „Mittelkötter“, hatte aber beträchtliche Ausmaße und war trotz seines fortgeschrittenen Verfalls noch immer beeindruckend. Am Vordergiebel führte ein mächtiges Deelentor ins Innere. Zu beiden Seiten der zweigeschossigen Deele lagen die Ställe. Auf der Deele hatte man das Futter für die Tiere bereitet und das Getreide gedroschen. An den langen Winterabenden wurde der Flachs gehechelt, gesponnen und zu Leinen gewebt. An der Wand befanden sich noch immer die Scherpflöcke, die zur Herstellung der Kette benutzt wurden. Hier wurde auch gefeiert, wenn Hochzeiten und Kindstaufen anstanden, und der Leichnam aufgebahrt, wenn man des Verstorbenen gedachte.

Am Ende der Deele befanden sich die Waschnische und ein offener Herdraum mit einer Feuerbühne, von der der Rauch ins Freie zog. Dort wurde gewaschen, gekocht und gegessen. Neben der Feuerbühne gab es eine Luke, unter der eine schmale Stiege in ein Kellergewölbe führte. Es handelte sich um einen Kriechkeller mit niedriger Deckenhöhe und zwei winzigen Fensteröffnungen. Das Mauerwerk war stark durchfeuchtet und teilweise brüchig. Der Boden bestand aus einer verfestigten Schicht aus Lehm und Kalkmörtel. Von der Deele führte eine schmale hölzerne Stiege zu den Schlafkammern des Hausherrn und der Kinder. Dazwischen lag die Räucherkammer. Die Wursthaken steckten noch in dem kohlschwarz verräucherten Deckenbalken.

Die Leibzucht und den Schuppen hatte man irgendwann abgerissen. Der Garten war verwildert. Der Ziehbrunnen hatte die Zeiten überdauert. Wenn ich die Klappe hochhob, gähnte mir ein schwarzes Loch entgegen. An der Walze baumelte ein Blecheimer. Wenn ich ihn in die Tiefe ließ, dauerte es eine ganze Weile, bis er auf das Wasser traf. Ich hatte es abpumpen lassen, um den Schlamm zu entsorgen, der sich auf dem Grund angesammelt hatte. Dabei kamen ein Löffel, eine Bratpfanne und ein Haufen Tonscherben zum Vorschein.

Auf dem Obstkamp ragten nur noch einige verdorrte Baumstümpfe aus dem Boden. Von dem Backhaus, das unterhalb eines stark hängigen Wiesengeländes gestanden hatte, waren nur noch einige morsche Balken und ein Haufen Dachziegel übrig. In einer Senke floß ein Bach zu Tal, der zwei inzwischen verlandete Teiche gespeist hatte. In ihnen hatte angeblich der „Büllemock" gehaust. Bei dem Wassergeist soll es sich um einen riesigen Frosch gehandelt haben. Die Mütter hatten die Kinder gewarnt, er zöge sie in die Tiefe, wenn sie beim Spielen in das Wasser plumpsten.

Das Gewässer war ein Tummelplatz der Wildvögel. Stockenten hatten sich dort häuslich eingerichtet. Unlängst hatten sich Nilgänse dazugesellt. Gelegentlich tauchten auch Graureiher und Rotmilane auf. Der Eisvogel ließ sich nur selten blicken. Er machte sich davon, sobald er sich bemerkt fühlte. Das Käuzchen hatte sein Revier in den angrenzenden Eichenbeständen. Der lautlose nächtliche Räuber hat es vornehmlich auf Mäuse abgesehen. Im Sommer schwirrten die Fledermäuse wie Schatten im Zickzack über die Wasserfläche. Sie waren auf Insekten aus. Sie hatten ihren Nistplatz in meinem Kotten, genau gesagt in einer Nische im Gebälk des Torbogens.

Keiner konnte verstehen, dass ich mich für ein derart heruntergekommenes Haus begeistern konnte. Nach den Vorstellungen der Stadtväter war es ein Schandfleck für den Ort und sollte abgerissen werden. Unter dem Titel „Das Ende mit Brettern vernagelt“ hatte es in der Presse geheißen: „Die Fenster sind herausgerissen, mit Brettern vernagelt oder mit ihren Resten ein Spiel des Windes: Man denkt unwillkürlich an Schiller: In den öden Fensterhöhlen wohnt das Grauen.“

Doch ich hatte mich spontan in das alte Gemäuer verliebt. Es hatte seinen Charme, etwas Unverwechselbares, das ein Neubau niemals bieten kann, und zugleich etwas Beständiges, das Schutz und Geborgenheit versprach. Man konnte sich in ihm verkriechen und den hektischen Alltag hinter sich lassen. Das war exakt das stille Nest, das ich gesucht hatte, nachdem sich Hilde von mir getrennt hatte.

Es war inzwischen Anfang November. Der Himmel war grau und es nieselte unaufhörlich. Dichte Nebelschwaden verhüllten die Sicht auf das umliegende Gelände. Die beiden alten Hoflinden hatten ihr Blattwerk abgeworfen. Stellenweise hatte es der Wind zu großen Haufen verweht. Das kahle Astwerk ragte gespenstisch in den Himmel. Vom Dach des Kottens rieselte das Wasser und verwandelte das Erdreich in einen Sumpf.

Es war feucht und zugig im Inneren und roch allenthalben nach Modder. Durch das halb geöffnete Deelentor, dessen Flügel schief in den klobigen Angeln hingen, drang nur wenig Licht herein. Mir fröstelte. Ich zog meinen Schal enger um den

Hals. Mich beschlichen böse Ahnungen. Würde ich es in diesem finsteren Gemäuer aushalten? Hilde hatte mich gewarnt.

Ich ließ meine Blicke schweifen: An der Decke der Deele, an den Wänden und Fenstern hatte sich angestaubtes Spinnwerk angesammelt. Auf dem Boden lagen ausgediente landwirtschaftliche Gerätschaften, morsche Bretter und Strohreste herum. In einer Ecke stand ein abgenutzter Hauklotz. Daneben lehnte ein Wagenrad.

Offensichtlich waren Diebe eifrig am Werk gewesen, bevor ich das Haus übernahm. Türen und Fenster fehlten weitgehend. Selbst die Eichenbohlen an den Decken und Giebelwänden waren zum Teil herausgerissen. Von der Inneneinrichtung waren nur ein rotes Sofa und ein roh behauener Steintrog übrig geblieben. Der Wasserkump war offensichtlich zu schwer, um ihn abzutransportieren. Das Sofa hatten die Diebe vermutlich verschmäht, weil sich das altersschwache Möbel schwerlich noch zu Geld machen ließ.

Das Möbel stammte aus „Lüdershof", einem nahe gelegenen Rittergut, und hatte zur Einrichtung eines Salons im Obergeschoß des Herrenhauses gehört. Cord Drake, der Vorbesitzer meines Hofes, hatte es erstanden, nachdem es mit dem Gut wirtschaftlich immer mehr bergab gegangen war.

Er war noch bis ins hohe Alter auf Freiersfüßen. Das Sofa sollte ein Hochzeitsgeschenk werden. Seine Zukünftige sollte es einmal besser haben und wie die feinen Damen auf einem herrschaftlichen Sitz thronen. Aber aus dem Heiraten war nie etwas geworden. Am Ende waren all seine Träume verflogen.

Das Sofa war mit roter Seide bespannt und von vergoldetem Holzwerk umrahmt. Rot ist die Farbe des Blutes und der flammenden Liebe. Rote Rosen sind Boten der Liebe. Rote Lippen soll man küssen. Wenn bei Capri die Sonne glutrot im Meer versinkt, schlagen Herzen höher. Roter Wein ist wie das Blut der Erde.

Davon verstand der alte Drake nichts. Rote Fingernägel kannte er nicht, er wusste nicht, was mit Rotlichtmilieu gemeint ist, und auf Capri war er nie. Aber er kannte den Klatschmohn am Feldrain und er wusste, dass man Tomaten ernten soll, wenn sie rot werden. Rote Wangen, hatte der Doktor gesagt, sind ein Zeichen für Gesundheit. Dass rote Blutkörperchen lebenswichtig sind und Infrarot eine heilende Wirkung hat, war den Medizinern noch nicht bekannt, und wenn Not am Mann war, war auch kein Rettungswagen vom Roten Kreuz zur Stelle.

Rot ist die Farbe des Reichtums und der Macht. Könige zieren ihre Kronen mit roten Edelsteinen. Kardinäle und Richter kleiden sich in rote Roben. Wenn Staatsoberhäupter aufkreuzen, wird der rote Teppich ausgerollt.

Rot ist auch die Farbe des Krieges, des Feuers und der Hölle. Auf dem roten Planeten ist der Kriegsgott Mars zu Hause. Donar, der Gott des Blitzes, hat rote Haare. Römische Feldherren trugen rote Umhänge. Wenn die Rothäute das Kriegsbeil ausgruben, bemalten sie sich mit roter Farbe.

Rot ist eine Signalfarbe, wenn Gefahr droht. Rote Ampeln gebieten Halt. Der Schiedsrichter zeigt die rote Karte. Wenn man in die roten Zahlen kommt, muss man den Rotstift ansetzen. Den roten Faden darf man nicht verlieren. Den Stier reizt man mit einem roten Lappen. Wenn Menschen etwas auf den Tod nicht leiden können, sprechen sie vom roten Tuch. Rote Listen verzeichnen Gefährder. Rote Socken gehören nicht ins Parlament. „Rotland“ heißen die Feinde der NATO. Im Ernstfall drückt man auf den roten Knopf.

Von Wortsymbolik mochte Cord Drake keine Ahnung haben, aber Blut gehörte zum Alltag. Beim Schlachten fiel zwangsläufig die Blutwurst an. In seiner Kindheit hatte ihm die Mutter die Geschichte von Rotkäppchen und dem bösen Wolf vorgelesen. Auch vor dem Fliegenpilz sollte er sich hüten. Er hat eine hübsche rote Kappe, hatte sie gewarnt, ist aber giftig.

Und der Alte wusste auch, dass der Teufel und die Hexen rothaarig sind und man Menschen mit roten Haaren nicht trauen soll. Wenn er abends am Herdfeuer saß und die Flammen loderten, musste er auf der Hut sein, dass am Ende nicht der rote Hahn auf dem Dach hockte. „Wer auf Gott vertraut, der hat wohl gebaut, im Himmel und auf Erden“, hatte der Pastor gesagt. Ansonsten drohte die Glut des Höllenfeuers.

Das Sofa hatte anfänglich, unter einem vergilbten Laken verborgen, in einer Nische neben der Kellerluke gestanden. Ich hatte es in die Nähe des Deelentors gerückt. Es war die einzige Sitzgelegenheit im ganzen Haus.

Mir gefiel das alte Stück auf Anhieb, seinen vormaligen Glanz konnte man allerdings nur noch erahnen. Der Stoff war verblichen. Ein paar Nähte waren lose und die goldene Farbe an den Lehnen und Füßen war brüchig und abgeblättert.

An der Unterseite des Sofas hatte ich eine Flickstelle entdeckt. Ich klappte den Stoff zur Seite und stellte fest, dass sich dort eine Aushöhlung befand. Vielleicht war darin etwas versteckt. Ich wollte nicht ausschließen, dass es sich um Wertgegenstände handeln könnte. Ich fühlte vorsichtig mit der Hand nach. Natürlich fand ich nichts. Vielleicht hatten sich Mäuse dort eingenistet, dachte ich.

Ich hatte den Anstrich des Holzwerks erneuern und das Polster reinigen lassen. Nach der Reinigung waren einige Flecken auf dem Bezug geblieben. Sie störten mich nicht sonderlich, denn auf dem dunkelroten Stoff fielen sie kaum auf.

Mir war aufgefallen, dass mein Hund auffällig an ihnen geschnüffelt hatte. Mich beschlich der Verdacht, dass es sich um Blutflecken handeln könnte. Ich fragte mich, wie sie entstanden sein mochten. Hatte es im Haus einen Unfall gegeben? Hatte sich einer verletzt? Oder steckte mehr dahinter? Könnten die Flecken auf einen Mord hindeuten? Das sind Hirngespinste, sagte ich mir. Vielleicht stammen die Flecken von den Schwalben, die im Frühjahr in der Deele aus und ein fliegen.

DIE WASSERLEICHE

Ich hatte mich fürs Erste in der „Ortmühle“ einquartiert. In dem Gasthof des Nachbarortes wurde ich leidlich gut versorgt. Auf der Speisekarte standen Schlachteplatte, Bauernkotelett, Schnitzel, mal mit Zigeunersoße, mal mit geschmorten Champignons. Nebenbei erfuhr ich von dem Wirt das eine oder andere über das Umfeld.

Über Dalborn wusste ich bislang nur wenig. In der Urzeit hatte eine dicke Eisschicht die Gegend bedeckt. Vermutlich hatten sich die ersten Bewohner in finsteren Höhlen verkrochen. Später mochte es ein paar winzige Hütten gegeben haben, in denen Sammler und Jäger hausten. Es war mit Sicherheit ein unheimliches und gefährliches Terrain, durch das sich raublustige Wölfe und Bären schlichen. Die ersten Gehöfte des Dorfes waren im ausgehenden Mittelalter entstanden. Aus dieser Zeit hatte sich reichlich viel irdenes Geschirr erhalten. Die Scherben auf dem Grund meines Ziehbrunnens sprachen Bände.

Die winzige Ortschaft schmiegte sich in eine von mehreren Bachläufen durchflossene Talmulde. Rund ein Dutzend Höfe lagen links und rechts der Dorfstraße, einige von ihnen etwas abseits und versteckt hinter alten Baumbeständen. Die hausnahen Feldfluren grenzten beiderseits in langen, schmalen Hufen an die Hofanlagen. Ringsum erhoben sich dichtbewaldete Hügel.

Im Laufe der Zeit erfuhr ich, wer zu den Alteingesessenen gehörte, welches Ansehen einer hatte, wie er seinen Lebensunterhalt verdiente, wo er seine Frau kennengelernt hatte und wie viel Kinder er hatte. Wirtschaftlich sah es auf den Höfen nicht rosig aus. Die meisten Bauern hatten bereits aufgegeben und ihr Land verpachtet. Der Rest der Dorfbewohner war irgendwann zugezogen, die meisten während der Flüchtlingswelle nach dem Krieg. Ich hatte mich noch nicht mit allen vertraut gemacht. Die jungen Leute waren tagsüber beruflich unterwegs. Die Älteren bekam ich kaum zu Gesicht. Sie waren selten außer Haus.

Die rund achtzig Einwohner stammten fast alle aus dem Dorf. Jeder kannte jeden. Ich war neu. „Was will der hier?“, tuschelte man. „Warum hat er den alten Kasten gekauft? Es dürfte eine Menge Geld kosten, bis er ihn wieder in Schuss gebracht hat. Woher will er das Geld nehmen? Er soll Reporter bei der Zeitung sein. Dort wird man nicht reich! Er lebt allein mit seinem Hund. Hat er keine Frau?“

Dalborn war malerisch gelegen, aber nach wie vor ein abgelegener Ort, in dem sich Fuchs und Hase gute Nacht sagten. Angeblich hatte er seit jeher einen schlechten Ruf. Dort solle man besser nicht hinziehen, hatte man mich gewarnt. Alle hatten von einer „Schnapsidee“ gesprochen: „Was willst du in diesem gottverlassenen Kaff? Willst du künftig unter ein paar Dutzend verschrobenen Bauern leben, die misstrauisch fragen: Wo kommst de wech, aber ansonsten den Mund nicht aufkriegen?“

Was die Mentalität der Lipper betrifft, kenne ich mich einigermaßen aus. Die Menschen sind stolz auf ihre Vorfahren. Sie sind bodenständig und hängen am Gewohnten. Gewiss, sie sind aus derbem Holz geschnitzt, sie wirken verschlossen und geben sich zuweilen störrisch, aber wenn man mit ihnen einen Sack Salz gegessen hat, zeigen sie Herz. Ich wusste immerhin, womit man bei ihnen rechnen muss, und das versprach zumindest eine gewisse Verlässlichkeit.

Wenn es um innerdörflichen Zwist ging, hatte man sich meist friedlich geeinigt. „Worümme Storm, wenn et mie Pusten auk geuht“ – Warum soll man einen Sturm entfachen, wenn es auch mit Pusten geht? Man war eine eingeschworene Gemeinschaft und hatte sich seit jeher gegen Ausbeutung und

Willkür zur Wehr gesetzt. „Wider den Hochmut der Oberen", hieß es, wenn die Schützenbrüder den gestopften Adler samt Reichsinsignien von der Stange schossen. Sie hatten sich genommen, was dem Hagenherrn und dem Fürsten nicht zustand. Sie hatten Abgaben, Spann- und Jagddienste verweigert und als das Amt ihnen eine fremde Hebamme aufzwingen wollte, hatten sie sich wegen Widersetzlichkeit lieber ins Gefängnis werfen lassen, als klein bei zu geben. Als die Werber des Preußenkönigs durchs Dorf zogen und die Bauernsöhne in die Armee zwingen wollten, wurde einer der Soldaten erschossen. Das galt als Notwehr.

Als Napoleons Horden über Lippe herfielen, hatte man entschlossen zur Waffe gegriffen. Man hatte feurige Kugeln am Himmel gesichtet, Wolken wie rollende, einander jagende und sich überstürzende Blutwellen und einen Stern, der wie ein Schwert aussah und in die Tiefe stürzte.

Eine Alte hatte gen Himmel geblickt und geseufzt: „Das wird Gott der Herr nicht zugeben, dass dieses gottlose Volk uns unterkriegt."

„Ach was, ein Preuße schlägt drei Franzosen tot!", hatte ihr Enkel sie beruhigt. Und dann war angeblich ein Bärtiger am Himmel aufgetaucht. Sechs Adler hatten ihn im Schlepp. Aus seinem Schwert zuckten grelle Blitze. Alles, was sich ihm entgegenstellte, zerfiel zu Asche. Es war, als wäre der Cherusker zurückgekehrt, um seinem Volk beizustehen.

Als die Welschen achtzehnsiebzig erneut einfielen, hatte der Dorflehrer den Kindern die Kampf- und Trutzlieder der „Hullahnen" und „Drajuhners" vorgesungen und als man es den fremden Vögeln bei Sedan heimgezahlt hatte, hatte der Pastor die Siegesmeldung von der Kanzel verlesen und sein Dankgebet mit den beschwörenden Worten geschlossen: „Gott sei gepriesen für die glorreiche Waffentat!"

„Wir haben sie beigerodet und ihnen den Urteilsspruch um den Hals gehängt", hatte der „Rote Herm" gerufen und stolz sein Eisernes Kreuz gezeigt.

Man soll alte Geschichten nicht aufwärmen, doch wenn sich die jungen Burschen aus Dalborn und Kleinenmarpe mit den Städtern aus Blomberg rauften, ging es nicht gerade zimperlich zu. „Marpe oben, Blomberg durchs Kellerloch!“, war die Parole.

Und auch im Dorf hatte es mitunter Vorfälle gegeben, die aufhorchen ließen. Bei einer Rauferei wurde ein junger Dalborner von einem Fleischergesellen aus Blomberg erstochen. Ein altersschwacher Kleinkötter wurde tot in einem Bewässerungsgraben gefunden. Ob es sich um einen Selbstmord handelte oder ein Verbrechen dahintersteckte, blieb offen. Ein Wilderer hatte es auf den Jagdaufseher abgesehen, aber versehentlich eine junge Fau tödlich getroffen. Alle im Dorf waren schockiert, aber man hielt sich zugute, dass der Täter nicht aus Dalborn stammte.

Eine Frau, von der es hieß, ihr Kind stamme aus einer unehelichen Beziehung, hatte sich ertränkt. Sie hatte in einem Haus auf dem „Knick“ gelebt, einer abgelegenen, bewaldeten Anhöhe oberhalb des Dorfes. Sie hatte gelegentlich den Bauern beim Heuen geholfen. Ihr Mann arbeitete im Sommer als Ziegler in der Fremde. Im Winter zog er von Haus zu Haus und schlachtete und wurstete.

Als einer aus dem Dorf im Wald unterwegs war, um Bickbeeren zu sammeln, hörte er eine Kinderstimme flehen: „Oh Mutter, nein, Mutter, nein, nein, nein!“ Dann ertönte ein fast übermenschlicher Schrei aus Kindermund. Am anderen Tag fand man in einem Teich zwei Leichen. Die Frau hatte ihr Kind mit einem Strick fest an sich gebunden. Das sind Gräueltaten aus längst vergangener Zeit, sagte ich mir. Wer weiß, ob das Überlieferte stimmt.

Ich hatte mir von meinem Leben in Dalborn Ruhe und Geborgenheit versprochen. Ich konnte nicht ahnen, dass ich mich auf ein riskantes Spiel eingelassen hatte. Im Dorf kursierten Gerüchte, dass es beim Verkauf des Nachbarhofes nicht mit rechten Dingen zugegangen war, und man fragte sich auch, ob der vormalige Eigentümer eines natürlichen Todes gestorben war.

Der Hof Drake lag in einer Senke abseits der Dorfstraße. Unterhalb der Hofgebäude floß ein kleiner Bach zu Tal, der zwei weitgehend verlandete Teiche speiste. Auf dem verwilderten und von Brombeergesträuch zugewucherten Obstkamp ragten nur noch ein paar kahle Stümpfe aus dem Boden. Dazwischen hatten sich zahllose Eschen wild gesät.

In der Hausinschrift ist von dem Herrn die Rede, der dich nährt mit deiner Hände Arbeit. Aber von dem Fleiß der Ahnherren war nicht mehr viel zu sehen. Das Wohnhaus war reichlich heruntergekommen. Auf dem Dach hatte sich dichtes Moos angesiedelt. Bei Regen tropfte das Wasser aus den brüchigen Dachrinnen. Auf dem Dachfirst drehte sich eine uralte Wetterfahne mit einem springenden Pferd von Zeit zu Zeit kreischend in den Angeln. Inzwischen gab es auf dem Hof keine Pferde mehr und auch die Kuhställe standen leer.

Die Scheune hatte man abgerissen. Die Leibzucht war baufällig. Das Backhaus hatte die besten Zeiten hinter sich. Das Lehmstakenwerk war stark in Mitleidenschaft gezogen und die Lehmkuppel fingerdick mit Ruß überzogen. Vormals hatte man sich die Glieder an der heißen Luft gewärmt. Die alte Gerstekorn litt an der Gicht. Sie fröstelte ständig. „De Naut es graut!“ – Die Nacht ist grau! – soll sie geseufzt haben. Wenn sie zu Bett ging, nahm sie die Wärmflasche mit und wickelte sich einen Schal um den Hals. Ihr Mann konnte den Arm nicht bewegen. Kluckhan wollte den Doktor holen. Drake wollte davon nichts wissen und hatte gespottet: „Den möt jui schwärmen!“, was so viel wie „dünsten“ hieß.

Bis unlängst hatte Cord Drake mit zwei ebenfalls unverheirateten Schwestern auf dem Hof gelebt. Da die jüngere aufgrund ihrer Dickleibigkeit „nie richtig anpacken“ konnte, hatte die ältere die Hausarbeit übernehmen müssen. Nach dem Tod ihrer Schwester wurde auch sie zunehmend gebrechlich. Als sie eines Abends in den Keller steigen wollte, war sie auf der schmalen Stiege ins Stolpern geraten und gestürzt. Niemand hatte es bemerkt. Am nächsten Morgen fand man sie leblos auf dem Boden.

Seitdem Cord Drake allein auf dem Hof lebte, war es mit dem Hauswesen laufend bergab gegangen. Man munkelte, der Alte sei hoch verschuldet, man sprach aber auch davon, er habe an geheimer Stelle einen Schatz gehortet. Im Siebenjährigen Krieg, wollte man wissen, hatte man unweit seines Hofs einen Feuereimer mit Gold vergraben. Als einer der Drakes spät abends dort vorbeikam, soll er ein Goldfeuer gesehen, zu seiner Pfeife gegriffen und ein Stück Kohle hineingesteckt haben. Am anderen Morgen soll er ein blankes Goldstück herausgeklopft haben.

Das waren Hirngespinste, aber als verbürgt galt, dass ein Vorfahr von einem französischen Offizier, der im Jahr achtzehndreizehn auf der Flucht vor den Preußen war, einen Beutel mit Silbertalern erhalten hatte. Das soll der Lohn dafür gewesen sein, dass er ihm auf seinem Hof Zuflucht gewährt hatte.

Auch Cord Drakes Großvater war unerwartet zu einem Vermögen gekommen. Er war um das Jahr achtzehnfünfzig als Goldschürfer nach Kalifornien aufgebrochen und soll mit einem Goldschatz zurückgekehrt sein. Ich wollte nicht ausschließen, dass man ihn in dem roten Sofa versteckt hatte.

Cord Drake galt als verschrobener Eigenbrötler. Wenn sich ein Fremder dem Haus näherte, war er umgehend zur Stelle und äugte misstrauisch zu dem Ankömmling hinüber, und wenn er ihn nicht kannte, rief er: „Wech hier vom Hoff! Ich hab nichts, ich brauch nichts, ich hab nichts zu verschenken!"

Auch Kinder hatten auf seinem Hof nichts zu suchen: „Kinder, die was wollen, kriegen was auf die Bollen!" Wenn sich die Kleinen beim Versteckspiel in der baufälligen Leibzucht verkrochen, warnten die Mütter: „Bleibt da weg! Opa Drake will nicht, dass ihr dort spielt."

Der Alte war inzwischen krank und hinfällig. „Wird Zeit, dass der Herrgott mich zu sich nimmt!", soll er gemeint haben.

Sein Nachbar Gerstekorn sah gelegentlich nach ihm. Da Drake keinen „Kürkasten“ besaß, wie man den Fernsprecher vormals nannte, hatte man eine Schnur zum Nachbarhaus verlegt, die im Notfall eine Schelle läuten ließ. Einmal hatte man den Arzt rufen müssen. „Der macht es nicht mehr lange“, hatte der Doktor gemeint. „Eigentlich kann er nicht länger ohne Aufsicht bleiben.“

Cord Drake hatte beschlossen, seinen Hof noch zu Lebzeiten einem weitläufigen Verwandten zu überschreiben. Philipp Drake war ein Nachkomme seines Onkels Karl Adolph Wilhelm, dessen Sohn im Jahr achtzehneinundachtzig in die Staaten ausgewandert war. Von Beruf war Philipp Drake Landprediger. Viel mehr war über ihn nicht bekannt.

Bevor der Erbe angereist war, hatte sich Cord Drakes Gesundheitszustand weiter verschlechtert. Gerstekorn hatte ihn nur noch selten gesehen. Als er einmal nach ihm schauen wollte, hatte er ihn beim Frühstücken angetroffen. Es war merklich kühl in der Stube. Der Alte war in Mantel und Schal gehüllt. Er hatte es wieder einmal versäumt, rechtzeitig den Ofen anzuzünden. Auf dem mit einer schmierigen Wachsdecke überzogenen Tisch standen wahllos eine Reihe von Gerätschaften herum: ein Teller mit einer klobig geschnittenen Brotscheibe, ein Messer, ein Buttergefäß, ein Marmeladenglas, ein Becher, eine Kaffeekanne und mehrere, zum Teil bereits geleerte Bierflaschen nebst einer Reihe von Utensilien, die vermutlich in Griffnähe liegen sollten, darunter eine Brille und diverse Medikamente. Auf der Anrichte türmte sich ein Stapel Papiere. Gerstekorn vermutete, dass es sich um Urkunden handelte, die für die geplante Überschreibung des Besitzes benötigt wurden.

Tage später fand man Cord Drake tot am Ufer des Hausteichs auf. Er lag mit dem Gesicht nach unten im flachen Wasser. Die Arme waren weit ausgestreckt, als ob er an den Ufergewächsen nach Halt gesucht hätte. Als man die Leiche aus dem Wasser zog und umdrehte, stierten seine Augen ins Weite und sein geöffneter Mund machte den Eindruck, als habe er verzweifelt um Hilfe rufen wollen.

Die Nachricht ging wie ein Lauffeuer durch das Dorf. Alle rätselten, wie der Alte zu Tode gekommen war. War es ein Unfall? Hatte er einen Schwächeanfall bekommen? Etwas lebensmüde habe er durchaus gewirkt, hatte man eingeräumt, aber an einen Selbstmord wollte niemand so recht glauben und an einen Mord noch weniger. Doch man hielt sich bedeckt. „Sach bloß!“, meinte man vielsagend. Wie sollte man auch wissen, was an der Sache dran war. „Mui salt nich angohn, wat de Nobar deut!“ – man soll sich nicht darum scheren, was der Nachbar tut -, hieß es vormals.

Ich hatte einen Bericht verfasst. Unter dem Titel „Altbauer in Dalborn tot aufgefunden“ war von einem ruhigen Nest die Rede, in dem sich niemand hatte vorstellen können, dass es mit einem Anwohner ein so schreckliches Ende nehmen würde. Ich sprach von Spekulationen, dass es bei seinem Tod nicht mit rechten Dingen zugegangen war, aber auch davon, dass es bislang keinen gesicherten Hinweis auf ein Fremdverschulden gebe.

Im Dorf reagierte man mit Unmut: Ich brächte den Ort unnötig in die Schlagzeilen, hieß es. Mein Chef war begeistert: „Eine nicht gerade alltägliche Geschichte. Machen Sie etwas daraus und halten Sie die Leser auf dem Laufenden!“

Kriminalkommissar Hermann Dunkelmann hatte Ermittlungen eingeleitet. Er stammte aus Berlin, war aber seit langem in Lippe ansässig. Inzwischen stand er kurz vor seiner Pensionierung. Ein letzter, durchschlagender Erfolg würde seine Karriere positiv abrunden. Er war nicht mehr der Jüngste und alles andere als eine imponierende Erscheinung. Aber er galt als erfahren. Er kannte seine Pappenheimer. Er war Hans Dampf in allen Gassen und hatte seine Nase überall. Im Milieu sprachen sie von einem „Schnüffler“.

Wenn er seinen Namen nannte, horchte man gewöhnlich auf. Dunkelmann, das klingt nach Hölle oder Unterwelt. Er gab nichts darauf: Seine Vorfahren hießen schon immer so. Warum hatte niemanden interessiert. Im Grunde aber passte sein Name gewissermaßen zu seinem Beruf. Er hatte es laufend mit Unholden und Bösewichten zu tun. Ich fand, dass er dem Käuzchen glich, das sich tagsüber verkroch und erst nächtlich aus der Ulenflucht meines Kottens huschte. Der Räuber ist scheu. Man sieht ihn nie. Er geht erst nachts auf Jagd. Er kann nahezu lautlos gleiten und seine Beute auch im Dunkeln aufspüren.

Dunkelmann war klein und gedrungen, hatte Vollglatze und einen kaum zu übersehenden Bauchansatz. Er hatte einen watschelnden Gang und beim Laufen kam er rasch ins Schwitzen und Keuchen. „Humpelmann!“ hatte ihm einmal ein frecher Bengel nachgerufen. Dunkelmann war Brillenträger seit langer Zeit, aber hinter den schweren Gläsern verbargen sich zwei listige Augen. Wenn er seine Brille wieder einmal nicht greifbar hatte, schrieb er seine Notizen auf gut Glück. Seine Mitarbeiter wunderten sich, dass er das Gekrakel später noch lesen konnte.

Hinter vorgehaltener Hand nannte man ihn „Pinguin“. Das mochte daran liegen, dass er stets eine schlabbrige, schwarze Cordhose und einen Wollpulover von undefinierter, heller Farbe trug. Das erinnerte an den „Frack“ des Pinguins, der dem Vogel als Tarnung dient. Von unten gesehen, hebt sich der weiße Bauch kaum vom hellen Himmel ab. Von oben betrachtet, verliert sich der schwarze Rücken im Dunkel des Meeres. Der Vogel hat einen massigen Körperbau. Er ist ein geschickter Taucher, er kann aufrecht gehen, aber mit dem Laufen hapert es und fliegen kann er überhaupt nicht. Er gilt als furchtlos und neugierig, ist aber an Land kurzsichtig. Der „Brillenpinguin“ scheint eine Sehhilfe zu haben. In Wirklichkeit handelt es sich um einen kreisförmigen, nackten Hautfleck, der das Blut abkühlt und dem Schwitzen vorbeugt. Dunkelmann nahm es gelassen: Der Pinguin ist flugunfähig, aber wer nicht fliegen kann, kann auch nicht abstürzen!“

Was ihn besonders auszeichnete, war seine Zähigkeit. Er war äußerst penibel und ließ nie locker, auch dann nicht, wenn andere längst aufgeben wollten. „Halbe Sachen“ konnte er auf den Tod nicht leiden. „Nicht hieb- und stichfest, alles Kokolores!“, wetterte er und wenn er sich etwas in den Kopf gesetzt hatte, duldete er keine Widerworte. „Kommt nicht in die Tüte!“, wehrte er mit wegwerfender Handbewegung ab.

„Es kommt immer auf den richtigen Riecher an!“, pflegte er zu sagen. „Fährte aufnehmen, abwarten und auf der Lauer bleiben. Irgendwann macht jeder einen Fehler, dann zuschnappen!“ Wenn er den Fall am Ende gelöst hatte, klatschte er zufrieden in die Hände und meinte: „Abgehakt!“ Er war nicht unbedingt gottesfürchtig, aber es fehlte selten der Spruch: „Der Herr sprach, es werde Licht, und es ward Licht!“

Auf Spekulationen ließ er sich ungern ein. Für ihn zählten nur „nackte Tatsachen“. Ihm reichte es, wenn der Täter überführt war. Die Motive der Täter zählten durchaus und für Menschliches hatte er volles Verständnis, aber weiterführende Fragen stellte er nicht. Politisches und Gesellschaftliches blieb bei ihm außen vor. „Das geht mich nichts an!“, meinte er. „Davon verstehe ich nichts. Darum sollen sich andere kümmern!“

Er war noch von der alten Schule. Er hatte stets Notizblock, Kugelschreiber, eine Taschenlampe, eine Lupe und eine Sofortkamera in der Tasche. Als das Mobiltelefon aufkam, sprach er von einer „tollen Sache“, aber an den PC konnte er sich nicht so recht gewöhnen: „Ein Sammelkasten, ganz nützlich, mehr nicht!“ Dort kam alles rein, was anfiel, mit Aktenzeichen, Verteilerschlüssel und so weiter einschließlich der Abschlussberichte. Er haßte den „Papierkram“: „Ist lästig, muss aber sein!“

Dass er von moderner Technik zuweilen nicht viel hielt, zeigte sich auch an anderen Dingen. Privat fuhr er einen betagten „VW-Käfer“, Modell „Standard“, Baujahr zweiundsechzig, dunkelgrün wie alle Polizeifahrzeuge damals. Es war sein erster Wagen, gleich nach dem Eintritt in den Polizeidienst angeschafft, von der Behörde ausrangiert und für wenig Geld übernommen. „Der ist noch immer gut in Schuss“, meinte Dunkelmann, „und läuft wie verrückt!“

Mit seinem Dienstwagen konnte es der Oldtimer nicht aufnehmen. Der war blau-silbrig lackiert und mit allem „Pipapo“ ausgestattet. Am Steuer saß immer ein Mitarbeiter. Seit es mit dem Sehen immer schlechter wurde, nahm Dunkelmann nur noch selten den Wagen. Urlaubsreisen kannte er ohnehin nicht und wenn er etwas zu besorgen hatte, nahm er lieber das Taxi oder den Stadtbus.

Er war ein Eigenbrötler. Er gab nichts darauf, was andere meinten, und von Teamwork hielt er auch nichts: „Einer muß das Kommando geben!“ Es war wie bei den Wölfen. Einer hat im Rudel das Sagen und rennt bei der Jagd immer laut bellend vorweg. Dass Dunkelmann mit seinen Kommandos schnell bei der Hand war, aber mit seinen Vermutungen lange hinter dem Berg hielt, nervte seine Mitarbeiter. Ein Einpeitscher war er indes nicht: „Immer mit der Ruhe!“, mahnte er, und nachdem er seine Truppe eingewiesen hatte, meinte er lässig: „Denn mal los, Jungs!“

Nach außen hatte er eine raue Schale, hinter der sich jedoch ein weicher Kern verbarg. Er war äußerst schweigsam und konnte geduldig zuhören, aber wenn er den Mund auftat, redete er, wie ihm der Schnabel gewachsen war. Er wirkte oft grob, mürrisch und verdrossen, galt aber als hilfsbereit und beflissen, wenn Not am Mann war. Gelegentlich konnte er sogar liebenswürdig sein.

Er hatte seine Schrullen und Kanten, aber eigentlich keine Laster bis auf das Rauchen. Die Pfeife ging ihm selten aus, auch nicht im Dienst, Vorschrift hin, Vorschrift her. „Rauchen ist nützlich!“, pflegte er zu sagen, „es vertreibt die Mücken und schärft die Sinne!“ Wenn er über einen verzwickten Fall grübelte, schien es, als paffte er die Rauchwölkchen prüfend erst in die eine und anschließend in die andere Richtung. Mich störte der Pfeifenrauch nicht. Ich war selbst Raucher. Aber für empfindliche Nasen war seine ungehemmte Qualmerei eine Zumutung. Mag sein, dass er das als persönliches Privileg betrachtete. Er war ein eingefleischter Junggeselle. Ihm konnte niemand reinreden. Frauen waren ihm grundsätzlich suspekt: „Zu emotional, zu kompliziert, für den Dienst eher ungeeignet."

Dunkelmann gegenüber hatte ich gelegentlich Andeutungen über meine verkorkste Beziehung gemacht. Er machte keinen Hehl aus seiner Einschätzung: „Nichts für ungut, das geht mich nichts an, aber die Frau ist nicht gerade mein Fall. Sie ist reichlich kompliziert und von sich eingenommen. Es muss ziemlich stressig mit ihr gewesen sein. Ich wundere mich, dass Sie es so lange bei ihr ausgehalten haben!"

Dass Hilde auf Dunkelmann nicht gut zu sprechen war, war zu erwarten. Sie hatte kein Blatt vor den Mund genommen: „Der Alte ist ein Provinzler und Kleingeist. Er hat keine Ahnung von der heutigen Welt. Das zeigt sich schon daran, wie abfällig er über Frauen spricht. Du scheinst dich recht gut mit ihm zu verstehen, aber ich würde nicht darauf setzen, dass er in der Lage ist, Licht in die dubiosen Vorgänge in Dalborn zu bringen."

Außenstehenden gegenüber gab sich Dunkelmann äußerst reserviert, privat wie beruflich. Das galt besonders für die „Zeitungsfritzen". „Maul halten!", pflegte er seinen Mitarbeitern einzuschärfen, wenn Leute von der Presse auftauchten. „Kein Wort ohne meine Erlaubnis!" Wenn nicht, drohte eine „Abreibung".

Anfangs war er auch mir gegenüber ausgesprochen zugeknöpft. Im Laufe der Zeit lernten wir uns näher kennen und ich erfuhr das eine oder andere aus seinem Leben. Gelegentlich konnte ich sogar einen tieferen Blick in seine Seele werfen. Ausgesprochene Freunde wurden wir nicht, das wäre zu viel gesagt, aber doch Vertraute insofern, als er mich zunehmend in seine Arbeit einbezog.

Ursprünglich hatte er Steuerberater werden wollen. Dann hatte er umgesattelt und war zur Polizei gegangen. Das hatte nichts mit den Vorteilen zu tun, die man als Beamter genießt. Das hatte private Gründe. Seine Verlobte war bei einem Raubüberfall zu Tode gekommen. Die Ladeninhaberin hatte es gemacht, wie man es auch bei einer Wolfsattacke halten soll. Sie hatte laut geschrien und mit den Armen gefuchtelt. Der Maskierte hatte dennoch geschossen. Als sich Dunkelmanns Verlobte schützend vor die Ladeninhaberin stellte, hatte sie eine Kugel tödlich getroffen. Seitdem war er davon besessen, Bösewichte zu jagen und ihnen das Handwerk zu legen. „Das ist mein Leben!“, hieß es. Alles andere war Nebensache.

Bei der Polizei hatte er von der Pike auf gelernt und sich hochgearbeitet. Bis ganz oben war er nicht gekommen. Im Chefsessel saßen die „Studierten“. Er nahm es gelassen. Er war ohnehin lieber „vor Ort“. Sein Vorgesetzter wusste immer alles besser. In Dunkelmanns Augen war er ein „Sesselpupser“, aber mit ihm war nicht zu spaßen. Er war auf dem neuesten Stand und hatte seine Prinzipien: „Verstärkt die modernen technischen Hilfsmittel einsetzen! Keine Eigenmächtigkeiten! Alles vorher absprechen!“ Er war ständig besorgt, dass etwas schiefgehen könnte oder dass ihm nachträglich die Gerichte einen Strich durch die Rechnung machen könnten: „Immer ausreichend absichern, sonst kommen wir in die Bredouille!“ Der Ausdruck ist verballhorntes Französisch und heißt so viel wie „ohne Beute von der Jagd zurückkehren“. Er ist in Berlin geläufig. Dunkelmanns Vorgesetzter kam von dort. Er war zudem passionierter Jäger.

Nach dem Tod seiner Verlobten hatte Dunkelmann allein gelebt. Man sah ihm den Junggesellen an. Seine Mahlzeiten brutzelte er sich irgendwie zusammen. Er liebte Deftiges. Die Kalorienfrage stellte sich nicht. Im Dienst aber gönnte er sich kaum eine Pause. Ein paar Kekse und eine Tüte mit Obst reichten notfalls aus. Die Papiertüte war in seinen Augen eine geniale Erfindung: „Man nimmt ein Stück Packpapier und rollt es schräg zusammen. Fertig ist die Laube!“ Er sprach wiederholt davon, wie gut die Marktfrau den Dreh heraushatte und wie flugs sie das Obst in der Tüte verstaute, aber nicht ohne zu spötteln: „Die Frau, die die Tüte erfand, war ein Riese an Verstand!“

Ich war noch nicht in Dalborn, als es mit dem alten Drake ein so schreckliches Ende nahm, und Dunkelmann lernte ich erst kennen, als er erneut vor Ort war. Er kam auf einen Sprung zu mir herüber. Er wollte von mir wissen, ob mir irgendetwas Sachdienliches aufgefallen war und welchen Eindruck ich von den Leuten im Ort hatte.

Als er sah, wie heruntergekommen das alte Gemäuer war, zog er seine Augenbrauen hoch. Er setzte seine Brille auf, schaute sich interessiert in der Deele um und nahm das eine oder andere genauer unter die Lupe. Sein besonderes Augenmerk galt dem Sofa.

„Interessantes Stück!", meinte er vielsagend. „Aber wie es aussieht, hat es inzwischen ausgedient!"

Ich sprach davon, dass es dem verstorbenen Vorbesitzer gehört hatte und ein Hochzeitsgeschenk hatte sein sollen.

„Es paßt nicht so recht in die Umgebung", räumte ich ein, „aber ich will es behalten. Es gehört hierher."

„Verstehe", meinte Dunkelmann.

Ich wartete ab, ob er sich zu den Flecken auf dem Bezug äußern würde.

Dunkelmann schwieg. Ich verzichtete darauf nachzufragen, ob es sich um Blutspuren handeln könnte und ob sie auf einen Mord hindeuten könnten. Mit dem Tod von Cord Drake zumindest konnten sie kaum etwas zu tun haben. Bei seinem Tod wurde kein Blut vergossen.

Nachdem Dunkelmann sich einige Notizen gemacht hatte, kam er auf den Stand der Ermittlungen zu sprechen. Er steckte sich seine Pfeife an und ließ den Rauch kreiseln.

„So viel läßt sich immerhin sagen", meinte er. „Man hat Cord Drakes Leiche am späten Abend am Ufer des Hausteichs entdeckt. Sie lag mit dem Gesicht nach unten im Wasser. Was wollte der Alte dort zu so später Stunde? Er war hochbetagt und gebrechlich. War er überhaupt noch in der Lage, allein bis zum Teich zu gelangen? Wie auch immer, es könnte sich um einen Unfall gehandelt haben. Denkbar wäre, dass er einen Schwächeanfall bekommen hatte, in das Wasser gestürzt war und sich nicht mehr aus eigener Kraft hatte retten können.

An einen Selbstmord kann ich nicht so recht glauben. Er war einsam und möglicherweise etwas wirr im Kopf. Da macht man schon mal einen Schlussstrich. Aber warum sollte er seinem Leben zu diesem Zeitpunkt ein Ende setzen? Er hatte doch vor, seinen Besitz noch zu Lebzeiten einem Nachfahren aus den Staaten zu überschreiben. Und warum wollte er sich ausgerechnet ertränken? Das scheint keine besonders geeignete Art zu sein, um sich um die Ecke zu bringen, und dass sie in einem flachen Gewässer funktioniert, ist kaum vorstellbar."

Dunkelmann hatte Erkundigungen im Dorf eingezogen. Angeblich hatte niemand außer Drakes Nachbar Gerstekorn in letzter Zeit Kontakt mit dem Alten. Er hatte die Leiche entdeckt und die Polizei verständigt.

Die Gerstekorns waren im Dorf hoch angesehen. Der Bauer galt als tüchtig, redlich und zuverlässig, war zur Zeit Dorfvorsteher und Mitglied der Jagdgenossenschaft, aktiv bei der freiwilligen Feuerwehr und im Kirchenvorstand. Inzwischen war er, mit Ausnahme der Kluckhans, der letzte noch aktive Landwirt. Auf dem Mist krähte frech der Hahn und im Stall grunzten vergnügt die Schweine. Von der Weide hinter dem Hof konnte man das sanfte Muhen der Kühe hören.

Gerstekorns Frau kümmerte sich um den Haushalt, die Kinder, den Garten und das Federvieh. Sie trug das Kirchenblättchen aus und kümmerte sich um die Bedürftigen. Gerstekorns seit Jahren verwitwete Mutter lebte in der Leibzucht. „Oma Gerstekorn", wie man sie im Dorf nannte, war schon sehr gebrechlich und konnte ohne fremde Hilfe nicht mehr aus dem Haus. Ihre alten Knochen wollten nicht mehr. Sie hatte vermutlich Arthrose. Ihre bewährten Hausmittelchen zeigten kaum noch Wirkung. Aber sie klagte nie: „Muß irgendwie gehen, Unkraut vergeht nicht!

„Nach dem Doktor" ging sie nur unwillig: „Was soll der schon helfen? Der redet viel, von dem man nichts versteht, spricht von verschobenen Wirbeln und blockierten Nervensträngen und will einen in die Röntgenröhre schicken, und wenn man von dem Gedöns nichts wissen will, verordnet er eben Massagen.“

Auf die „Fachfrau für das Knochenrichten“ war sie nicht gut zu sprechen: „Man muß regelmäßig hinlaufen. Kostet ne Menge Geld und Zeit! Und dann soll man zu Hause Übungen machen: nach links recken, nach rechts, Pause machen, tief einatmen, wiederholen. Mumpitz! Bin doch kein Äffchen und turne in meinem Alter sinnlos in der Bude rum!“

Sie war stolz darauf, dass sie noch gebraucht wurde, als Aufsicht für den Enkel, für das Kochen in der Erntezeit, als Doktorersatz bei kleinen Wehwehchen, für das Flicken der Arbeitskleidung, das Zupfen von Unkraut und das Dörren und Einmachen von Gemüse und Obst. Gelegentlich ließ sie mir ein Gläschen Marmelade schicken. Sie wusste noch um die althergebrachten Hausrezepte. Ihre Spezialität war lippischer Pickert mit Leberwurst und Pflaumenmus. Wenn ich mittags mal bei ihr hereinschaute, brutzelte und dampfte es auf ihrer gusseisernen Küchenmaschine. Ich durfte immer probieren.

Sie war eine überaus fromme Frau. „Gott der Herr wird uns erhalten“, meinte sie, „und am Ende sind alle wieder auf Kösters Kamp vereint“, womit sie zum Ausdruck bringen wollte, dass der Mensch auf dem Friedhof seine ewige Ruhe finden werde. Wenn Sonntag war, bestand sie darauf, dass man sie zum Gottesdienst mitnahm. Wenn sie anschließend bei den „jungen Leuten“ am Mittagstisch den Ehrenplatz eingenommen hatte, übernahm sie das Dankgebet.

Was man grundsätzlich zu tun oder zu lassen hatte, bestimmte der Pastor. Was er von der Kanzel predigte, galt schon immer als unumstößliche Wahrheit. Ein Vorfahr der Gerstekorns hatte ein Heftchen für häusliche Andachten angelegt. Darin war fein säuberlich notiert, was man beachten müsse, um nicht irgendeinem Irrglauben zu verfallen. Insgeheim aber muckte man gelegentlich dagegen auf, dass man nichts mitzureden hatte, und hinter vorgehaltener Hand hieß es: „Der Pasteoer üppen Kanßel hät geot kürn, Heu draff schellen, öber keuner draff anweorn!“ – Der Pastor hat auf der Kanzel gut reden, er darf den Mund auftun, aber keiner darf antworten! Und was das Wirtschaftliche betraf, ließ man sich auch nichts vormachen. Er müsse sich rund um die Uhr abrackern, hatte einer gemeint, während der Pastor nur schöne Reden halte. Er verglich den Geistlichen mit einem Hund, der sein Brot mit Bellen verdient. Aus seinem Mund klang das so: „De Papen un de Hunne verdeunt dat Braut Metten Munde!“ – Der Pastor und die Hunde verdienen ihr Brot mit dem Munde!

Oma Gerstekorn kannte sich auch im weltlichen Bereich bestens aus. Sie wusste, wer neu im Dorf war, wie es um die Ernte stand, wer in Geldnöten war, wo es Ehestreit gegeben hatte, wer an was erkrankt war und was der Doktor gemeint hatte, wen man zur ewigen Ruhe getragen hatte und was am Grab gesagt wurde. Niemandem solle man etwas Schlechtes nachsagen, meinte sie. In der Regel sprach sie bei dem Verstorbenen von einem lieben Menschen, der es im Leben oft schwer gehabt habe, und wenn es etwas an ihm auszusetzen gab, dass ihm der Herrgott verzeihen möge.

Bei den Gerstekorns hielt man auf Tradition. Ihr Hof war der älteste im Dorf, alles belegt durch alte Hofurkunden auf vergilbtem Pergament und mit Siegel. Oma Gerstekorn kramte voller Stolz ein steinzeitliches Beil aus. Man hatte es vor Zeiten auf dem hauseigenen Acker gefunden, als man noch mit dem Pferd pflügte und die Furche genau im Auge hatte. Das sollte man besser ins Archiv geben, riet ich, obwohl da auch manches unter die Räder gerät.

In ihrer Kommode hatte sie Fotos, Briefe, Tauf-, Sterbe-, Konfirmations- und Heiratsurkunden verwahrt. Wenn sie die Fotoalben durchblätterte, wies sie mit ihrem verkrümmten Zeigefinger auf die Fotos von ihrem Vater. Er war als Säugling bei der Taufe abgelichtet, bei der Einschulung, anlässlich der Konfirmation, als junger Rekrut, auf der Hochzeitsfeier mit Ehefrau und Anverwandten, aber auch bei der Feldarbeit mit Pferd und Wagen oder nach Feierabend mit der Familie in der Gartenlaube.

Dann waren die Mutter und die Geschwister an der Reihe. Paul war der Älteste, Friederike, August, Heinrich, Wilhelmine und Emilie kamen später zur Welt. Gelegentlich waren die Nachbarn abgelichtet. Einer von ihnen hatte eine Tochter der Gerstekorns geheiratet, ein anderer deren Schwester. Man war nahezu mit dem halben Dorf verschwägert, denn vormals wurde „über den Mist geheiratet", damit die Höfe zusammenkamen. Ich kam zunehmend nicht mehr nach mit all den Namen.

Was die Familienidylle trübte, war zum einen das schwere Los der Tochter. Sie war mit ihrem Jungen ins Elternhaus zurückgekehrt, nachdem ihr Mann tödlich verunglückt war. Zum anderen machte man sich Sorgen wegen der Zukunft des Hofs. Der künftige Hoferbe war noch unbeweibt und lebte weiterhin bei den Eltern.

Er machte sich nichts vor: „Kleine Höfe haben keine Perspektive! Neues muß her!" Er erwog die Umstellung auf einen Biobetrieb mit Hofladen. Das war ein langer Prozess und ging nicht mal so eben. Man hätte Ferienwohnungen für Sommergäste anbieten können, einen Streichelzoo für die Kinder und ein Tierheim mit Rundumpflege, während Herrchen Urlaub macht. Die ganze Familie könnte mitmachen. Aber dafür wären erhebliche Investitionen erforderlich. Der Vater war skeptisch: „Junge, übernimm dich nicht! Du wärst nicht der Erste, der den Hof mit Schulden überhäuft."

Dunkelmann wollte herausfinden, ob Gerstekorn am Tag, als der alte Drake starb, etwas bemerkt hatte. Gerstekorn gab an, dass ihm nach der Rückkehr von der Feldarbeit gegen achtzehn Uhr seine Tochter mitgeteilt hatte, dass Drake gegen Mittag die Schelle hatte läuten lassen. Vermutlich das Übliche, hatte sie gedacht: Kein Brot im Haus oder Brille oder Medikament verlegt. Sie hoffte, dass es sich nicht um Ernsteres handelte. Der Alte mochte wieder einmal einen Schwächeanfall mit Atemnot gehabt haben. Die alte Geschichte: Er hatte es schon lange an der Lunge. Aber da sie sich allein nicht auf Drakes Hof getraut hatte, hatte sie gewartet, bis der Vater vom Feld zurück war. Als Gerstekorn nach dem Alten sehen wollte, war dessen Bett leer. Die Kissen waren auffällig durchwühlt. Man hatte das ganze Haus durchsucht. Am Ende fand man die Leiche im Teich.

Dann aber fiel Gerstekorn etwas ein, das Dunkelmann aufhorchen ließ: Als sich die Tochter nach dem Essen im Garten zu schaffen machte, hatte sie gesehen, dass zwei Männer aus der Einfahrt zu Drakes Hof kamen. Ihr schien, dass sie es eilig hatten. Ganz sicher sei sie sich nicht gewesen, hatte sie eingeräumt, aber es könnte sich um Kluckhan und seinen Sohn gehandelt haben.

Dunkelmann hatte sich umgehört: Zwischen den Kluckhans und den Drakes hatte es seit Menschengedenken Streit gegeben. Mal ging es um den Grenzverlauf der Feldfluren, mal um Zufahrtsrechte. Ich hatte mit den Leuten bislang noch keine Bekanntschaft gemacht, aber was ich über den verstorbenen Altbauern in Erfahrung gebracht hatte, gehörte nicht zu den Dingen, über die man offen sprach. Oma Gerstekorn hatte es noch miterlebt. Ich musste ihr versprechen, die Angelegenheit für mich zu behalten.

Kluckhan galt frühzeitig als „linientreu“ und wurde umgehend Ortsbürgermeister mit all den Folgen, die das nach sich zog. Nach Kriegsausbruch hatte er dafür gesorgt, dass die Frauen Päckchen an die Frontkämpfer schickten, und als die ersten „Ostarbeiter“ eintrafen, hatte er die Verteilung auf die einzelnen Höfe organisiert. Als es mit dem Siegen nicht mehr so weit her war, wurde auch er einberufen. Er kam an die Ostfront. In Russland sei alles primitiver als in Lippe, soll er gesagt haben, sogar in den Städten, ganz zu schweigen von den verdreckten und verlausten Gettos. Genaues hatte er nie erzählt, außer dass es fürchterlich gewesen sei und es am Ende „miese Verräter und windige Wendehälse“ gegeben habe. Nach Kriegsende war er für Jahre in sowjetischer Gefangenschaft. In dem Lager hatten ihm die „verdammten Bolschewisten“ übel mitgespielt. Dann aber war man „wieder auf die Beine gekommen“.

Alle waren froh, dass der Spuk vorbei war, aber für seinen Sohn war der „Alte“ ein Vorbild. Der Vater hatte ihm den Vornamen „Wotan“ gegeben. Der Pastor hatte von einem „heidnischen Zaubernamen“ gesprochen und gespöttelt: Er buchstabiere sich wie „Wotan-Odin-Thor-Adolf-Nazi“. Obwohl man sich grundsätzlich mit dem Vornamen anredete, war Wotan für alle „der Kluckhan“.

Er war aus dem gleichen Holz geschnitzt wie sein Vater. Er wirkte griesgrämig und galt als streitsüchtig. Er kannte nur zwei Tonlagen: Entweder meckerte er oder er kommandierte. Wenn ihm etwas nicht passte, ließ er seinem Zorn freien Lauf und wenn sein Kontrahent nicht kleinbeigeben wollte, stieß er mit seiner Forke heftig auf den Boden, als ob er ihm den Garaus machen wollte.

Kluckhan war Hans Dampf in allen Gassen. Er war bei der Feuerwehr, im Sportverein, in der Jagdgenossenschaft und auch bei den Kameradschaften aktiv. Er hatte dafür gesorgt, dass auf dem Friedhof den „heldenhaft Gefallenen“ ein würdiges Denkmal gesetzt wurde. Er wäre gern als Ortsvorsteher in die Fußstapfen seines Vaters getreten. Dagegen gab es aber erheblichen Widerstand.

Dass man ihm lieber aus dem Wege ging, war nicht zu übersehen. Die anderen taten sich in der Ernte zusammen. Er machte seinen Kram stets allein. Nach der Jagd regelte er die Verteilung der Strecke. Die anderen nahmen sich, was ihnen zustand. Wenn er etwas übrighatte, konnte er sehen, wie er es loswurde.

Kluckhans ganzer Stolz war sein Hund. „Wolfi“ nannte er die Schäferhündin. Angeblich stammte sie vom germanischen Urhund ab. Wenn sie sich besonders brav gab, soll er zuweilen auch „Blondi“ zu ihr gesagt haben. Nachts wurde sie in einen Zwinger gesperrt. Tagsüber lag sie an der Kette. Wenn sich ein Fremder dem Hof näherte, war der Teufel los. Sie sprang dann wütend auf, rannte mit rasselnder, nachgeschleppter Kette auf den Ankömmling zu und fletschte die Zähne. So ähnlich stellt man sich eine Wolfsattacke vor. Die wilden Biester gelten als ausgerottet und kommen nur noch im Märchen vor. Sie sollen aber wieder im Vormarsch sein. Sie hinterlassen inzwischen ihre Spuren auch in Lippe.

Kluckhan war ein Ewiggestriger. Für ihn war das Dritte Reich keine Diktatur: „Hitler wurde frei gewählt!“ Das „Reich“ war nie untergegangen. Deutschland war noch immer im Kriegszustand. Nicht nur auf seinem Hof, auch an seinem Traktor hing die Nationalflagge, notgedrungen in den neuen Farben. Er sprach immer verächtlich von dem „Lappen Schwarz-rot-Senf“.

Dass nichts mehr so war wie früher und „Verräter und Wendehälse“ das Sagen hatten, hatte ihn zum Wutbürger werden lassen. Wiederholt hatte er mit der Obrigkeit im Streit gelegen. Er hatte amtliche Bescheide ignoriert und dem Gerichtsvollzieher einen von einer Reichsbürgerbewegung ausgestellten Fantasie-Pass vor die Nase gehalten. Als sich der Amtsvertreter nicht abwimmeln ließ, hatte er ihn gewaltsam festgehalten. Das hatte ihm ein Bußgeld wegen Widerstand gegen die Staatsgewalt und Freiheitsberaubung eingetragen. Man hatte anschließend sein Haus nach Waffen durchsucht. Man stellte sein Jagdgewehr sicher, musste es ihm aber wieder aushändigen, nachdem er vor Gericht Einspruch erhoben hatte.

Kluckhan war ständig auf Schatzsuche. Er träumte davon, germanische Lanzen und Messer, römische Schwerter, Feldzeichen und Goldmünzen zu finden. Er hatte auf den örtlichen Feldfluren gegraben. Ich wollte nicht ausschließen, dass er sich auch auf meinem Hof umgesehen hatte, und fragte mich, ob er den Schatz entdeckt hatte, der möglicherweise in dem roten Sofa versteckt gewesen war.

Er hatte es besonders auf Hinterlassenschaften des Dritten Reiches abgesehen. „Sofort sicherstellen!“, hatte es geheißen. „Das ist Reichsbesitz. Das gehört nicht dem jetzigen Staat!“ Er besaß eine umfangreiche Sammlung von Wehrpässen, Soldbüchern, Uniformen und Orden. Ob zu den Funden auch Waffen und Wertgegenstände gehörten, ließ sich nicht sagen.

Kluckhan verfolgte im Fernsehen die Beiträge über sogenannte „Megaprojekte“ des Dritten Reiches. Von Bunkersystemen und unterirdischen Fabrikanlagen war die Rede, in denen die sogenannten „Vergeltungswaffen“ gebaut wurden. Angeblich handelte es sich um strahlgetriebene Flugzeuge und unbemannte Fernlenkwaffen. Am Ende hatte man sie weitgehend aus Holz gefertigt. Auch in Lippe sollten sie gebaut werden.

„Wer hätte gedacht, dass die heimischen Stuhlfabriken einmal so groß rauskommen würden!“, meinte Kluckhan voller Stolz. „Not macht eben erfinderisch! Und wenn man am Ende nicht schlappgemacht hätte, hätte man den Krieg gewinnen können!“

Kluckhan war überzeugt, dass die Superwaffen auch späterhin zum Einsatz kamen. Als die Amerikaner zum Mond flogen, meinte er: „Alles von den Deutschen geklaut!“ Zu den Superwaffen sollen auch eine „Flugscheibe“ und eine „Strahlenkanone“ namens „Midgardschlange“ gehört haben. Laut Kluckhan wurde das Raumschiff „Challenger“ von der Strahlenkanone abgefackelt und die Flugscheiben waren in das World Trade Center und in das Pentagon gerast.

Kluckhan vermutete, dass man die Superwaffen in unterirdischen Depots versteckt und bei Kriegsende in Höhlensysteme auf den Kanaren verlagert hatte: „Für alle Fälle und wenn es wieder einmal soweit sein sollte!“ Angeblich hatte man auch Gold und Devisenbestände in Sicherheit gebracht. Selbsternannte Experten hatten auf den Kanaren immer wieder gesucht, aber nur Reste von deutschen Uniformen gefunden. Kluckhan hatte mehrfach angekündigt, dass er sich dort umsehen wolle.

Kluckhans Frau war fleißig und bedürfnislos. Man sah sie nur selten und wenn man sie zu Gesicht bekam, verzog sie sich so schnell wie möglich. Es hatte immer den Anschein, als hätte sie etwas zu verbergen. Sie war für die Hausarbeit, das Kleinvieh und die Gartenarbeit zuständig, musste regelmäßig den Hühnerstall und den Hundezwinger ausmisten und den Hofraum kehren. Aber man hörte sie nie klagen, auch nicht, wenn er sie wieder einmal verprügelt hatte.

Auch vormals hatten die Frauen in Lippe nicht viel zu melden. In Männergeschäfte hatten sie sich nicht einzumischen. Sie gehörten an den Kochtopf. „Wuiwer belehrn und Water in eun Sieb schütten, dat kümmt Up dat sülbe heriut!“, sagte man, was heißen sollte, Frauen zu belehren, sei wie Wasser in ein Sieb schütten und käme auf das Gleiche hinaus. Und falls sich die Frau widersetzen sollte, galt der Spruch: „Wuiwer un Brennettel mott'n hart anpoeken, wenn seu nich steken sölt, und eun Puckel vull Schläge gift nüjje Leufde“ – Weiber und Brennesseln muß man hart anpacken, damit sie einen nicht stechen, und ein paar Schläge geben der Liebe neuen Auftrieb.

Oma Gerstekorn wusste von einem Bauern, der es vormals konsequent so gehalten haben soll. Angeblich hatte ihn ein Ungeheuer angesprungen, als er mit einem Sack Mehl von der Mühle zurückkehrte. Er hatte es nur mit letzter Kraft abschütteln können. Es hatte sich unter seinen Schlägen auf dem Boden gewunden, bis am Ende der „Zaubergürtel“, der die Macht hat, einen Menschen in eine Tiergestalt zu verwandeln, entzweisprang. Der Bauer habe „einen im Giebel“ gehabt, meinte die alte Gerstekorn, und die Schläge hätten seiner Frau gegolten.

Kluckhans Frau suchte ihr Heil im Glauben. Sie war überzeugt, dass die Welt vom Satan beherrscht wird. Den Auserwählten jedoch ist Gewalt gegeben, gegen Ungläubige, Verräter und alle, die sich nicht an Gottes Wort halten. Am Ende der Tage wird der König Jesus das Böse besiegen und das Neue Reich erstehen.

Angeblich spukte es im Haus. Mal waren es himmlische Lichtgestalten, mal böse Geister. Zuweilen wollte sie „Erscheinungen“ gehabt haben. Ihre Mutter hatte an ihrem Bett gesessen. Dann war es wie in der Kindheit: Die Mutter hatte sie in den Arm genommen und liebevoll hin und her gewiegt.

Oma Gerstekorn machte sich Sorgen: „Die Frau ist vom Leben gezeichnet. Das hat ihr Mann auf dem Gewissen! Schrecklich, dass es so weit gekommen ist!“

Sie empfand Mitleid, hielt jedoch entschieden dagegen: „Wer auf Hirngespinste setzt, ist verloren. Möge der Herrgott die Irregeleiteten wieder auf den rechten Pfad zurückbringen!“

Kluckhans Sohn hatte es schwer mit dem Vater. „Der Kleine“, wie es mitleidig hieß, stand völlig unter dessen Fuchtel. Hart wie Kruppstahl, flink wie ein Wiesel, zäh wie Leder sollte der Junge sein. Der Vater hatte ihn „Adolf“ genannt. Im Dorf nannten sie ihn „Kluckie“.

Er war jedoch nicht aus dem gleichen Holz geschnitzt wie sein Vater. Mit ihm konnte man reden. Er war noch Junggeselle und lebte nach wie vor auf dem elterlichen Hof. Studieren kam für den Vater nicht in Frage: „Mein Sohn soll kein Sesselpupser werden! Auf die eigene Scholle ist Verlaß!“ Er sprach immer vom „Nährstand“: „Er ist der Grundpfeiler der Volksgemeinschaft und muß besonders gehegt werden!“ Dass sein Sohn den Hof einmal übernehmen sollte, war keine Frage, „aber erst, wenn ich meine Augen zumache!“ Auch für Nachwuchs mußte gesorgt werden, hatte aber keine Eile: „Kommt Zeit, kommt Rat! Es ist nicht leicht, eine passende Frau zu finden!“ Er sprach angeblich aus Erfahrung.

Man sah Kluckie nur selten. Wann immer er konnte, verkroch er sich hinter den Bildschirm. In der virtuellen Welt war er „King“. Vormals hatten die Superhelden aus Hollywood die „Nazischweine“ erledigt. Inzwischen legten sie im Krieg der Sterne außerirdischen Killermonstern das Handwerk. Ein Mausklick, und die Bösewichte waren abgeknallt!

In jüngster Zeit war der Zwist zwischen dem alten Drake und den Kluckhans erneut aufgeflammt. Kluckhan wollte Drakes Ländereien übernehmen: „Was will der Alte damit? Er kann sie nicht mehr bewirtschaften. Einen leiblichen Hoferben gibt es auch nicht."

Cord Drake hatte brüsk abgelehnt: „An dich verpachte ich nichts und einen Verkauf kannst du dir erst recht aus dem Kopf schlagen!" Sie hatten sich anschließend nicht mehr gegrüßt. Nicht einmal am Portal der Kirche gönnten sie sich einen Blick.

Dunkelmann zündete sich die Pfeife an und ließ den Rauch kreisen. „Als ich die Kluckhans ins Verhör nahm", sagte er, „gaben sie sich überrascht: Mit dem Tod des Alten hätten sie nichts zu tun! Ich ließ sie wissen, dass man sie am Tag, als er zu Tode gekommen war, am Hofeingang gesehen haben wollte. Sie stutzten. Damit hatten sie offenkundig nicht gerechnet. Ich war gespannt, was sie zu sagen hatten. Kluckhan musterte mich eindringlich: Ja, sie seien gegen Mittag bei Drake gewesen, räumte er ein. Man habe noch einmal über den Verkauf des Hofs reden wollen. Der Alte war sichtlich nicht gut zurecht, hatte noch im Bett gelegen und entsprechend mürrisch reagiert. Kluckhans Sohn hatte mit Engelszungen geredet, aber Drake war nicht umzustimmen. Am Ende wollte er die ungebetenen Besucher aus dem Haus werfen.

Mir kam ein Verdacht: Kluckhan könnte die Nerven verloren haben. Die Würgespuren am Hals der Leiche deuteten darauf hin, dass er Drake an den Kragen gegangen war. Sein Sohn wirkte irritiert, als ich von diesem Verdacht sprach, räumte aber zu meinem Erstaunen ein, dass der Vater gemeint habe, es würde Zeit, dass der Alte abkratze, und auch, dass sein Vater handgreiflich wurde. Er wies jedoch empört zurück, dass er ihn umgebracht habe. Angeblich waren sie umgehend nach Hause zurückgekehrt und hatten den Rest des Tages auf dem Hof verbracht. Aber dafür gibt es außer Kluckhans Frau keine Zeugen und die würde es nie wagen, ihren Mann zu verpfeifen!"

Er ging alle Eventualitäten durch: „Lebte der Alte noch, als die Kluckhans den Hof wieder verließen? Das bleibt vorerst offen, denn die Gerichtsmediziner können nicht sagen, ob der Tod des alten Drake eine Folge der Würgeattacke seitens Kluckhan war oder erst durch ein Ertrinken eingetreten ist. Kann sein, dass der Alte die Würgeattacke überlebt hat, aber mit Sicherheit fühlte er sich schlecht. Er hatte die Schelle betätigt, um Hilfe anzufordern, aber es hatte sich niemand gemeldet. Er hätte sich zum Hof der Nachbarn aufmachen können. In der Tat gab es Fußspuren. Sie führten vom Hinterausgang des Hauses in Richtung Teich. Von dort aus hätte er über einen Trampelpfad zum Haus der Gerstekorns gelangen können. Aber die Spuren endeten am Teich! Sie konnten indes nicht von dem Alten stammen, denn sie passten nicht zu seiner Schuhgröße! Außerdem führten sie auch wieder zurück ins Haus. Hatte Kluckhan den Alten doch erwürgt? Hatte man die Leiche zum Teich geschleppt? Wollte man einen Unfall vortäuschen? Das läge nahe, aber die Fußspuren passten auch nicht zu den Kluckhans. Denkbar ist, dass sie einen Helfershelfer hatten. Aber eine dritte Person wollte Gerstekorns Tochter nicht bemerkt haben. Und wer sollte sich dazu hergeben? Mit den Kluckhans wollte doch niemand im Dorf etwas zu tun haben!

Dann aber stellte sich heraus, dass sich an der Leiche auch Spuren befanden, die nicht von den Kluckhans stammten. Die Frage ist, ob sich nach den Kluckhans noch eine weitere Person auf dem Hof aufgehalten hatte. Niemand wollte etwas bemerkt haben. Theoretisch könnte der Mann, der Drakes Hof erben sollte, dort aufgekreuzt sein. Aber einem Geistlichen kann man kaum einen Mord unterstellen. Und warum auch sollte er den Alten aus dem Weg räumen? Ihm war das Erbe doch sicher. Außerdem konnte er zur Tatzeit noch nicht vor Ort gewesen sein. Er hatte noch im Flieger gesessen. Die Airline konnte das bestätigen."

Er klopfte die Asche aus der Pfeife: „So, das wär's! Alles in allem eine verworrene Geschichte!"

DER SCHATTENMANN

Ich hatte Philipp Drake über den Makler kennengelernt, der mir den Kotten vermittelt hatte. Um seine Erbansprüche zu belegen, hatte Drake Papiere vorgelegt, wonach seine Vorfahren mit dem Erblasser verwandt waren. Geboren neunzehnsechzig in Los Alamos/Kalifornien, hieß es in den Personalien, Konfession freikirchlich, in New Ulm/Minnesota ansässig, verheiratet, von Beruf Prediger.

Drake sprach seinen Namen nach amerikanischer Manier aus. Das hörte sich wie „Dreeckie" an. Das klang nicht unbedingt vertrauenerweckend und ließ eher an einen denken, der Dreck am Stecken hat. „Sagen Sie Phil zu mir!", meinte er salopp.

Ich hatte keinen Mann im Talar erwartet. Auch hierzulande laufen die Geistlichen nicht mehr ständig im Ornat herum und in den Staaten, besonders auf dem platten Land, soll es diesbezüglich noch weltlicher zugehen. Er gab sich bibeltreu, ließ an den etablierten Kirchen kein gutes Haar, berief sich auf das reine Wort der Heiligen Schrift und war nie um ein passendes Zitat aus der Bibel verlegen, schien aber dem Irdischen keineswegs abgeneigt zu sein. Er hatte ständig den Glimmstängel im Mund und eine Bierflasche zur Hand. Wenn es spät wurde, kam meist noch ein Whisky hinzu.

Ich war überrascht, wie modisch er gekleidet war. Er trug eine dunkel getönte Brille und lief stets in einer Lumberjack-Jacke und eng geschnittenen Jeans herum. Die Sachen sahen aus, als stammten sie aus einem Laden für sportliches Outfit. Meist hatte er eine schwarze Baseball-Kappe auf. Er hatte eine Narbe auf seiner linken Backe. Er musste beim Spielen mal gehörig einen Schlag abbekommen haben.

Bis die Erbangelegenheiten geregelt waren, hatte sich Phil vorübergehend auf dem Nachbarhof einquartiert. Dass man sich gelegentlich traf, ergab sich von selbst. Dann saßen wir in der kleinen, niedrigen ehemaligen Stube und plauderten über Gott und die Welt.

Als ich ihn wieder einmal aufsuchte, hatte ich meinen Hund mitgenommen. Faida kuschelte sich neben meinen Stuhl und wirkte verängstigt. Phil beobachtete sie misstrauisch. Er mochte offensichtlich keine Hunde.

„Sie ist absolut friedlich“, beruhigte ich. „Sie tut keiner Menschenseele etwas zuleide.“

Ich streichelte sie und gab ihr außer der Reihe ein Leckerchen. Sie richtete sich auf und hob wie immer erwartungsvoll die Pfote.

Phil war beeindruckt: „Sieht aus wie der Hitlergruß!“

Ich überging geflissentlich die Bemerkung.

Ich reichte Phil ein Stückchen: „Versuchen Sie es auch mal! Das schafft Zutrauen!“

Er streckte zögerlich seine Hand aus. Faida hob die Pfote nicht, sondern begann leise zu knurren.

„Zwischen uns wird es hoffentlich leichter klappen“, meinte Phil scherzhaft.

Anschließend kam er, wie so oft, auf den Tod des alten Drake zu sprechen.

„Der arme Kerl tut mir so leid!“, sagte er. „Er war bereits sehr hinfällig, hatte keine Kinder und lebte ganz allein auf dem Hof. Er muss ein herzensguter Mensch gewesen sein. Er war so glücklich, dass sein Besitz noch zu Lebzeiten in die Hände eines Nachkommen gelangen sollte. Wie traurig, dass er das nicht mehr erlebt hat!“

Und dann folgten eine Reihe salbungsvoller Sprüche dahingehend, dass der Herrgott die Seinen nie verlässt und im Jenseits für alle Unbill des Erdenlebens entschädigt.

Er griff zu einer Whiskyflasche. „Original amerikanisch! Kein Vergleich mit dem laschen Zeug aus Schottland und Irland!“, meinte er, als er mein Glas füllte.

„Aha!“, sagte ich. „Mit Whisky kenne ich mich nicht aus.“

Dass er sich als Whiskykenner ausgibt, mag angehen, dachte ich, aber dass er derart nationale Töne anschlägt, klingt doch reichlich überheblich und will nicht recht zu einem Gottesdiener passen.

Beim Bier bevorzuge er Lokales, meinte er. „Detmolder Landbier“ sei sein Favorit: „Schmeckt wie bei uns in New Ulm!“

Und dann verwies er darauf, dass die traditionsreiche August-Schell-Brauerei in New Ulm ihren Gerstensaft nach wie vor nach dem deutschen Reinheitsgebot herstelle.

Ich nutzte die Gelegenheit, um mich in der Stube umzuschauen. Zu Zeiten des alten Drake herrschte dort großes Durcheinander. Inzwischen war alles aufgeräumt und blitzsauber.

„Es wird Zeit, dass jemand das Haus wieder auf Vordermann bringt!“, sagte ich anerkennend. „Aber bis alles wiederhergerichtet ist, dürfte es noch eine Weile dauern.“

Er nickte zustimmend. „Ich kann Unordnung nicht ausstehen!“, meinte er. „Das ist wie bei der menschlichen Seele: Das Gewissen sollte immer rein sein.“

Auf dem Boden stand ein Koffer. Der Deckel war ein stückweit geöffnet. Mir schien, dass es Phil nicht behagte, dass ich Einblick gewann. Auf den ersten Blick befanden sich in dem Koffer die üblichen Reiseutensilien und allerlei Krimskrams. Bei genauerem Hinsehen fiel mir ein Baseball-Schläger ins Auge. Ich wunderte mich, dass er schwarz-weiß-rot lackiert war. Ich hatte eher die amerikanischen Farben erwartet.

„Den Schläger hat mir unlängst ein Mitglied einer hiesigen Kirchengemeinde geschenkt“, sagte Phil. „Er ist ein Baseball-Fan. Hierzulande kennt man die Sportart leider kaum. Er ist ein netter Kerl. Wir treffen uns gelegentlich.“

Phil zündete sich eine Zigarette an. Als er das Feuerzeug zückte, fiel mir auf, dass auf beiden Seiten etwas eingeprägt war.

„Darf ich mal sehen?“, sagte ich.

Als ich das Feuerzeug genauer in Augenschein nahm, entdeckte ich auf der einen Seite die Initialen „J“ und „H“. Merkwürdig, dachte ich. Sie passen nicht zu Phils Namen. Auf der anderen Seite befand sich ein Zeichen. Es war etwas mit kleinen, spitzen Haken. Auf den ersten Blick sah es nach einem Anker aus. Dann aber fiel mir ein, dass es sich um eine Wolfsrune handeln könnte.

Das war ein Zeichen, das die Germanen nach der sogenannten Wolfskralle geformt hatten, einem Jagdgerät zum Fangen von Wölfen, das mit Widerhaken und einem Köder versehen war und in Bäumen aufgehängt wurde.

Die Wolfsrune galt als Ausdruck der Wehrhaftigkeit. Der Heidedichter Hermann Löns ließ sie in seinen Grabstein meißeln. Hitlers schwarze Schergen und „Werwölfe“ hefteten sie an ihre Uniformen. Man hat sie wieder aus der Mottenkiste gekramt. Sie leuchtet auf den T-Shirts von rechten Schlägern und wenn sie sagen, „die Wölfe sind zurück!“, meinen sie nicht die vierbeinigen, sondern Ausländer.

Der Wolf nimmt sich, was er braucht. Das ist sein Trieb. Das ist das Gesetz der Arterhaltung. Aber er ist der Fressfeind des Menschen. Der Mensch muss ihn jagen. Doch es gilt auch die Sentenz: „Homo homini lupus“, der Mensch ist des Menschen schlimmster Feind. Der Sieger nimmt sich, was er braucht.

„Die Polen sind erst zu Menschen gemacht worden, nachdem sie von den Preußen gewaschen wurden“, soll Bismarck gemeint haben, „und man kann, wenn man bestehen will, nicht anders tun, als sie ausrotten. Der Wolf kann auch nicht dafür, dass er von Gott geschaffen ist, wie er ist, und man schießt ihn doch dafür tot, wenn man kann.“ Wolf und Marder seien nun mal Diebe, ließ Hermann Löns seinen „Werwolf“ sagen, und man müsse Tatern und anderes fremdes Volk mit der Peitsche begrüßen und die Hundsfötter totschießen wie tolle Hunde, weil sie keine richtigen Menschen seien und nicht blieben, wo sie hingehörten.

Die Juden seien raubgierige Wölfe, hatte der Reichspropagandaminister gewettert. Da mochte es kein Zufall sein, dass der Führer seine Vernichtungsbefehle aus der „Wolfsschanze“ erteilte. Vielleicht sollte der Name an einen Wolfsbau erinnern, in den sich der Räuber mit seinem Rudel verkriecht. Doch am Ende sah es mehr nach einer Fallgrube aus, in der man ihn zur Strecke bringen wollte. Es sollte in der Tat kein gutes Ende mit ihm nehmen. Der Jäger wurde zum Gejagten. Schon die Germanen glaubten, dass am Ende der Tage der „Fenriswolf“ auftauchen und den Allvater verschlingen würde.

Eine frustrierende Bilanz, dachte ich. Herrscht unter den Menschen das Gesetz der Wölfe? Soll das ewig so weitergehen? Auf dem Papier steht: Alle Menschen sind gleich. Alle haben die gleichen Rechte. Wo bleibt die Brüderlichkeit, die Empathie, die Solidarität?

Ich hatte den Eindruck, dass Phil misstrauisch zugeschaut hatte, als ich das Feuerzeug von allen Seiten aufmerksam studierte.

„Interessantes Stück!“, meinte ich anerkennend, als ich es ihm wieder zurückreichte. Ich hätte erwartet, dass er sich zu dem Zeichen geäußert hätte. Er schwieg jedoch und schien sichtlich bemüht, das Thema zu wechseln.

Angeblich war er ein Wiedergeborener. In seinem ersten Leben war es fürchterlich zugegangen. Er war ein uneheliches Kind. Seine Mutter hatte ihn ausgesetzt. Er war umhergestreunt und zum „Wolfskind“ geworden. Er hatte jahrelang mit den Tieren gelebt und manche ihrer Gewohnheiten angenommen. Dann hatte man Jagd auf seine Freunde gemacht und sie gnadenlos abgeschossen. Er hatte um sein Überleben gekämpft, aber am Ende war er verhungert. Als man seine Leiche fand, hatte man sie in einem namenlosen Grab beigesetzt.

Es sei ein regenverhangener Tag gewesen, wollte er sich erinnern. An seinem Grab hatten sich nur ein Amtsvertreter, ein Geistlicher und ein paar alte Leutchen eingefunden. Der Seelsorger hatte von einem traurigen Schicksal eines jungen Menschen gesprochen, der nicht mehr in die Gesellschaft der Menschen zurückgefunden habe. Es sei Gottes Wille gewesen. Der Herr möge der Seele des Verstorbenen gnädig sein. Als man den Sarg in die Gruft hinabließ, hatte in der Ferne ein Wolf klagend aufgeheult.

In seinem zweiten Leben habe er es kaum besser gehabt, meinte er. Sein Vater sei ein Grobian, Säufer und Weiberheld gewesen. Nicht nur seine Mutter, auch er habe sehr darunter gelitten. Und auch er sei in seiner Jugend alles andere als ein Lämmchen gewesen und habe sich schon mal geprügelt, wenn es nicht anders ging. Seine Vorbilder seien die Revolverhelden in den Wildwestfilmen gewesen: Immer den Colt griffbereit! Immer auf der Seite der Rechtschaffenen! Auch die Hollywood-Streifen, in denen Eliteeinheiten die „verdammten Japse“ und die „miesen Vietcongs“ jagten, hätten ihn zutiefst beeindruckt. Bei den Kämpfen sei es grausam zugegangen, aber wenn es um das Vaterland gehe, sei jedes Mittel recht.

Von seinen Eltern habe er keine Hilfe erwarten können. Er habe sehen müssen, wie er allein zurechtkam. Studieren kam nicht in Frage. Sein Vater hatte weder die Mittel noch die nötigen Beziehungen. Er wollte zur Army. Dort brauchten sie handfeste Typen.

Er sei im Golfkrieg dabei gewesen, als man die Iraker aus Kuwait vertrieben habe, sagte er. Man habe ordentlich mit den Halunken aufgeräumt. „Highway of Death“ habe man das Schlachtfeld genannt und man werde nicht aufhören, den aufmüpfigen Moslems das Handwerk zu legen, immer nach dem Motto: „Das parasitäre Gesindel eliminieren! Jagd auf den König des Abgrunds machen!“

Am Ende hatte ihn ein Heckenschütze erwischt und am Kopf getroffen. Er hatte zwischen Leben und Tod geschwebt.

Er hatte überlebt, aber für den Dienst an der Front war er nicht mehr tauglich. Die Army hatte für ihn gesorgt und ihm eine Stellung als Sicherheitsbegleiter einer Fluggesellschaft verschafft.

„Ich war weiterhin im Dienst der Nation für Sicherheit tätig“, fuhr er fort. „Es war nicht so spektakulär wie an der Front, aber auch nicht ohne Risiko. Ich hatte immer den Revolver dabei. Notfalls kurzen Prozess machen, lautete mein Auftrag. Meist aber handelte es sich um Lappalien. Mal hatte einer zu viel getrunken und seinen Nebenmann belästigt, mal hatte einer das Bordpersonal angepöbelt. Es ging nicht immer ohne Blessuren ab, daher die Narbe auf der Backe. Unter den Passagieren waren auffällig viele Leute aus dem Nahen Osten. Der Verdacht lag nahe, dass unter ihnen Terroristen sein könnten. Einmal konnte ich einen Anschlag verhindern. Bei einem Passagier war das Handgepäck in Flammen aufgegangen. Der Mann hatte brennbares Material an Bord geschmuggelt! Es war eine schöne Zeit. Dann aber wurde mir gekündigt. Ich hatte angeblich eine Waffe aus dem Sicherheitsbereich geschmuggelt. Daran war kein Wort wahr! Ein anderer war scharf auf meinen Posten.“

Anschließend war er Prediger geworden. „Ich war ein Spätberufener“, meinte er vielsagend. „Ich hatte sozusagen etwas gutzumachen. Im Dienst des Herrn hatte ich eine ähnliche Mission wie zuvor. Ich wollte Gottes Wort verkünden, Menschen auf den richtigen Weg bringen und ihnen in ihrer Not beistehen. Doch das Kreuz hat die Menschheit nicht erlöst. Das Böse treibt nach wie vor sein Unwesen. Man darf nicht viel Federlesen machen! Gottes Wort muss mit Feuer und Schwert verbreitet werden! Der Herr kennt selbst bei den Seinen keine Gnade. Wen er liebt, den züchtigt er.“

Der Wechsel vom Landser zum Prediger erschien mir merkwürdig, hätte aber auch passen können, denn glaubensmäßig kam er augenscheinlich aus der fundamentalistischen Ecke. Dort soll es durchaus Leute geben, die nicht zimperlich sind!

Als Prediger sei er voll im Einsatz, sagte er. Er sei ständig auf Tour und habe wenig Zeit für anderes, auch nicht für die Familie. Ich hätte erwartet, dass er mir Fotos gezeigt hätte, von seiner Frau, von seinen Kindern, seinem Haus, seinem Wohnort oder seinem Gemeindehaus. Aber es schien, als sei das für ihn nicht sonderlich wichtig.

Ich hatte den Eindruck, dass er auffällig oft außer Haus war. Auf Nachfrage gab er zu verstehen, dass er seine „Mission“ auch in Lippe nicht vernachlässigen wolle.

Ich wollte wissen, warum er kein Auto, sondern ein Motorrad benutzte.

„Damit kommt man besser vom Fleck“, meinte er. „Die schönsten Ecken in Lippe lernt man erst kennen, wenn man auf zwei Rädern unterwegs ist.“

Angeblich war er auch in den Staaten immer mit dem Motorrad unterwegs. Die Gemeinde war weit verstreut. Die Gemeindemitglieder waren ärmliche Leute. Er lebte von Spenden. Ein Auto konnte er sich nicht leisten.

Ich war von Anfang an überrascht, dass er, wenngleich mit deutlichem Akzent, der deutschen Sprache weitgehend mächtig war. Eine fundierte Kenntnis der deutschen Geschichte schien er nicht zu besitzen, aber mir fiel auf, dass er sich bezüglich des Dritten Reiches erstaunlich gut auskannte. Selbst die unterschiedlichen SS-Ränge konnte er mühelos herunterspulen!

In seiner Familie habe man die deutschen Traditionen stets hochgehalten und auch die Muttersprache an die Nachkommen weitergegeben, meinte er. Und dann sprach er davon, dass er Hochachtung empfinde vor der Zähigkeit und dem Mut, mit dem sich seine Vorfahren eine neue Existenz im Land der Freiheit geschaffen hätten, und über die Gründe, warum sie ihre Heimat verlassen hatten, schilderte, wie beschwerlich die Reise seinerzeit gewesen sei und wie sie sich anfangs als Tagelöhner hätten durchschlagen müssen, bevor sie es nach Jahren voller Entbehrung geschafft hätten, ein Stück Land zu erwerben und eine Familie zu gründen. Er bediente sich dabei gelegentlich der Redeweise der Ausgewanderten, indem er Deutsch und Englisch mischte und von „place finden“ und „home gründen“ sprach.

Einer seiner Ahnen habe sich zu Fuß nach Kalifornien aufgemacht, um dort Gold zu schürfen, flocht er ein. Am Ende sei er mit einem Goldschatz zurückgekehrt. Im Dorf hätten ihn alle den „Kalifornier“ genannt.

Ich wurde hellhörig. War der Schatz in meinem Kotten versteckt? Hatte er sich in dem roten Sofa befunden? Hatte Phil ihn an sich genommen? Mir kamen erneut die Flecken in den Sinn. War vielleicht noch ein anderer hinter dem Schatz her? Hatte es eine gewaltsame Auseinandersetzung gegeben? War dabei Blut geflossen? Ich verwies den Gedanken aber nach wie vor in das Reich der Fantasie und behielt meine Vermutung für mich, zumal Phil das Gespräch umgehend wieder an sich riss.

Später hätten sich seine Vorfahren in New Ulm niedergelassen, sagte er. Anfangs hätten sie große Probleme mit den Indianern gehabt. Die Rothäute seien immer wieder über ihre Siedlungen hergefallen. New Ulm sei mehrfach von ihnen zerstört worden. Nach dem Wiederaufbau der Stadt habe man, in Würdigung der tapferen deutschen Kämpfer, nach heimischem Vorbild das „Hermannsdenkmal“ errichtet. Anlässlich der Einweihung habe es ein Volksfest gegeben, bei dessen Ausrichtung der Orden „Hermanns Söhne“ federführend gewesen sei. Auch eine Delegation aus der Heimat des Cheruskers habe an den Feierlichkeiten teilgenommen.

„Ihr Lipper haltet die Tradition hoch“, meinte Phil anerkennend. Und dann sprach er davon, dass die Drakes vom gleichen deutschen Geist beseelt gewesen seien und sich auch in ihrer neuen Heimat als echte Patrioten erwiesen hätten. Im Bürgerkrieg hätten sie aus tiefster Überzeugung heraus gegen die gottlosen Nordstaaten gekämpft, während die Husemanns, ihre vormaligen Nachbarn in Dalborn, nichts Eiligeres zu tun gehabt hätten, als den wackeren Südstaatlern in den Rücken zu fallen, vermutlich weil man ihnen nach dem Sieg billiges Land versprochen habe. Nach der Schlacht bei Guntown aber habe sich das Blatt gottlob zugunsten der Rechtschaffenen gewendet. Man habe die Husemanns geschnappt und die Verräter hätten den verdienten Denkzettel bekommen. Einer der beiden habe ein Leben lang unter Durchfall gelitten und der andere ohne Zehen am linken Fuß herumlaufen müssen.

Ich hatte nicht erwartet, dass er derart abfällig über die ehemaligen Nachbarn der Drakes sprechen würde. Die Husemanns waren meines Wissens ehrenhafte und gottesfürchtige Leute. Sie hatte die gleiche Armut und die Suche nach einem besseren Auskommen in die Fremde getrieben wie die Drakes. Sie hatten reichlich Pech im Leben und ihren Hof an die Drakes verkaufen müssen, um die Überfahrt zu finanzieren. Damals hatte es geheißen, die Drakes hätten sie beim Verkauf des Hofs über den Tisch gezogen. Aber dann hätten nicht die Drakes einen Grund zum Groll gehabt, sondern die Husemanns.

Phil schien zu spüren, dass mir etwas durch den Kopf ging, und vermied auffällig den Blickkontakt. Er wandte sich um und nahm ein Bündel vergilbter Schreiben zur Hand, in denen die Ausgewanderten über ihr Schicksal berichtet hatten. Er habe die Briefe in einer Kommode aufgestöbert, sagte er. Sie seien eine echte Bereicherung gewesen.

Das klang vielsagend. War in den Briefen von dem Goldschatz die Rede, mit dem einer der Drakes aus Kalifornien zurückgekehrt sein soll?

Als Phil die Blätter durchging, hatte er die Brille nicht auf, obwohl es nicht gerade einfach war, die Krakeleien zu entziffern. Mir kam ein Verdacht: War er vielleicht überhaupt kein Brillenträger?

Bislang hatte die dunkel getönte Brille die Farbe seiner Augen nicht erkennen lassen. Jetzt aber fiel mir auf, dass seine Augen braun waren. Merkwürdig, dachte ich, denn seine Haare sind blond! Vielleicht hatte er sie gefärbt. Aber wozu? Aus Eitelkeit? Oder steckte mehr dahinter?

Es schien, als ob er Gedanken lesen könnte. Er griff hastig zu den Gläsern und murmelte: „Jetzt brauche ich doch die Brille! Ich habe mich noch immer nicht an sie gewöhnt."

Dann hatte er offensichtlich gefunden, wonach er gesucht hatte. „Aufgegeben in Junction City/Kansas am achten April achtzehnvierundsiebzig", kommentierte er. Aus dem Schreiben ging hervor, dass einer der Drakes dort bei einer Eisenbahngesellschaft tätig war, die die Strecke weiter westwärts trieb. Er habe stets eine Flinte bei sich, hieß es, weil er auf der Hut sein müsse, dass ihm das Ersparte nicht gestohlen wurde. Besonders die Rothäute seien für ihre räuberischen Überfälle berüchtigt.

Phil zitierte: „Ich denke, es kann keine grässlicheren Gestalten geben als die Indianer. Sie stinken wie Aas, haben nur Pferdedecken um den Leib, gehen barfuß, schlafen Sommer und Winter im Freien auf dem Boden. Sie können uns Weiße nicht ausstehen und denken, sie würden zu sehr unterdrückt und ihr Heimatrecht ginge fort. Aber das ist nicht so. Dennoch machen sie sich einen Spaß daraus, einen Reisenden totzuschießen und den Leichnam bei heller Flamme brennen zu sehen."

Ich horchte auf: Ich hätte eine kritische Anmerkung erwartet, aber er machte keinerlei Anstalten, sondern verwies stattdessen darauf, dass auch die „Schwarzen" nicht den besten Ruf hätten. Damals, meinte er, habe sein Urahn aus Chicago berichtet, ihm gefalle die Stadt nicht, weil die meisten Einwohner „Neger" seien.

Anschließend ließ er sich ausgiebig darüber aus, dass in den Staaten allein der weiße Mann das Sagen habe, während die Schwarzen eine schwache Rasse seien und Sklavenblut in ihren Adern hätten. Sie könnten froh sein, wenn man ihnen Brot und Arbeit gebe. Die Indianer seien im Grunde ein wehrhaftes Volk, aber wegen ihrer technischen Rückständigkeit zwangsläufig untergegangen. Inzwischen wimmele es in den Staaten nur so von Menschen aus aller Herren Länder. Die Nordeuropäer seien tüchtig und fleißig. Bei den Latinos dagegen sehe es diesbezüglich schlecht aus und den Chinesen und den Arabern sei nicht zu trauen. Leider faselten heute viele von Gleichheit, aber so hätten es die weißen Siedler nie gemeint. Die Freiheitsstatue sei keinesfalls als „Einladung für irgendwelche Hergelaufenen“ zu verstehen.

Er verwies auf das uralte Recht der Siedler, eine Waffe bei sich zu führen. Man habe sich die Freiheit erkämpft und lasse sie sich nie wieder nehmen. Der Baum der Freiheit müsse jedoch von Zeit zu Zeit mit Blut aufgefrischt werden. Das habe schon Jefferson gesagt. Man berufe sich auf die in der Verfassung garantierten Rechte, bekämpfe aber den säkularen Staat, denn über allem stünden die Gesetze Gottes mit der Maßgabe, dass man der Evolutionstheorie widerspreche, die Reinhaltung des Blutes fordere und vorehelichen Geschlechtsverkehr, Abtreibung, Scheidung und gleichgeschlechtliche Partnerschaften verurteile.

„Sie müssen das verstehen“, meinte er, als ob er ahnte, dass sich das aus dem Mund eines Geistlichen nicht gerade passend anhörte. „Die Mitglieder meiner Gemeinde sind arme Schlucker und nicht gerade vom Leben verwöhnt. In ihrer Not neigen sie dazu, sich von anderen zu holen, was ihnen nicht vergönnt ist. Das birgt eine Menge Gefahren und bringt die göttliche Ordnung durcheinander. Die Leute sind ungebildet und sehr einfach gestrickt. Sie brauchen etwas, woran sie sich festhalten können. Und das ist allein Gottes Wort!“

Er füllte sein Whiskyglas nach, zündete sich eine weitere Zigarette an, blies den Rauch ungeniert in meine Richtung und beugte sich etwas vor. Ich hatte das Gefühl, dass ihm an einer Klarstellung gelegen war.

„Ihr Deutschen wißt nicht“, meinte er, „was es heißt, mit Menschen zusammenzuleben, die nicht dem eigenen kulturellen Erbe entsprechen und auf einer niedrigeren Entwicklungsstufe stehen. Ihr hattet dafür ein Problem mit den Juden!“

Ich zögerte mit einer Antwort. War das ein Totschlagargument, um mich zum Schweigen zu bringen? Auf jeden Fall war es ein heißes Eisen, das ich im Moment lieber ruhen lassen wollte.

„Nun ja“, sagte ich stattdessen, „inzwischen machen wir neue Erfahrungen mit Menschen aus anderen Kulturkreisen. Es ist zu befürchten, dass immer mehr Migranten ins Land strömen. Das dürfte zu erheblichen Konflikten führen. Ich hoffe, man wird eine friedliche und humanitäre Lösung finden.“

Phil zog die Augenbrauen ungläubig hoch und blickte mich durchdringend an: „Das bezweifle ich“, meinte er. „Ich nehme an, dass die Menschen auf die Straße gehen und rebellieren werden. Deutschland darf kein Auffangbecken für Hungerleider aus aller Welt werden! Aber noch gefährlicher sind die Moslems. Sie sind die modernen Barbaren. Sie wollen sich gewaltsam ausbreiten und die westliche Kultur zerstören.“

Ich konnte das nicht so stehen lassen: „Das sollte man nicht pauschal unterstellen!“

„Aber es gibt genug unbelehrbare Fanatiker“, ereiferte er sich. „Mit ihnen muß man kurzen Prozess machen. Man muß mit Wut und Feuer gegen sie vorgehen!“

„Das bedeutet Krieg!“, wandte ich nachdrücklich ein. „Wollen wir das? Verpflichten uns nicht unsere eigenen Werte, einen anderen Weg einzuschlagen?“

“Ich weiß, die Deutschen mögen keinen Krieg“, meinte er augenzwinkernd. „Sie haben ihn zu oft verloren!“

Im Krieg habe sein Großvater seiner Pflicht gehorchen müssen, fuhr er fort, aber mit Rücksicht auf seine Abstammung habe man ihn gottlob nicht in Europa, sondern in Fernost eingesetzt. Er sei als Bomberpilot über Tokio dabei gewesen: „Der reinste Feuerzauber!“ Am Ende hätten zwei Atomblitze genügt, um den Krieg zu beenden. Seitdem gelte der Spruch „America First!“

Er schenkte sich einen weiteren Whisky ein: „Auf die deutsch-amerikanische Freundschaft! Lassen wir die Vergangenheit ruhen!“

Es war spät geworden. Ich rüstete zum Aufbruch. Als ich zur Tür schritt, kam ich an einer Anrichte vorbei, auf der eine Bibel lag. Es schien ein besonders kostbares Exemplar zu sein. Es war in Leder gebundenen und mit Goldschnitt versehen.

„Ein schönes Stück!“, sagte ich.

Er nahm das Buch liebevoll zur Hand: „Altes Erbstück!“, meinte er. „Es begleitet mich ständig. Gottes Wort gibt in allen Dingen die Richtung vor.“

Ich bat darum, einen Blick in das Buch werfen zu dürfen. Er zögerte einen Augenblick, ehe er es mir reichte. Ich wunderte mich. Wieso sollte ich mir das Buch nicht anschauen? Und dann wurde ich stutzig: Er hatte von einem alten Erbstück gesprochen, doch das Buch wirkte nahezu neuwertig und unbenutzt. Als ich es aufschlug, fiel mir eine handschriftliche Widmung ins Auge. Sie lautete: „To Jonny Houseman“. Das passte auffällig zu den Initialen auf dem Feuerzeug.

Phil schien bemerkt zu haben, dass ich misstrauisch geworden war. Ich hatte den Eindruck, dass er unwillkürlich zusammenzuckte, als ich nachfragte, wer dieser Houseman sei, sich aber rasch wieder gefasst hatte.

„John Houseman ist mein Nachbar in New Ulm“, sagte er. „Er ist ein Nachfahre der Husemanns, die sich in den Staaten Houseman nannten, weil das englischer klang und leichter auszusprechen war. Houseman hat mir das Buch geschenkt. Es war gut gemeint. Er wollte mir eine Freude machen. Er selbst war leider nicht gerade ein gottesfürchtiger Mensch!“

Mir kam ein Verdacht: War er überhaupt kein Geistlicher? Hatte er deshalb keine Verwendung für die Bibel? War er gar nicht, für was er sich ausgab? Hatte ich nicht Phil Drake vor mir, sondern John Houseman? Daran wollte ich beim besten Willen nicht glauben. Aber es hatten sich Welten zwischen uns aufgetan und ich beschloss, künftig ein Auge auf ihn zu haben.

SCHNEPFE

Ich wollte zur Ruhe kommen. Vielleicht hast du dir alles nur eingebildet, sagte ich mir. Ich war in der Tat reichlich mit den Nerven fertig. Ich war froh, dass ich mich nicht auch noch um Hilde kümmern musste.

Dass ich mich entschieden hatte, in Dalborn zu leben, stieß bei ihr auf völliges Unverständnis. „In diesem gottverlassenen Nest möchte ich nicht zu Hause sein“, hatte sie gewettert, „und in so einem gespenstischen alten Kasten könnte ich keine Nacht verbringen! Wer weiß, was sich darin alles getan hat. Mich würde nicht wundern, wenn es dort Mord und Totschlag gegeben hätte und man am Ende eine vergrabene Leiche aufspüren würde.“

Das mit Hilde war eine verzwickte Geschichte. Als ich sie kennenlernte, hatte sie sich soeben von Siegfried Schnieders, einem angesehenen Grunewalder Rechtsanwalt, scheiden lassen. Sie war meine erste und einzige große Liebe. Ich war hin und weg. Ich konnte ihr gar nicht genug zu Gefallen sein. Anfangs wirkte sie zufrieden und glücklich. Wir waren unzertrennlich. Dann änderte sich die Stimmung zunehmend. Sie gab sich kalt und abweisend. Ich fragte mich, woran das liegen mochte. In meinen Augen hatte es nicht wirklich Anlass für Streit gegeben. Dass es mit uns nicht klappen wollte, hatte mit ihrem Wesen zu tun. Wir waren menschlich von einem anderen Schlag.

Hilde hatte etwas von einer Schnepfe. Der Vogel stochert unentwegt mit seinem langen Schnabel im Boden herum und wühlt ihn systematisch auf. Ihm entgeht so gut wie nichts. Dabei bewegt er seinen Hals ständig auf und ab. Der wechselnde Abstand vom Boden soll das Gesichtsfeld verbessern. Am

Boden bewegt sich der Vogel auf eine stelzende Art. Dort ist er leicht auszumachen. Wenn er jedoch auffliegt, ist er wegen seines Zickzackflugs für die Jäger kaum zu fassen.

Hilde war ein „dominanter Typ“, wie man heute sagt, und eine ausgesprochene „Powerfrau“. Die heilige Hildegard von Bingen hatte bei der Namensgebung Pate gestanden. Hilde fand, dass die mittelalterliche Universalgelehrte ein positives Leitbild abgab: „Sie hat seinerzeit mächtig für Wirbel gesorgt und die Männerwelt kräftig aufgemischt!“

Das würde auch auf einen Männerschwarm gleichen Namens zutreffen, fand ich. Die Knef war nicht von Pappe. Sie hatte ein freches Mundwerk und wußte, wo es lang ging, ganz so wie die „Hilde“, die mich beim Autofahren auf dem Navi herumkommandierte. Ich wartete immer darauf, dass sie sagen würde: „Haben Sie sich angeschnallt? Sind Sie nüchtern? Stellen Sie das Rauchen ein! Lassen Sie die Finger von ihrem Beifahrer. Blicken Sie nur geradeaus!“ Den Ton kannte ich von Hilde!

Hilde war Lehrerin an einer „Nonnenschule“. Das passte. Sie war erzkatholisch, auch wenn sie es mit den Kirchenbesuchen nicht so genau nahm. Ich war Protestant, wenngleich nicht stranggläubig, aber in ihren Augen auf jeden Fall ein „Ketzer“.

Die Schule lag im Grenzland zwischen dem Hochstift Paderborn und der „lippischen Diaspora“, wie Hilde die mehrheitlich von Protestanten bewohnte Region bezeichnete. An der Anstalt legte man Wert auf Zucht und Ordnung. Die kommunale Konkurrenz im gleichen Ort war der Schulleitung ein Dorn im Auge. „Dort ist man zu liberal“, hieß es. „Man hat kein Gespür für Tradition! Die deutsche Leitkultur ist in Gefahr!“

Eigentlich hatte Hilde nicht das Lehramt angestrebt. Das war am Ende nur eine Notlösung. Sie hatte von einer Karriere als Malerin geträumt, mit eigenem Atelier und allem Drum und Dran. „Die Männerwelt dominiert noch immer die Branche“, hatte sie geklagt. „Bei einer Frau heißt es: Ach, wie interessant! Aber dann kneift man und für eine Ausstellung ist bestenfalls im Foyer der Sparkasse oder im kirchlichen Gemeindehaus Platz!“

All das hatte tiefe Spuren hinterlassen und ihren Ehrgeiz angestachelt: „Frauen müssen sich durchboxen. Die Quote allein reicht nicht! Es kommt auf das richtige Auftreten an und die passende Ansage.“

Dass sie über den nötigen akademischen Background verfügte, stand außer Zweifel. Gelernt ist gelernt! Sie wusste immer alles besser. Sie mußte ständig etwas „richtigstellen“. Das gehört sich für einen Lehrer, kann aber nerven.

In der Regel stammte ihr Wissen aus Nachschlagewerken. Bei Bedarf lief sie in die Bibliothek. Inzwischen genügt der Blick ins Netz: Buchtitel eingeben, ab in den Warenkorb! Wenn es noch schneller gehen soll, gibt es inzwischen Wikipedia per Smartphone: Stichwort aufrufen, runterscrollen, anklicken.

Hilde war ständig auf Beförderung aus. „Gute Noten im Examen sind wichtig“, meinte sie, „aber das Weiterkommen hängt davon ab, ob man sozial engagiert ist, ob man öffentlichkeitswirksame Projekte angeht, ob man organisatorisch eine Stütze des Schulleiters ist, ob man ihm die Ferienvertretung und die Stundenplanung abnimmt oder sich als Oberstufenkoordinator eignet. Auch das richtige Parteibuch kann durchaus nützlich sein.“

Ich muss zugeben, dass sie es an Einsatz nicht fehlen ließ. Abends war sie angeblich immer „fix und fertig“. Von dem Nachmittag war die Rede, der mit Unterrichtsvorbereitungen und Korrekturen draufging, von Konferenzen, Elternbesprechungen, von laufender Fortbildung und, nicht zu vergessen, von der großen Verantwortung, die man als Lehrer trägt, und der damit verbundenen psychischen Belastung.

Ich war Reporter einer Regionalzeitung. Ich hatte die Sparte „Lokales“ zu betreuen: Was sich tut im lippischen Hinterland.

Gewiss, ich kam unter Leute, das war durchaus abwechslungsreich, aber meist handelte es sich um Gedöns, immer dasselbe, auf Dauer eintönig. Ich musste ständig auf dem Laufenden sein, Kontakte knüpfen, mich umhören, Sachlage klären und mit Polizei und Behörden abstimmen, Zeugen befragen, Fotos machen, tippen, abliefern. Mein Terminkalender quoll über. Alles musste vor Redaktionsschluss fix und fertig sein. Das war Stress pur!

Ich war vor Ort, wenn Ratssitzungen anstanden. Meist ging es um die Förderung des Einzelhandels und die Neubelebung des ländlichen Raums. War alles gut gedacht und wichtig, aber am Ende war ich es leid: Stundenlanges Quasseln, nicht zu Potte kommen, die ewigen Sturköppe, die Profilierungssucht!

Gelegentlich standen auf der Tagesordnung Maßnahmen zur Verschönerung des Ortsbildes, zur Verbesserung des Nahverkehrs, zum Erhalt ortsnaher Arztpraxen, sozialer Einrichtungen, Schulen, Kindergärten und Friedhöfe. „Schule geschlossen. Eltern gehen auf die Barrikaden!“, betitelte ich meinen Artikel. „Wieder will ein Landarzt dichtmachen, kein Nachfolger in Sicht!“, hieß es ein anderes Mal oder auch: „Kirchengemeinde in Geldnöten. Der neue Pastor will das Gemeindeleben reformieren!“

Topthema war das gesellschaftliche Miteinander. Es galt, das Vereinsleben zu fördern. Ich berichtete über Taubenzüchter und Kleingärtner, über Kegel- und Skatklubs und über Schützen-, Heimat-, Sport- und Gesangsvereine.

Besondere Beachtung verdienten die privaten Hilfsorganisationen. Ich sprach mit den Menschen, die auf Spenden angewiesen waren. Mir ging ihr Schicksal ans Herz: Ein Flüchtling hatte seine gesamte Familie verloren, eine Alleinerziehende kam mit Haushalt und Kindern nicht mehr klar, einem Handwerker hatte man fristlos gekündigt und einem anderen hatte die Frau den Laufpass gegeben.

Gern gelesen wurde die Serie „Goldene Hochzeit“. Jeder wollte mal vorkommen, möglichst mit Foto in bunt. In der Regel waren es „kleine Leute“, wie man sagt. Er hatte Schreiner gelernt und war bei einer Möbelfirma angestellt, sie war Reinigungsfachkraft. Beim Schützenfest hatte es „gefunkt“. Anschließend heiraten, Häusle bauen, Kinder. Er war im Sportverein und sammelte Briefmarken. Sie war für Kinder, Haushalt und Garten zuständig. Wenn Zeit blieb, strickte oder häkelte sie gern, am Ende nur noch für die Enkel. Die genaue Anzahl der Kinder und Enkel musste unbedingt vermerkt werden. Zum Schluss stellte ich stets die Frage, warum die Ehe so lang gehalten hatte. Antwort: „Man muß einander vertrauen und zusammenhalten, in guten wie in schlechten Zeiten!“ Ich konnte nur vor Bewunderung erblassen und war heilfroh, dass die Leser nicht ahnen konnten, dass es bei mir überhaupt nicht funktioniert hatte.

Die Sparte „Kultur allgemein“ betreute ein Kollege. Er hatte diesbezüglich die „höheren Weihen“. Er achtete streng darauf, dass ich ihm nicht in die Quere kam. Dennoch konnte ich in jüngster Zeit verstärkt über Kulturelles in der Provinz berichten, über Ausstellungen, Konzerte und andere lokale Events: Auf dem Land tat sich was! Sogenannte „Kunstscheunen“ und „Kulturkneipen“ waren en vogue.

Zur Sparte gehörte auch das Heimatgeschichtliche: Wie der Bahnhof früher aussah und der inzwischen geschlossene Landgasthof, wenn möglich mit historischem Bildmaterial. In den Heften des Heimatbundes konnte ich Einschlägiges nachlesen. Ein wenig Background konnte nicht schaden. Zuweilen war der Gang in das Landesarchiv unumgänglich.

Am Wochenende gab es regelmäßig die Rubrik „Lippsk Platt“. Es wird nur noch selten „gekürt“, ist aber kein Dialekt, sondern eine eigene Sprache! Mitunter ging es auch um alte Sitten und Gebräuche: Was Oma noch wusste. Was davor lag, blieb meist im Nebel. Manch einer fragte sich, ob Hermann der Cherusker schon schreiben konnte und ob er lippisches Platt gesprochen hatte, was für eine Behausung er hatte, ob er bereits über eine Kutsche verfügte und ob er gelegentlich ein Bier getrunken hatte.

Ich nehme an, dass er in einer angemessenen Hütte hauste und dort gelegentlich seinen Met trank. Kann sein, dass er als kleiner Junge von einem römischen Kampfwagen geträumt hat, aber in der Regel dürfte er zu Pferd unterwegs gewesen sein. Mit Sprachgeschichte kenne ich mich nicht aus. Vermutlich hat der Cherusker nur Runen gekannt. Schreiben konnte man erst, nachdem die Franken die Germanen unterworfen und zivilisiert hatten. Das Lesen und Schreiben war allerdings Sache der gelehrten Mönche.

Der Kaiser hatte für den siegreichen Cherusker ein Denkmal errichten lassen. Es ist deutsches Nationalheiligtum, herrlich gelegen, Aushängeschild der Region und für das touristische Marketing wichtig. Ich fand gelegentlich einen Aufhänger: „Kegelklub macht Ausflug zum Denkmal."

Das Schwert des Gekupferten wies nach Westen. Dort lauerte der Erzfeind. Später lauerten Deutschlands Feinde auch im Osten. Am Ende fuchtelte der Gekupferte nach allen Seiten. Als die feindlichen Bomber über ihn hinwegzogen, wäre er am liebsten vom Sockel gesprungen, hätte seine Adlerfittiche gesträubt und sich ihnen entgegengeworfen. Als dann alles in Trümmern lag, hatte auch er einiges abbekommen. Unzählige Schüsse hatten ihn durchlöchert. Die Friedensbewegten wollten ihn sprengen lassen. Aber für die Lipper hält er noch immer treue Wacht, wenn auch nur symbolisch.

„Alles gut und schön, aber nicht übertreiben!", warnte mein Chef, „Die jungen Leute können mit Heimat nichts mehr anfangen. Und bitte keine übertrieben patriotischen Töne! Das kommt heute nicht an. Wir sind nicht in Oberbayern!"

Er war auf Ausgewogenheit bedacht: „Immer das Positive im Auge halten, niemandem auf die Füße treten, das Anzeigengeschäft nicht beeinträchtigen, die Abo-Zahlen im Blick behalten!"

Das Echo musste aufmerksam verfolgt werden. Die Leserbriefe konnten mich zuweilen auf die Palme bringen: Ständiges Meckern seitens der Klugscheißer und Besserwisser: „Verzerrte Darstellung, war so nicht, einseitiges Urteil, kann so nicht stehen bleiben, war früher besser oder könnte man inzwischen ganz anders machen." Es gab jede Menge Ratschläge, oft von Ewiggestrigen oder aus der alternativen Szene.

„Halten Sie sich nicht mit lokalem Kleinkram auf!", warnte mein Chef. Ich sollte Neues entdecken, es sollte spannend und unterhaltsam sein, durfte die Leser aber nicht überfordern. Dann aber hieß es: „Paßt momentan nicht, kommt nicht gut an" oder „hatten wir schon!"

Unfallberichte jedoch stießen bei den Lesern stets auf großes Interesse. Ein Fahranfänger wurde aus der Kurve getragen, ein Senior hatte die Vorfahrt übersehen, ein Bauer war vom Traktor gestürzt, ein Jäger wurde vom morschen Hochsitz erschlagen. Zuweilen ging es auch um Einbrüche, Überfälle, Brände, Sturmschäden, ausgebrochene Rinder oder ausgelaufene Gülle. Das lockte selbst den wortkargsten Bauern aus der Reserve: „Wat alles vorkömmt! Duiwel auch! Kaum zu glauben, aber se sagen's."

Ich ahnte nicht, dass ich demnächst über Dalborn eine Schreckensmeldung nach der anderen würde zu vermelden haben.

Unlängst hatte ein Kollege einen „Lippe-Krimi" auf den Markt gebracht. „Spannende Geschichte, die passende Lektüre für den Urlaub", ließ ich in einer Besprechung verlauten.

Eigentlich müsste man in Lippe aufgewachsen sein, um solche Bücher zu schreiben, oder sich zumindest einschlägig umgehört haben. Zur Not hätten es aber auch ein paar historische Fakten getan und dazu eine gehörige Portion Fantasie nach der Devise: Denk dir einen tollen Helden und eine verzwickte Liebesgeschichte aus, möglichst mit gutem Ausgang, erzeuge Spannung und sorge für Empathie. Fertig ist die Laube! Dass es auch bei mir am Ende auf einen echten Lippe-Krimi hinauslaufen würde, „XXL-Qualität, auf heimischer Scholle gewachsen, garantiert ohne Zusatzstoffe“, hätte ich mir nicht träumen lassen!

Ich las schon immer gerne Krimis. In meiner Kindheit hatten es mir der Meisterdetektiv Kalle Blomquist und Emil und dessen Detektive besonders angetan. Auch als ich längst erwachsen war, kramte ich mir abends einen Krimi raus und las, bis mir die Augen zufielen. Ohne Krimi geht die Mimi nie ins Bett!

Im Krimi kommt es darauf an, frühzeitig einen Riecher dafür zu haben, wer der Täter sein könnte. Ich bin von Natur aus neugierig. Nur wer Fragen stellt, bekommt auch Antworten. Das ist mir beruflich zugutegekommen. Dadurch bekam ich oftmals weitaus früher als andere spitz, was sich im Lande tat.

In den einschlägigen Schmökern wimmelt es nur so von finsteren Unholden und wenn man sie gnadenlos jagt, geht es meist ziemlich handfest zu. Das passt im Grunde überhaupt nicht zu mir. Ich war alles andere als ein Draufgänger und Raufbold und wollte nie den Helden spielen. Ich galt als ein „sensibles Kerlchen“. Düstere Gemäuer jagten mir stets einen gehörigen Schrecken ein. Ich erinnere mich, dass mich mein Vater in den Keller geschickt hatte, um eine Flasche Bier zu holen. Ich traute mich zuerst nicht die schmale Stiege hinunter. Als ich die Flasche brachte, stand mir der Schrecken noch in den Augen. Er lachte triumphierend: „Gut gemacht! So wird ein Mann aus dir!“

Das Erlebnis steckt mir bis heute in den Knochen und als ich in Dalborn erstmals die Kellerluke öffnete, um einen Blick in das finstere Loch zu werfen, hätte ich sie am liebsten gleich wieder geschlossen. Gut, dass ich damals noch nicht wusste, was sich dort an grauenhaften Dingen getan hatte!

Dass ich gern Krimis lese, liegt auch daran, dass ich ein ausgeprägtes Gerechtigkeitsempfinden habe und das Bedürfnis verspüre, mich einzumischen und den Bedrängten beizustehen. Bislang hatte ich dazu wenig Gelegenheit, aber nachdem ich nach Dalborn gezogen war, war ich zunehmend in Dinge verwickelt, die mir nicht nur ein gehöriges Maß an Mitgefühl, sondern auch an Courage abverlangten. In meiner Eigenschaft als Reporter hatte ich hin und wieder mit Mordfällen zu tun. Dass ich das einmal hautnah erfahren und mich sogar als Hobbydetektiv betätigen würde, konnte ich nicht ahnen.

Ich war, alles in allem, mit meinem Beruf durchaus zufrieden, aber mit Hilde konnte ich mich in keiner Weise messen. Sie stammte aus Berlin, „wo das Leben pulsiert“. Dort war angeblich alles „schicker und moderner“ als in Lippe. Aber was heißt das schon! Dass ein Preußenkönig Berlin zu seiner Landeshauptstadt gemacht hat, ist erst gut dreihundert Jahre her. Mein Kotten ist um einiges älter als das Berliner Schloss. Lippe ist deutsches Kernland. Hier schlägt das Herz des Vaterlandes. Hier hat der Cherusker die entscheidende Schlacht geschlagen und die frechen Römer verjagt. Das liegt mehr als zweitausend Jahre zurück.

Ich wurde in der lippischen Provinz geboren. Mein Vater Heinrich Wiesekopsieker war Fuhrunternehmer. Mich hatte er auf den Namen Friedrich Wilhelm taufen lassen. Alle nannten mich „Fritze“. Hilde sprach es nicht offen aus, aber in ihren Augen war ich nur der „kleine Zeitungsfritze“.

Sie hatte ein festes Auskommen. Ich galt als „Freiberufler“. Das klang vielsagend, aber ich verdiente erheblich weniger und meine Stelle war mir nicht auf ewig sicher. Sie konnte ihren Kram allein machen. Der Schulleiter mischte sich nur selten ein. Ich musste immer nach der Nase meines Chefs tanzen. Sie hatte jede Menge Freizeit. Ich war den ganzen Tag auf Tour.

„Das mit der Freizeit ist eine völlig falsche Einschätzung!“, ereiferte sie sich. „Was ich alles zu tun habe, kriegst du nur nicht mit.“

Hilde gab mir ständig gute Ratschläge. Das galt insbesondere für meine „Karriere“.

„So wird daraus nichts", hielt sie mir vor. „Du läßt die Dinge laufen. Du lässt dich von deinem Chef rumkommandieren und von den Kollegen einschüchtern! Zeig Flagge und beweise, dass du besser bist als sie."

„Die Schule ist mein Leben!", hieß es bei Hilde immer. Sie hatte feste Vorstellungen von ihrer Aufgabe als Pädagogin. Sie hielt auf Qualität: „Bildung darf nicht zur Ausbildung verkommen!" Diesbezüglich gab es nichts zu diskutieren.

Was sie besonders auf die Palme brachte, war der Verfall der guten Sitten. Sie sprach von Respektlosigkeit und Zügellosigkeit auf der ganzen Linie, ganz zu schweigen vom generellen Lernunwillen, vom Mobbing und von der zunehmenden Gewalttätigkeit. Sie sah sich bereits mit einem Revolver in der Tasche: „Für alle Fälle. Man kann nie wissen!"

Die neuen Schulformen mit Ganztagsbetrieb und Mensaverköstigung waren für sie ein rotes Tuch: „Die sogenannte Einheitsschule wird den Begabten nicht gerecht. Die häusliche Betreuung durch die Eltern ist unverzichtbar. Begriffe wie Faulheit oder Dummheit sind tabu. Kommt ein Schüler im Unterricht nicht mit, gilt das als Lernschwäche oder hat mit Störungen im sozialen Umfeld zu tun, und wenn einer ständig den Unterricht stört, spricht man von einer Aufmerksamkeits-Defizit-Hyperaktivitäts-Störung, kurz ADHS."

Sie konnte sich fürchterlich über die neuesten Methoden beim Erwerb der Lese- und Schreibkompetenz aufregen: „Die Kleinen schreiben anfangs nur in Großbuchstaben. Wie sollen sie auf diese Weise eine gute Handschrift bekommen? Angeblich braucht man das nicht mehr. Man tippt alles in den PC oder das Smartphone. Unterschriften werden irgendwie hingekrakelt, je verrückter, desto besser! Man lernt nicht mehr, wie man korrekt schreiben muss. Jeder schreibt, wie er es zu hören meint. Wenn die Schüler dann laufend Fehler machen, muss notfalls die Rechtschreibung reformiert werden."

Ich bin beruflich gehalten, die neuen Regeln anzuwenden, schreibe aber privat weiter nach der alten Regelung. Mein PC zeigt mir laufend meine Verstöße an. Auch mein Chef hatte seine liebe Not. Die jungen Mitarbeiter im Betrieb machten bei den „Fällen“ laufend peinliche Fehler. Bei „wegen“ muß an sich der Genitiv folgen, aber der Dativ ist eben dem Genitiv sein Tod. „Das kostet mir den letzten Nerv!“, hatte mein Chef zynisch gemeint.

Schule war bei Hilde ein Dauerthema. Meine Tätigkeit war Nebensache. Unser Privatleben war ständig Gegenstand hitziger Diskussionen. Hilde musste anschließend alles mit ihren Freundinnen besprechen. Ich versuchte mit dem Gedöns allein klarzukommen. Auch im Dienst sprach ich nie über mein Privatleben. Alle wussten ohnehin Bescheid.

Für unser häusliches Leben hatte Hilde strenge Vorgaben entwickelt. Das Putzen und Waschen übernahm eine Haushaltshilfe. Das Einkaufen tätigte Hilde allein. Ihre größte Sorge war, dass immer ausreichend Toilettenartikel im Hause waren. Ansonsten war konsequente Arbeitsteilung vereinbart: Wochentags war ich mit Kochen und Spülen dran, oft nach einem langen Arbeitstag. Am Wochenende wäre sie an der Reihe gewesen. Wenn sie wieder einmal nicht dazu gekommen war, funkte sie mich an: „Hör zu, Schatz, tut mir leid, ich bin noch beschäftigt!“ Und dann schlug sie gewöhnlich vor, dass wir „ausessen gehen“ sollten. Sie zahlte dann gnädigst aus ihrer Tasche.

Hilde wollte ständig „was unternehmen“. Mal war sie für ein paar Tage in einem Wellness-Hotel, mal auf einer Kulturreise. Ihr Sommerurlaub war immer der Höhepunkt des Jahres. Ich konnte meist aus beruflichen Gründen nicht mit. Ganz zu Anfang, als alles noch neu war, hatte ich sie gelegentlich begleitet. Ich fand es zunehmend stressig. Mal nörgelte sie an der Zimmerausstattung herum, mal am Essen, mal an der Bedienung. Wenn dann das Wetter auch nicht nach Wunsch war, ging sie aus Verzweiflung „schoppen“. Es war ausgemacht, dass sie dabei freie Hand hatte.

Sie bestimmte auch, was nach Feierabend anstand. Wenn wir abends vor dem Fernseher saßen, hätte ich gern den Krimi gesehen. Sie hatte prompt protestiert: „Fürchterlich! Immer die gleiche Masche! Grauenhafte Bilder! Abartige Täter! Ich weiß nicht, was du daran findest.“

Wir sahen dann meist, auf ihren ausdrücklichen Wunsch, einen Liebesschmarren. „Herzkino“ nennt man das inzwischen. Jedes Mal ging es um eine gestörte Beziehung. Dass es am Ende gut ausging, ließ sich schon im Vorfeld erahnen. Anschließend musste alles eingehend besprochen werden. Mal war ihr Resümee, dass man sich nicht leichtfertig auf ein Techtelmechtel einlassen solle, und mal, dass eine Geldheirat zwangsläufig üble Folgen habe. Generell hieß es, dass man tolerant sein und ehrlich miteinander umgehen müsse und sich nicht vor Verantwortung drücken könne. Widerspruch wurde nicht geduldet. Nach dem Fernsehabend brauchte sie umgehend Bettruhe. Ich lag dann oft noch lange wach. Im Schlaf neigte ich zum Schnarchen. Hilde fühlte sich gestört: „Grässlich! Man kommt nie zu der verdienten Ruhe!“

Sie hatte dauernd neue Ideen: Die Kücheneinrichtung sollte verbessert werden, ein anderes Auto sollte her, im Urlaub sollte es mal woanders hingehen. Sie war die reinste Ilsebill. Nie schwiegen ihre Wünsche still.

Ihr steter Drang nach Veränderung zeigte sich auch an ihrer Frisur. Sie hatte ihre Haare getönt, erst dunkelbraun, dann hennerfarben, zuweilen mit hellen Strähnchen. Mir kam Hilde vor wie ein modernes Rotkäppchen, das sich nicht mehr vor dem bösen Wolf fürchtet. Ich muss einräumen, dass ich mich nicht sonderlich für ihre Frisur interessierte. Als mir einmal die Bemerkung herausrutschte: „Das machst du doch sowieso immer, wie du willst“, hatte sie sich fürchterlich aufgeregt.

Ihre Freizeit war komplett verplant. Und wenn ihr weiter nichts einfiel, hieß es: „Wir sollten mal wieder feiern und alte Freunde und Bekannte einladen!“

Ihre Geburtstage waren immer ein geeigneter Anlass. Die Bude war dann rappelvoll. Es herrschte Jubel, Trubel, Heiterkeit. Hilde stand wie erwartet im Rampenlicht. Die Damen waren alsbald unter sich und tuschelten über Dinge, die „er nicht so genau wissen muß“. Man erinnerte sich an früher, als man noch jung war: „Damals konnte man noch seine Freiheit genießen. War eine tolle Zeit! Damit ist nun leider Schluss!“

Dann kamen die Männer dran: Wie man den Partner kennengelernt hat, wann es den ersten Kuss gab, wann man erstmals im Bett war. „Er war ein Traummann“, hieß es, „interessanter Beruf, steile Karriere, dicke Brieftasche. Hochzeit, Haus gebaut, Kinder bekommen. Alles paletti? Leider nein! Er war immer weg. Er hatte heimlich eine andere. Man saß doof zu Hause rum. Null Chance auf Selbstverwirklichung! Man hätte längst die Brocken hinschmeißen und ihm den Laufpass geben sollen! Warum auch nicht! Es laufen genug Männer herum, bei denen es sich lohnen könnte. Noch gehört man nicht zum alten Eisen! Und wenn es nicht klappen sollte, geht es auch ohne Kerle. Wir sind Powerfrauen. Wir schaffen das!“

Bei den Gatten kamen die üblichen Männerthemen auf den Tisch: „Alles beim Alten? Immer noch gesund und munter? Wie schaut es beruflich aus? Macht’s Spaß? Aufstiegsmöglichkeiten? Immer noch mit derselben? Nix sonst?“

Im Lied von der Vogelhochzeit heißt es: „Der Schnepfen, der Schnepfen, der wolt die Braut anzepfen!“ Doch mir konnte Hilde, was Treue anbelangt, nichts vorwerfen. Ich hatte weder vor noch nach der Heirat ein Verhältnis.

Ich will nicht sagen, dass Hilde auf Männer scharf war, aber auf die Bewunderung seitens der Männerwelt legte sie durchaus Wert. Nur zu nahe treten sollte ihr keiner.

„Die Männer machen es wie die Wölfe“, meinte sie. „Sie sind permanent auf Beute aus!“

Sie hatte sich empört gegeben, dass es in letzter Zeit vermehrt zu sexuellen Übergriffen gekommen war. „Plumpe Anmache und Angrabschen kommt überhaupt nicht in Frage!", hatte sie gewettert. „Ekelhaft!"

Die Sexismus-Debatte war bei ihr ein Top-Thema: „Das Problem wurde viel zu lange unterdrückt. Es wird Zeit, dass es auf den Tisch kommt! Es darf aber nicht aufgebauscht werden. Wenn Frauen ihre Reize offen zur Schau stellen, dürfen sie sich nicht wundern, wenn man ihnen an die Wäsche geht."

Sie hatte es mit langen, weiten Hosenröcken. Sie waren meist blütenweiß und stets sauber gebügelt. Das wirkte angeblich „damenhaft", sollte aber zugleich demonstrieren, dass nicht nur die Männer die Hosen anhaben.

Mit Hilde konnte ich mich durchaus sehen lassen: Sie war schlank mit leichter Neigung zur Fülle, nicht gerade ein Hingucker, aber nicht unattraktiv. Mir hatten es von Anfang an ihre Augen angetan. Sie waren stahlblau und konnten verführerisch blitzen. Aber es waren Katzenaugen. Es sah aus, als wären sie ständig auf Beute aus.

Sie war nicht unbedingt prüde, aber im Bett war es nicht weit her mit ihr. Sie kannte sämtliche Ausreden. Wirklich guten Sex hatten wir in letzter Zeit nur so oft, wie in Lippe im Winter die Vögel zwitschern, meist nach einer vorübergehenden Versöhnung.

„Nur kein Kind!", sagte sie. „Ich bin schließlich keine Nilgans, die ständig auf ihren Eiern hockt! Beruf und Mutterschaft auf einmal geht nicht. Du fällst als Stütze so gut wie aus, du bist ja ständig auf Achse!"

Die biologische Uhr tickte. Am Ende war es zu spät.

Ich hatte das Gefühl, dass ich im Grunde ihr Kind war. Sie behandelte mich ständig in Schulmanier: „Du bist noch nicht gekämmt! Das Hemd hat Flecken, das kannst du nicht länger anziehen! Du hast vergessen, die Zähne zu putzen! Du solltest mal wieder duschen!"

Ich ließ es angeblich an Aufmerksamkeit fehlen: „Es wäre schön", hieß es, „wenn du mich mal ganz spontan mit einem

Blumenstrauß oder einem kleinen Geschenk überraschen würdest!“

Sie hielt es mit Schnittblumen. Sie brachte sie regelmäßig nach dem Einkaufen mit. „Sie waren heute ganz preiswert und frisch!“ Ihre Lieblingsblumen waren Tulpen. Die Farben waren prall, die Blüten wachsartig glänzend wie geleckt. Die Pflanzen stammten aus dem Treibhaus und waren völlig überdüngt. Sie wuchsen sogar in der Vase weiter. Am Ende spreizten sie sich, verloren an Farbe und hingen schlaff zur Seite. Wenn die ersten Blätter fielen, landeten die Blumen sang- und klanglos im Mülleimer. Ich fand, dass es mir ähnlich ergangen war.

Sie war ständig unzufrieden. „Wir müssen unbedingt miteinander reden!“, hieß es dann. Es war immer das gleiche Thema: Sie fühlte sich nicht hinreichend geliebt. Sie wollte mich ganz für sich haben: „Du warst anfangs ganz verrückt nach mir. Ich hätte auch andere haben können!“

Ich hatte geschwiegen. Reden war wieder mal sinnlos. Ich hatte versucht, das Problem auf den Punkt zu bringen: „Wir ziehen nicht am gleichen Strang. Wir sind wie zwei Zahnräder, die ineinandergreifen, sich aber in unterschiedlicher Richtung drehen.“

Sie hatte mich entgeistert angestarrt: „Ach, so siehst du das! So einfach machst du dir das? Dann hätten wir uns ja viel früher trennen können! Ich dachte immer, wenn sich zwei zusammentun, läuft das anders. Von Vertrauen haben war bei dir die Rede und von Rücksicht nehmen. Jeder gibt und nimmt. Notfalls kleinster gemeinsamer Nenner! Aber davon war bei dir nicht viel zu spüren.“

Seit wir uns getrennt hatten, war sie viel „rausgekommen“. Sie hatte sich „frischen Wind um die Nase wehen“ lassen. Das hatte ihr angeblich gutgetan. Als sie von ihrer Reise nach Nepal sprach, von der Ruhe, der Abgeschiedenheit, den Klöstern und den Ritualen der Mönche, „fantastisch, eine spirituelle Erfahrung“, fragte ich mich, warum sie dafür eine teure Fernreise gebucht hatte. Das hätte sie auch zu Hause haben können.

Sie hatte schon immer einen Hang zum Spirituellen. Sie glaubte an Horoskope, an den bösen Dreizehnten, an den Einfluss von Mond und Sternen und an kosmische Energien. Sie setzte auf energetische Heilung: „Man muß die Selbstheilungskräfte des Körpers nutzen." Das galt auch für ihr Asthma. Es hatte ihr in letzter Zeit vermehrt zu schaffen gemacht. Daran war angeblich ich mit meiner „ständigen Qualmerei" schuld.

„Du kannst dich meinetwegen zu Tode rauchen!", hatte sie gewettert, „aber laß das gefälligst in meiner Gegenwart!"

Bei Hilde war Heilatmen mit Tiefenentspannung angesagt. Das half angeblich auch bei Schlafstörungen.

„Dass du so oft schlecht träumst", meinte sie, „liegt daran, dass du zu viele Krimis liest. Du solltest dich schleunigst nach einem Therapeuten umsehen!"

Sie empfahl eine Heilung auf spirituellem Wege. Ich wurde ungehalten: „Das wär's noch! Kommt überhaupt nicht in Frage!"

Daraufhin bestand sie auf getrennten Schlafzimmern. Vielleicht war ihr das ohnehin lieber!

Ich kann nicht sagen, dass ich froh war, künftig allein zu leben. Ich fühlte mich ziemlich einsam in meiner neuen Behausung und fragte mich, ob ich einmal genauso enden würde wie der alte Drake. Aber ich hatte meine Freiheit wieder. Ich konnte das Haus nach meinen Vorstellungen wiederherrichten. Hilde würde sich nicht mehr einmischen können.

Immerhin war mir mein Hund geblieben. Faida war ständig in meiner Nähe. Wir waren unzertrennlich. Sie würde es künftig besser haben. Das tägliche Gassigehen hätte ein Ende. Sie würde auf dem weitläufigen Gelände herumstrolchen können, über die Wiesen des Obstkamps, durch das angrenzende Gehölz und rund um den Teich.

Faida war eine Schönheit: trockener Körperbau, superschlank, lange Läufe, langer Fang, lange Rute, feingliedrige Zehen, fast wie Finger wirkend, große fledermausähnliche Stehohren und glatthaariges, hell glänzendes Fell von rötlich-gelber Farbe. Sie war äußerst agil, aber vom Wesen her empfindsam. Sie war wachsam, aber nie nervend, dazu klug und lernfähig, sehr selbstständig, aber sozial verträglich, nicht nur unter Artgenossen, sondern auch Menschen gegenüber.

Faida kam aus einem Tierheim auf den Kanaren. Man hatte sie mit acht jungen Welpen aufgegriffen. Weder von dem Erzeuger noch von dem Halter gab es eine Spur. Sie war damals nur noch Haut und Knochen. Ich hatte sie liebevoll aufgepäppelt.

Ihr Name steht angeblich für „Feuer“ oder „Licht“ und soll „edel“ und „vornehm“ bedeuten. Eine Königin auf Lanzarote soll so geheißen haben. Nach einer Legende trug der Wind den Pfeil durch die Lüfte. Der Pfeil verliebte sich in den Wind. Aus dieser Liebe entstand eine Hündin namens Faida. Sie war so schnell, dass sie niemand jagen konnte. Sie war frei und trug die Liebe in jeden Winkel der Erde.

Faida hatte sich eingewöhnt, aber anfangs wirkte sie scheu und verschüchtert. Lange wich sie zurück, wenn ich die Hand ausstreckte. Ich setzte auf „Leckerchen“. Bevor ich ihr das getrocknete Schweinsöhrchen reichte, mußte sie nicht nur „Sitz“ machen, sondern auch die Vorderpfote heben. Ohne etwas nachzuhelfen, ging es zunächst nicht ab. Später beschränkte ich die Kommandos auf kurze Zeichen: Erst Daumen runter, das hieß „Sitz!“, dann Daumen hoch fürs Pfötchenheben. Am Ende ging es ganz ohne Kommandos. Sie hob das Pfötchen laufend höher. Es war geradezu eine Zirkusnummer. Bei mir war das nicht anders. Bei Hilde und meinem Chef mußte ich auch ständig „Bitte, bitte!“ machen.

Hunde sind einfache Geschöpfe. Der Futternapf ist das Wichtigste. Faida war und blieb eine diebische Elster. Stibitzen war angesagt, wann immer sich die Gelegenheit bot. Ich konnte das verstehen. Das war vormals überlebenswichtig, als sie mit ihren Jungen auf sich allein gestellt war, und war ihr trotz der Leckerchen nicht abzugewöhnen. Wenn ich sie erwischte, blickte sie mich mit unschuldigen Augen an. Wenn ich als

Kind etwas verbockt hatte, hatte ich ähnlich reagiert und mich mit der Bemerkung entschuldigt, man könne doch nicht immer lieb sein.

Wenn ich nach Feierabend einen Rundgang durch das Dorf machte, hatte ich Faida stets an meiner Seite. Ich spürte die anerkennenden Blicke, besonders seitens der Weiblichkeit: Ein Mann, der einen so schönen und anhänglichen Hund hat, muss auch mit einer Frau gut zurechtkommen, mochte man denken.

Faida stellte ihre langen Ohren auf und wedelte begeistert mit dem Schwanz. Wenn sie dann gestreichelt wurde, reckte sie sich hoch und leckte den verdutzten Menschen das Gesicht. Wenn möglich, verpasste sie ihnen blitzschnell ein Küsschen. Die kleinen Mädchen waren davon besonders entzückt.

Hilde mochte keine Hunde. „Sie kosten eine Menge Geld und machen nur Dreck. Ständig findet man ihre Haare auf dem Boden und wenn man mal länger wegwill, hat man die Viecher am Hals."

Wenn sich Faida ihr näherte, wich sie angeekelt zurück. Wenn sie vergnügt neben mir Platz nahm und sich eng an mich kuschelte, erfolgte umgehend das Kommando „Runter vom Sofa!", und wenn sie aufmerksam schnuppernd um meine Beine strich und mich dann aus ihren Bernsteinaugen erwartungsvoll anblickte, wurde Hilde sofort eifersüchtig: „Typisch Weibchen! Die weiß, wie man es machen muss! Die ideale Zweitfrau!"

„Den Köter mußt du nehmen", sagte sie, als wir uns trennten. Mir kam die Galle hoch, wenn sie das Wort „Köter" in den Mund nahm.

„Wer keine Hunde mag, der kommt auch mit Menschen nicht zurecht", hatte ich ihr bissig an den Kopf geworfen. „Schon Luther hat gesagt, Hunde seien wie Bücher, man müsse sie nur lesen können."

NÄCHTLICHER SPUK

Ich hatte mich, bevor es im Frühjahr an den Umbau gehen sollte, in der ehemaligen Stube vorübergehend häuslich eingerichtet. Es war der einzige Raum im ganzen Haus, in dem die Fenster noch einigermaßen in Schuss waren. Ein kleiner Kanonenofen sorgte für etwas Wärme. Neben dem Ofen stand das rote Sofa. Ich hatte es aus der Deele in die Stube geschafft. Den Tisch nebst Stuhl hatte ich beim Trödler erstanden. Die alten Sachen machten sich ganz gut und preiswert waren sie obendrein. Für längere Aufenthalte war das Quartier kaum geeignet. Doch ich war meist außer Haus. Da spielte die Einrichtung vorerst keine große Rolle.

Eine arbeitsreiche Woche lag hinter mir. Ich freute mich auf das Wochenende. Es war wieder einmal ein trüber Tag. Als ich vom Dienst zurückkehrte, begann es bereits zu dämmern. Es wurde Zeit, dass ich den Hund vor die Tür ließ. Ich machte den Ofen an, schmierte mir ein Butterbrot und goss mir ein Bier ein. Nach dem Essen zündete ich mir eine Zigarette an und verkroch mich anschließend ins Bett. Faida hatte es sich auf dem Boden gemütlich gemacht und knabberte genüsslich an einem Kauknochen. Das wirkte stets beruhigend und ließ mich leichter einschlafen.

Im Haus war es totenstill. Von draußen hörte ich den Ruf des Käuzchens. Anfangs klang er wie eine helle Kinderstimme, endete jedoch stets mit einem unheimlichen, dunklen „Uh, uh“. Der Nachtvogel gilt als hässlich und sein Gesang als minderwertig. Er soll jedoch bewirken, dass die Beute in Angst und Schrecken versetzt wird. Vormals galt der Kauz als Todesbote. Das ließ mich an den alten Drake denken und ich befürchtete, ich könnte erneut von der Wasserleiche träumen. Mir gruselte bei dieser Vorstellung. An Schlafen war unter diesen Umständen nicht zu denken.

Ich schaltete die Leuchte ein und nahm einen Stapel alter Urkunden zur Hand, die Aufschluss über das Leben der vormaligen Bewohner des Hofs gaben. Ich sollte das Material auswerten, dachte ich. Vielleicht wäre es auch beruflich verwertbar. Mein Chef war ständig auf der Suche nach neuen Themen. In der Redaktion war von einer neuen Rubrik die Rede: „Wie man vormals in Lippe lebte“.

Soviel stand bislang fest: Als sich die Husemanns vor rund fünfhundert Jahren in Dalborn niederließen, gab es nur ein Dutzend Höfe. Sie hatten ihre liebe Not, sich und ihre Familie durchzubringen, denn ihr Hof war vergleichsweise klein und warf nicht viel ab. Sie litten unter Seuchen und Missernten. Sie waren leibeigen und mussten für ihren Landesherrn in den Krieg ziehen. Im Dreißigjährigen Krieg standen sie auf Seiten der Protestanten. Als die Papisten über Lippe herfielen, hatten sie ihre Pferde im Wald versteckt. Aber die marodierenden Söldner hatten sie dennoch aufgespürt und gestohlen. Vermutlich konnten die Husemanns deshalb die Felder nicht bestellen und die Ernte nicht einbringen. Vielleicht hatten sie auch kein Dach mehr über dem Kopf, weil man ihnen das Haus abgefackelt hatte. Das klang wenig ermutigend für einen, der auf dem gleichen Hof einen neuen Anfang machen wollte!

Als die Zeiten wieder friedlicher wurden, hatte man ein neues Haus errichtet. Aber irgendwie lag auch nachfolgend kein guter Stern über dem Hof. Es war wirtschaftlich laufend bergab gegangen. Am Ende konnte man die vielen Mäuler nicht mehr stopfen. „Wo vell Fickel sind, wird de Drank dünne“, sagte man seinerzeit – wenn einer zu viel Ferkel hat, geht das Futter aus. Nach etlichen Missernten, Hungerjahren und vier aufeinanderfolgenden Totgeburten hatte der Bauer aufgegeben und war im Jahr achtzehnneunundvierzig mit Frau und fünf Kindern nach Amerika ausgewandert.

Nachdem der Nachbar Drake den Hof übernommen hatte, hatte dessen Tochter dort gewohnt. Sie galt als hartherzig und geldgierig. Im Dorf wurde sie gemieden. Wenn man auf sie zu sprechen kam, wies man auf ihr Haus und meinte: „Ach die da!“ Die Trennung von Hilde steckte mir noch in den Knochen. Mein Gott, dachte ich, ihrem Mann ist es vermutlich ähnlich ergangen wie mir!

Viel Glück war auch den neuen Bewohnern nicht beschieden. Sie verloren frühzeitig zwei ihrer Kinder. Der Junge verstarb im Kindesalter an der Diphtherie. Das Mädchen wurde nur zwölf Jahre alt. Alle Hoffnungen ruhten auf dem dritten Kind. Das Mädchen hatte einen Liebhaber aus dem Dorf, musste aber den auf dem Nachbarhof lebenden Cousin heiraten. Die beiden Höfe sollten zusammenkommen.

Mit dem Vater hatte es bereits Jahre zuvor ein trauriges Ende genommen. Im Dezember achtzehnachtundsiebzig lag er in seiner Kammer auf den Tod. Sein Gesicht war bleich. Seine Hände waren eiskalt. Er konnte nur mit mühsamen Unterbrechungen sprechen. „Ich habe keine Schmerzen, aber auch keine Wärme und keinen Schlaf mehr“, soll er gemeint haben. Am nächsten Tag fand man ihn leblos in seiner Kammer.

Gut, dass ich damals nicht in dem Haus gelebt habe, dachte ich. Der Ärmste ist möglicherweise an Auszehrung gestorben. Vielleicht ist er auch einer Seuche zum Opfer gefallen. Heute hätte er das vermutlich überlebt.

Man hatte den Verstorbenen in der Deele aufgebahrt. Der Pastor hielt eine Ansprache, die er an den Bibelspruch knüpfte: „Das Los ist mir gefallen aufs Lieblichste, mir ist ein schönes Erbteil geworden.“ Alle sangen: „Wenn Himmelserben sterben, so büßt man sie nicht ein.“

Die Trauergemeinde saß anschließend in der Wohnstube beim Leichenschmaus. Als der Sarg geschlossen wurde und der Leichenwagen vorfuhr, standen die Kinder mit tränenüberströmten Gesichtern vor dem Deelentor und riefen schluchzend immer wieder: „Vater! Vater!“ Dann bewegte sich der Zug in

Richtung Cappel. Dumpf und traurig erschallte in einzelnen Schlägen die Glocke des Kirchturms. So mochte es auch zugegangen sein, als man unlängst den alten Drake zu Grabe trug.

Nachdem die Witwe im Jahr achtzehnachtundneunzig an der Wassersucht verstorben war, hatten auf dem Hof ärmliche Einlieger gehaust. Dann hatte das Haus leer gestanden mit Ausnahme von ein paar Jahren nach Ende des Zweiten Weltkriegs, als sich Flüchtlinge in dem verfallenen Gebäude notdürftig eingerichtet hatten. Seitdem hatte sich nichts auf dem Hof verändert und es war kein Wunder, dass das Haus jetzt in einem so desolaten Zustand war.

Ich sah auf die Uhr. Es war kurz vor elf. Vormals hatten sich um diese Zeit die Hofbewohner längst zu Bett begeben. Der Bauer hatte einen arbeitsreichen Tag hinter sich. Vor dem Abendessen hatte er das Vieh versorgt und die Türen verschlossen. Danach schaute er nach den Ackergeräten und flickte das eine oder andere aus, während seine Frau beim Schein einer Ölleuchte am Webstuhl saß.

Er legte Holz auf dem Herdfeuer nach. Rauch und sprühende Funken stoben in wirren Spiralen zur Asse hoch und versetzten die Deele in ein gespenstisches Licht. Bevor der Bauer sich an das Korbflechten machte, stopfte er bedächtig seine Tonpfeife, schlug mit dem Stahl an einem Stein Feuer und legte ein glimmendes Stückchen Zunder auf den Tabak.

Ich hatte in einem versteckten Winkel der Stube den Rest einer Tonpfeife gefunden. Der Stiel war abgebrochen. In den Kopf waren Buchstaben eingeritzt, vermutlich etwas Holländisches. Der Bauer hatte im Sommer als Ziegler in Holland gearbeitet. An gleicher Stelle hatte ich auch eine Tabaksdose gefunden. Auf dem Deckel stand: „For eene good Friend“.

Bevor man zu Bett ging, deckte der Bauer das Herdfeuer mit einer Feuerstülpe ab. Dann schritt er mit seiner Frau im Schein der Öllampe die Stiege zur Schlafkammer hoch. Nebenan lag die Kammer der Kinder. Sie waren den Eltern den ganzen Tag über zur Hand gegangen. Am Abend waren sie vor Erschöpfung bereits auf dem Fußboden eingeschlafen.

Auch ich war inzwischen todmüde. Ich zog die Bettdecke über den Kopf, konnte aber erneut nicht einschlafen und wälzte mich ständig von einer Seite auf die andere. Doch irgendwann übermannte mich die Müdigkeit. Und dann verfolgte mich im Traum, was mir über das Leben der vormaligen Hausbewohner durch den Kopf gegangen war.

Ich glaubte das Klappern des Webstuhls auf der Deele zu vernehmen und roch, wie sich der Rauch des Herdfeuers in meinem Schlafzimmer breitmachte. Ich sah Funken sprühen und Flammen züngeln. Ich spürte, wie das Feuer laufend näherkam. Ich wollte aufspringen, aber meine Glieder waren wie gelähmt. Ich wollte schreien, bekam aber keinen Ton heraus.

Und dann war es, als hörte ich merkwürdige Geräusche aus dem Nebenzimmer. Es klang, als weinte dort ein Kind leise vor sich hin. Ein heiserer Husten kehrte in immer kürzeren Abständen wieder. Ich hörte, wie jemand laut polternd die Stiege emporstieg und eine Tür geöffnet wurde. Ich vernahm die Stimme einer Frau und meinte tröstende Worte herauszuhören. Aber das Wimmern wollte nicht enden. „Das darf Gott nicht zugeben!“, schallte es zu mir herüber. „Ich kann es nicht hergeben!“ Dann wurde es ganz still und schließlich erfolgte ein entsetzlicher Schrei der Mutter.

Als ich verstört hochschreckte, sah ich, dass sich Faida auf ihrem Schlafkissen aufgerichtet hatte und leise vor sich hin knurrte. Sie hatte vermutlich mitbekommen, dass ich im Schlaf gestöhnt und geseufzt hatte.

Ich lauschte, aber im Haus war alles ruhig. Unten aus der Stube schlug die Wanduhr zwölf. Draußen schnatterten die Nilgänse. Das war ungewöhnlich, denn üblicherweise hatten sich die Tiere um diese Zeit längst in ihre Schlafplätze verkrochen. Wenig später vernahm ich erneut Geräusche. Sie schienen diesmal aus dem Haus zu kommen. Faida schlug sofort an, sprang auf und kratzte wild an der Tür. Ich nahm an, dass eine streunende Katze irgendwo im Haus ihr Unwesen trieb.

Ich stand auf, um nachzusehen. Ich schaltete die Taschenlampe ein und nahm vorsichtshalber auch die Dose mit Pfefferspray zur Hand. Faida schoß durch die Tür, stürzte zur Deele hinunter und nahm dort offensichtlich eine Spur auf. Sie schnüffelte zunächst auffällig an dem Sofa und anschließend auch an der Falltür, unter der eine steile Stiege in den Keller führte. Im Allgemeinen hörte sie aufs Wort, aber diesmal musste ich sie energisch wegscheuchen.

Faida schien die Spur quer durch die Deele zu verfolgen und rannte wie besessen in Richtung Stall. Ich folgte ihr und öffnete vorsichtig die Stalltür. Ich leuchtete den Raum mit der Lampe aus, konnte aber zunächst nichts Verdächtiges entdecken. Doch dann sah ich, dass ein Fenster offenstand. Vermutlich war der Störenfried dadurch entkommen. Es war stockfinster draußen, aber ich glaubte dennoch einen Schatten wahrzunehmen. Faida wollte sofort hinterher, aber ich hielt sie zurück. Vielleicht war das ein Fehler, aber ich wollte sie keiner Gefahr aussetzen.

Ich fragte mich, wer sich in meinem Haus heimlich zu schaffen gemacht haben könnte. Mir schien, dass der Eindringling in Richtung Nachbarhaus entschwunden war. War das Phil? Was mochte er im Schilde führen? Suchte er etwas, und wenn ja, was?

Ich schaute mich in der Deele um. Ich hatte den Eindruck, dass das Sofa leicht zur Seite verrückt war. Hatte sich Phil an ihm zu schaffen gemacht? Gab es darin doch einen versteckten Schatz? Hatte ich nicht gründlich genug nachgeschaut? Dir geht wieder mal die Fantasie durch, dachte ich. Das mit dem Schatz ist ein Hirngespinst. Und wenn es ihn denn gegeben hätte, hätte Phil ihn längst an sich genommen. Ich sah im Keller nach, konnte aber nichts Auffälliges feststellen.

Als ich am nächsten Tag mit Phil über den Vorfall sprach, bemerkte ich, dass Faida auffällig an ihm schnüffelte. Er stellte sich unwissend. Er konnte sich die Sache nicht erklären. Er hatte nichts bemerkt.

„Das war keiner aus dem Dorf", meinte er. „Vermutlich hat sich fremdes Volk bei Ihnen eingeschlichen, irgendwelche Zigeuner oder Junkies."

„Wie schrecklich für dich", säuselte Hilde in den Hörer, als ich von dem nächtlichen Einbruch in mein Haus sprach. „Ich hatte immer ein mulmiges Gefühl, wenn ich in Dalborn war, aber das hätte ich mir nicht vorstellen können! Ich weiß nicht, wie du es dort aushältst. Hast du denn die Nase noch immer nicht voll? Ich würde den alten Kasten umgehend verkaufen und dann nix wie weg!"

Ich wusste, was ich von ihrer Anteilnahme zu halten hatte. Von echtem Mitgefühl konnte keine Rede sein. An meinem Pech war ich immer selbst schuld. Sie hatte stets alles vorausgesehen und mich gewarnt.

Als ich von dem Verdacht sprach, dass es sich bei dem Eindringling um Phil handeln könnte, reagierte sie empört. „Du glaubst doch wohl nicht, dass das Phil war! Das kann man doch einem Geistlichen nicht zutrauen!"

Sie fand ihn offensichtlich sympathisch: „Er ist ein netter Mensch", meinte sie. „Er ist umgänglich und aufgeschlossen! Er ist viel herumgekommen. Er hat etwas Weltmännisches. Er sieht verdammt gut aus! Mit dem kann man sich sehen lassen! Aber keine Sorge, mein Typ ist er nicht. Schade, dass er nur vorübergehend im Lande ist. Er wäre ein vielversprechender Nachbar für dich."

Ich setzte Dunkelmann in Kenntnis. „Interessant!", meinte er. „Schade, dass Sie nicht sagen können, wer der Eindringling war. Wie Sie sagen, ist er in Richtung Nachbarhof geflüchtet. Dass es sich um Philipp Drake handeln könnte, liegt nahe. Aber was wollte er in Ihrem Haus? Das mit dem versteckten Schatz ist Kokolores. Wenn es ihn denn gegeben hätte, hätte er zuvor genug Zeit gehabt, nach ihm zu suchen."

Dunkelmann hatte Erkundigungen im Dorf eingezogen. Zu Phil wollte sich niemand so recht äußern. Auch Gerstekorn hielt sich bedeckt: „Den habe ich kaum zu Gesicht bekommen. Er hat sich auf seinem Hof zu schaffen gemacht. Ich weiß nicht, worum es ging. Er war oft außer Haus. Ich kann nicht sagen, was er vorhatte."

Oma Gerstekorn war besser im Bilde. Sie war des Lobes voll: „Er ist ein herzensguter Mensch. Er hat immer ein offenes Ohr für die Schwachen und vom Leben Enttäuschten. Von solchen Gottesmännern sollte es mehr geben!"

Sie sprach davon, dass sie Phil wiederholt auf Kluckhans Hof gesehen habe und dass er sich auch mit Kluckhans Frau getroffen habe, aber meist, wenn ihr Mann außer Haus gewesen sei.

Dunkelmann wollte Näheres wissen. Drake habe Kluckhans Frau getröstet, sagte sie. Sie solle die Hoffnung nicht aufgeben, die Wege des Herrn seien unergründlich. Und dann habe er aus der Bibel zitiert: „Der Herr verläßt die Seinen nicht. Befiehl ihm deine Wege und vertraue ihm!"

Dunkelmann sprach mit dem Gemeindepastor. Er wollte wissen, ob ihm etwas über Phil zu Ohren gekommen sei.

Der Pastor kannte seine Schäfchen. „Wegen Frau Kluckhan bin ich ständig in Sorge", sagte er. „Die Frau leidet sehr unter ihrem Mann. Dass er gewalttätig ist, ist bekannt. Ich habe ihn immer wieder zur Mäßigung ermahnt. Aber da ist nichts zu machen. Der Mann ist völlig unzugänglich und in der Kirche sieht man ihn ohnehin nie."

Dunkelmann sprach ihn auf Phil an. Ja, er habe von einem Geistlichen gehört, der sich zur Zeit in Dalborn aufhalte, meinte der Pastor, und auch, dass er gelegentlich bei Frau Kluckhan hereingeschaut habe. „Sie scheint großes Vertrauen in ihn zu setzen. In ihrer Not malt sich die Frau die verrücktesten Hirngespinste aus. Wer weiß, was er ihr alles in den Kopf gesetzt hat!"

Was ihm über die Heilslehre seines Glaubensbruders zu Ohren gekommen war, hatte ihn nachdenklich gestimmt. Sie sei, gelinde gesagt, zumindest ungewöhnlich, aber in den Staaten durchaus verbreitet. Dort gebe es Glaubensgemeinschaften, die zu einer fundamentalistischen Auslegung der Bibel neigten, die nicht mit der offiziellen protestantischen Ausrichtung vereinbar sei, und die von der Gemeinde gewählten Prediger seien meist absolute Laien.

Dunkelmann wollte wissen, wie ich den Mann einschätzte.

„Nun ja“, sagte ich, „ein endgültiges Urteil kann ich mir noch nicht erlauben. Er gibt sich als biederer Gottesmann, aber sein Auftreten will nicht recht dazu passen. Irgendetwas stimmt bei ihm nicht. Er wirkt, als sei er mit allen Wassern gewaschen. Ihm schaut die Schlitzohrigkeit aus allen Knopflöchern! Er hat zumindest eine etwas forsche Art in der Manier: Hoppla, jetzt komm ich!“

„Paßt zu meiner Einschätzung“, meinte Dunkelmann.

Und dann sprach ich davon, dass ich den Eindruck hatte, dass er mich aushorchen wollte.

„Er kam wiederholt auf den Tod des alten Drake zu sprechen“, sagte ich, „und schien auffällig daran interessiert zu sein, wie es um die Ermittlungen steht.

„Ach ja?“, meinte Dunkelmann vielsagend.

Und dann teilte ich mit, dass er mehrfach nachgefragt hatte, wie es mit dem Herrichten meines Hauses vonstattengehe. Er wusste um Schwachstellen, riet zum Auswechseln von Fachwerkteilen und Mauerbereichen und verwies darauf, dass dem Fundament besonderes Augenmerk zu schenken sei. Insbesondere der Kriechkeller, der nach starken Regenfällen regelmäßig unter Wasser stehe, stelle ein Problem dar. Ich solle deshalb schleunigst den Boden mit einer Schicht aus wasserdichtem Beton versehen. Ich erwähnte auch, dass er gemeint hatte, das Sofa passe nicht in mein Haus, und mir ans Herz gelegt hatte, das heruntergekommene Stück umgehend auf den Müll zu werfen.

Dunkelmann zog die Brauen hoch. Hatte er den gleichen Verdacht wie ich? War im Boden des Kellers etwas versteckt, das nie mehr ans Licht kommen sollte? Und was hatte es mit den Flecken auf dem Sofa auf sich? Handelte es sich doch um Blutspuren? Mit dem Tod des alten Drake konnten sie jedoch nichts zu tun haben. Nach dem bisherigen Stand der Ermittlungen sah es nicht nach einem Mordfall aus und wenn doch, hatte man den Alten erwürgt. Phil konnte damit nichts zu schaffen haben. Ich wunderte mich allerdings, dass Dunkelmann keinen Handlungsbedarf sah und weder den Kellerboden aufgraben noch die Flecken auf dem Sofa analysieren ließ.

„Keine vorschnellen Schlüsse!“, murmelte er missmutig. „Alles nur Vermutungen. Nix Hieb- und Stichfestes!“

DIE WALDMÜHLE

Noch bevor endgültig geklärt war, unter welchen Umständen Cord Drake zu Tode gekommen war und was es mit dem Kellerboden und den Flecken auf dem Sofa auf sich hatte, kam es erneut zu Vorfällen, die für Unruhe sorgten.

Was diesbezüglich zu berichten ist, hatte sich in der ehemaligen Dorfmühle abgespielt. Sie gehörte den Kluckhans und befand sich außerhalb des Dorfbereichs in einer Senke, die von einem Bach nebst Mühlgraben durchflossen wurde und von dichtem Waldbestand umgeben war.

Vormals hatte dort reger Betrieb geherrscht, aber inzwischen war alles weitgehend verfallen. Das Mühlhaus war baufällig und das schwere, hölzerne Rad verrottet. Die Stauwehre waren geborsten. Der Mühlgraben war zugeschwemmt. Der Garten war von Gesträuch und Brombeergestrüpp überwuchert. Eschen, Pappeln und Schwarzerlen hatten sich ringsum wild gesät.

Zuweilen hatte sich in dem abgelegenen Grund fremdes Volk herumgetrieben. Um das Jahr achtzehnfünfzig soll dort ein Landstreicher an Auszehrung verstorben sein. Einbrecher, vermutlich Wilderer, hatten eine Flinte nebst Munition entwendet.

Nachdem das Gebäude eine Zeit lang leer gestanden hatte, hatte ein Obdachloser dort Zuflucht gefunden. Am Ende hatte es mit ihm ein grauenhaftes Ende genommen. Bei einem Brand hatte er schwere Brandwunden davongetragen. Das Gebäude war anschließend unbewohnbar.

Für Hilde war das ein heißes Thema. Bei mir sei es um den Feuerschutz schlecht bestellt, hatte sie mir vorgehalten. „Wenn ich deinen Kanonenofen sehe, wird mir angst und bange! Ständig fällt glühendes Zeug auf den Holzboden. Das geht nicht mehr lange gut!"

Inzwischen hatten neue Bewohner das Gebäude wiederhergerichtet und betrieben auf dem Gelände einen ökologischen Gemüseanbau. Die Stadtväter waren des Lobes voll. Von „Neubelebung des ländlichen Raums" und von einem „Schritt in die richtige Richtung" war die Rede. Ich verfasste einen Bericht und schlug ähnliche Töne an. Mein Chef war begeistert: „Positive Meldung! Ökologisches kommt immer gut an!"

Unlängst hatte sich ein türkisches Mädchen dazugesellt. Özlem half bei der Gartenarbeit. Eine zusätzliche Arbeitskraft war immer willkommen, aber Özlems Eingliederung in die Lebensgemeinschaft sollte zugleich ein Zeichen setzen im Sinne der Integration ausländischer Mitbürger.

Özlems Eltern stammten aus Ostanatolien und waren Kurden. Wie alle ihre Vorfahren waren sie Bauern. Ihr Dorf lag im Südosten, weitab von der Provinzhauptstadt. Die Region war rau und gebirgig. Die Menschen waren arm. Man hatte mal hierhin, mal dorthin gehört. Das Sagen hatten irgendwelche Potentaten, die sich gegenseitig bekriegten. Die Geistlichkeit hatte immer ein gewichtiges Wort mitzureden. Den Ton gaben die Sunniten an.

Die Kurden waren eine Minderheit, die schon immer nach Autonomie gestrebt hatte. Man hatte den Streit lange intern geregelt, aber in letzter Zeit hatten die Kurden wiederholt zu Gewaltmaßnahmen gegriffen, um ihre Forderungen durchzusetzen. Die Regierung hatte Truppen ins Land geschickt, um mit den „Terroristen" aufzuräumen. Es gab viele Opfer, auch unter den Zivilisten. Das war einer der Gründe, warum Özlems Eltern nach Deutschland gekommen waren. Außerdem hatte sich herumgesprochen, dass es sich in Deutschland grundsätzlich besser leben ließ.

Als man in Lippe eintraf, hatte Özlems Vater zunächst in einem Kleiderhandel ausgeholfen und anschließend einen Kleinhandel mit Kurzwaren für den Nähbedarf eröffnet. Man behielt seine alten Lebensgewohnheiten bei, sprach kaum ein Wort Deutsch und verkehrte weitgehend mit seinesgleichen. Man wollte in Frieden mit den Nachbarn leben, aber man gehörte irgendwie nicht dazu und fühlte sich ausgegrenzt.

Kinder konnte man sich vorab nicht leisten. Özlem und ihr Bruder Jusuf kamen erst Jahre später zur Welt. Jusuf sollte eine Ausbildung erhalten, damit er es einmal zu etwas bringen würde. Özlem brauchte angeblich keinen Beruf, sondern einen Mann, der sie ernähren konnte. Sie sollte zunächst im Hause und im Geschäft aushelfen. Dann wollte man weitersehen.

Der Vater war darauf bedacht, dass Özlem nichts von den Lebensgewohnheiten der deutschen Jugendlichen mitbekam. Er bestand darauf, dass ein anderes Mädchen mitging, wenn sie das Haus verließ, auch auf dem Weg zur Schule. Partys kamen nicht in Frage. Sich mit einem fremden Mann in der Öffentlichkeit sehen zu lassen, war absolut tabu. Jusuf hatte die Aufgabe, darüber zu wachen, dass diese Regeln eingehalten wurden.

Özlem war erst siebzehn. Doch im Familienkreis hatte man ihre Verheiratung bereits beschlossen. Es sollte jemand aus dem angestammten Kulturkreis sein, mit der gleichen Sprache und dem gleichen Glauben. Özlem hatte ihren Bräutigam zuvor nie gesehen. Er war um einiges älter und galt als wohlhabend. Sie hatte vergeblich protestiert. Als es wieder einmal Streit gegeben hatte, war sie aus ihrem Elternhaus geflohen. Sie hatte sich auf der Straße durchgeschlagen und mußte jederzeit gewärtig sein, dass man sie aufgreifen und zu ihren Eltern zurückschicken würde. Am Ende hatte sie in der Dalborner Mühle Zuflucht gefunden.

Ich bekam sie erstmals zu Gesicht, als ich einen Abstecher zur Mühle machte. Es war inzwischen Frühjahr. Die ersten Bäume schlugen aus. Die Wiesen begannen zu ergrünen. Die Zugvögel waren zurückgekehrt. Auf meinem Hausteich brüteten die Nilgänse. Sie hatten die Stockenten vertrieben. Die Nilgänse waren schließlich größer und stärker. Ich hatte für sie ein größeres Haus gebaut, war mir aber nicht sicher, wie lange sie bleiben würden.

Ich hatte auch Laufenten angesiedelt. Sie waren sehr aufmerksam und agil und liefen immer mit erhobenem Kopf herum. Wenn ich auftauchte, begannen sie freundlich zu schnattern. Einige hatten ein weißes Gefieder, andere waren schwarz. Eine von ihnen war zweifarbig. Wenn sie auf mich zukam, hatte ich den Eindruck, ich hätte Dunkelmann vor mir, denn auch er war stets schwarz-weiß gekleidet. Ich hing an den Tieren, wirklich glücklich wurden sie bei mir aber nicht. Die Nilgänse duldeten auch sie nicht. Die Laufenten waren gleich groß, aber fliegen konnten sie nicht.

Unlängst waren die Küken der Nilgänse geschlüpft. Sie hielten sich anfangs im Schilfbereich versteckt, aber inzwischen zogen sie in langer Reihe hinter ihren Eltern her, auf dem Wasser und auch am Ufer. Der Ganter hielt treue Wacht und wenn er Verdächtiges bemerkte, fing er bedrohlich an zu schnattern. Anfangs hatte Faida die Tiere systematisch hochgescheucht. Ich hatte ihr klargemacht, dass sie zum Hof gehörten und in Ruhe gelassen werden sollten. Sie verstand und hielt einigermaßen Abstand, hatte aber ihre heimliche Freude daran, wenn sich die Tiere eiligst auf das Wasser flüchteten.

Noch waren die Küken nicht flügge. Ich hatte beobachtet, wie die Eltern ihnen das Fliegen beizubringen versuchten. Aller Anfang war schwer: Die Eltern marschierten mit den Jungen im Kreis und hoben im Takt ihre Flügel. Die Kleinen machten die Bewegungen fleißig nach: auf-ab, auf-ab. Wenn das Erste von ihnen zu torkeln begann und sich erschöpft hinplumpsen ließ, war die Unterrichtsstunde beendet.

Wie immer, wenn ich in der Gegend umherstreifte, hatte ich auch auf dem Weg zur Mühle Faida dabei. Im Haus war sie ruhig und schlief auffällig viel. Wenn ich sie mit rausnahm, war der Teufel los. Ich konnte sie kaum halten. In Waldnähe musste ich sie an die Leine nehmen, der Jäger wegen, die ein Auge darauf hatten, dass das Wild nicht gestört wurde. Vor allem vor Kluckhan musste ich mich hüten. Er inspizierte regelmäßig den Forst: Meist hatte er seinen Hund und die Flinte dabei. Das verschaffte ihm gehörigen Respekt.

In übersichtlichem Gelände ließ ich Faida von der Leine. Sie war dann überhaupt nicht mehr ansprechbar. Sie schoß los wie der Blitz und schnüffelte schwanzwedelnd mit der Nase dicht über dem Boden. Wenn sie etwas entdeckt hatte, sprang sie in hohem Bogen in Richtung der vermeintlichen Beute. Experten sprechen vom sogenannten „Mäusesprung", den auch der Fuchs perfekt beherrscht.

Gelegentlich erwischte Faida die Maus auf Anhieb, wenn nicht, begann sie wie wild zu graben. Die Bewegungen erfolgten in gleichbleibendem Rhythmus und wirkten so mechanisch wie ein Räderwerk. Sie wühlte sich mit ihren Vorderpfoten laufend tiefer in das Erdreich, dass die Fetzen nur so flogen. Manchmal verschwand nahezu der halbe Hund in dem Loch. Wenn sie sich nahe ihrer Beute glaubte, grunzte sie vor Begeisterung. Blieb die Suche erfolglos, wandte sie sich dem nächstliegenden Mauseloch zu und bearbeitete es in ähnlicher Manier. Das hatte System: Sie scheuchte so ihr Opfer hin und her und verkürzte laufend den Abstand zwischen den Löchern, bis die Maus am Ende keine Chance mehr hatte und ihr Heil in der Flucht suchte. Dann schnappte Faida zu.

Hatte sie ihre Beute im Fang, schleuderte sie sie in die Luft, setzte sofort nach, packte sie erneut, biss ihr blitzartig in den Nacken und ließ sofort wieder los, weil sich die Maus mit ihren scharfen Zähnchen durchaus wehren konnte. Faida spielte entzückt mit dem halb toten Tier herum, ließ es zum Schein ein Stück entkommen und packte es erneut, um sich anschließend genüsslich mit dem Rücken auf ihm zu wälzen. Ich war froh, wenn sich die Maus endlich nicht mehr rührte. Hilde hatte es mit mir genauso gemacht. Ich war ihr Mäuschen. Sie spielte mit mir und ließ mich zappeln, und dann ließ sie mich sang- und klanglos fallen.

Faida konnte bis zur völligen Erschöpfung durchhalten. Selten kam es vor, dass ich sie davon überzeugen konnte, dass an dieser Stelle nichts zu holen war. Bei Regenwetter war sie am Ende völlig verdreckt. Das mochte sie überhaupt nicht. Normalerweise machte sie einen großen Bogen um jede Pfütze. Die anschließende Körperpflege fiel entsprechend aufwändig aus.

Eigentlich hätte sie mir die Beute lebend abliefern müssen. Aber vielleicht dachte sie, dass ich mit einer Maus nicht viel anfangen konnte. In der Regel schleppte sie sie noch eine Weile mit. Es kam indes selten vor, dass sie die Maus fraß. Ich hatte keine Ahnung, warum sie die Beute verschmähte. Sie hatte natürlich keinen Heißhunger. Ich gab ihr ausreichend Futter, achtete jedoch streng darauf, dass sie ihre gute Figur nicht verlor. Ich nahm an, dass sich der Fuchs oder ein Raubvogel den Kadaver schnappen würde. Inzwischen musste man auch mit Wölfen rechnen. Ich stellte mir vor, wie Faida reagieren würde, wenn ihr einer über den Weg liefe. Würde sie ihn verscheuchen oder das Weite suchen?

Faida hatte sich auf dem Weg zur Mühle gründlich ausgetobt. Gleich drei Mäuse nacheinander hatte sie erwischt. Als wir an der Mühle anlangten, wollte sie erneut losstürzen. Ich nahm sie umgehend wieder an die Leine. Sie hatte es auf eine Nilgans abgesehen, die sich im Mühlgraben niedergelassen hatte. Es war der Ganter, der sich mit seinem Clan auf meinem Teich häuslich eingerichtet hatte. Die Nilgänse pendelten häufig zwischen meinem Hof und der Mühle hin und her.

Am Eingang zur Mühle war Faida erneut kaum zu halten. Was ihre Aufmerksamkeit geweckt hatte, wurde mir umgehend klar, als ein Hund laut bellend aus der Einfahrt auf sie zu rannte. Er war groß und muskulös und hatte ein dichtes Fell. Wie mir schien, handelte es sich um einen türkischen Hirtenhund. Er spitzte die Ohren, wedelte freudig mit dem Schwanz und beschnüffelte Faida ausgiebig. Dann lief er mit ihr schnurstracks in Richtung Garten voraus.

Özlem war gerade dabei, die Gemüsebeete für die Aussaat vorzubereiten. Sie schien mich nicht zu bemerken. „Hallo, Amor!“, sagte sie freudig und streichelte liebevoll den Hund.

Sie trug ein Kleid mit langem, weitem Rock, dazu ein Kopftuch. Sie war eine herbe Schönheit. Sie hatte eine markante, leicht gebogene Nase und vergleichsweise strenge Züge. Ihr langes schwarzes Haar glänzte in der Sonne, ihre dunklen Augen waren groß und ausdrucksvoll.

Wie im „Herzkino“, dachte ich. „Bezaubernd!“, hätte Hilde begeistert ausgerufen. Doch ich hatte den Eindruck, als umspielte ihren Mund ein Zug von Traurigkeit. Ich hörte, dass sie leise vor sich hin sang. Ich konnte nichts verstehen, aber es klang wehmütig und sehnsuchtsvoll.

Körperlich war sie eher zierlich, aber sie gönnte sich keine Pause. Ich sah, dass ihr beim Hacken und Graben der Schweiß ins Gesicht lief. Als ich nähertrat, blickte sie überrascht auf. Vermutlich hatte sie stets ein ungutes Gefühl, wenn ein Fremder auftauchte. Sie konnte nie wissen, ob es sich um einen Spion handelte, den die Eltern auf sie angesetzt hatten.

„Na, eifrig bei der Arbeit?“, machte ich einen vorsichtigen Anfang.

Ich hatte erwartet, dass sie verlegen reagieren würde, aber sie schaute mir offen ins Gesicht. „Muß sein, sonst nimmt das Unkraut überhand!“, sagte sie resolut und hackte eifrig weiter.

Mir fiel auf, dass sie perfekt Deutsch sprach.

FRÜHLINGSERWACHEN

In der Mühle hatte Jürgen sie unter seine Fittiche genommen. Er war schlank und groß gewachsen, aber körperlich eher ein „schmales Hemd“. Seine Freunde nannten ihn „Schlacksie“. Sein langes blondes Haar hatte er zu einem Knoten gebunden. Ansonsten schien er auf sein Aussehen wenig zu geben. Eigentlich war er permanent in Arbeitskleidung: Wollmütze, Wollpullover, Schlabberhose oder Overall, dazu derbes Schuhwerk oder Gummistiefel.

Er war nur wenig älter als Özlem. Viel hermachen konnte er noch nicht. Er hatte eine Gärtnerlehre begonnen, aber rasch wieder abgebrochen. Der Meister hatte zu viel „kommandiert“. Jürgen wollte unbedingt „was Eigenes aufmachen“. In der Mühle hatte er ein soziales Jahr absolviert und als Hilfskraft in der Gärtnerei gearbeitet. Er war zielstrebig und beflissen, aber zuweilen ein richtiger Tollpatsch. Er war alles andere als ein Krösus, aber was für Özlem zählte, war sein Herz. Er konnte zuhören und trösten und wenn er sie liebevoll in den Arm nahm, war es anrührend wie bei Rosamunde Pilcher.

Özlems Zuneigung zu Jürgen war unverkennbar. Er war ihr Ein und Alles. Er ließ ihr viele Freiheiten und war im Notfall stets an ihrer Seite. Die beiden waren unzertrennlich. Man sah sie zusammen bei der Arbeit im Garten. Sie ging ihm beim Pflanzen, Jäten und Gießen zur Hand. Zuweilen empfahl sie neue Sorten, auch solche aus ihrer Heimat. Oma Gerstekorn staunte über bislang unbekannte Gemüsesorten: „Man muß ja nicht unbedingt immer nur Kohl und Kartoffeln anbauen!“

In einer Ecke hatte sie ihren eigenen Blumenbereich. Dort durfte ihr auch Jürgen nicht reinreden. Ihre Lieblingsblume war das Löwenmäulchen, insbesondere die dunkelrote Sorte.

„Löwenmäulchen“, sagte sie, „sind unscheinbar, haben keine knallige Farbe und keinen übermäßigen Duft, sind aber zum Küssen niedlich!“

Özlem war rund um die Uhr aktiv. Sie kümmerte sich um Jürgens Kleidung. Schick musste sie nicht sein, aber ordentlich und sauber. Seine „Schlabberhosen“ waren ihr ein Gräuel.

Sie bekochte ihn liebevoll. In ihrer Heimat kam viel Fleisch auf den Tisch. Nur Schweinefleisch war tabu. Tiere hielt man nicht zum Spaß. Dass man sie irgendwann schlachtete, war selbstverständlich. Die Prozedur war einfach und althergebracht. Man zückte das Messer und schnitt die Kehle durch.

Jürgen war Vegetarier: „Tiere soll man nicht schlachten. Sie sind unsere Freunde!“

Sie plädierte für artgerechte Haltung und mäßigen Fleischverzehr: „Die Tiere sollen ein gutes Leben haben! Aber am Ende muss es eben sein. Wir können sie nicht an Altersschwäche sterben lassen!“

Sie kochte für Jürgen fleischlos. Wenn er zwischendurch in die Küche kam, um zu naschen, war er ganz angetan von ihren türkischen Rezepten: Kichererbsenpfanne, Fenchelsalat, Auflauf mit Spinat, Süßkartoffeln mit Ziegenkäse.

„Schmeckt ausgezeichnet!“, lobte er, „kalorienarm, wenig Fett, aber würzig!“

Özlem hatte aufgeatmet. Endlich war sie die ständige Überwachung seitens ihres Vaters los. Inzwischen konnte sie frei ihre Meinung sagen, sich treffen, mit wem sie wollte, und eigenständig Entscheidungen fällen. Beim Einkaufen hatte sie freie Hand. Sie entdeckte so manches, was sie bislang nicht kannte. Vieles war preiswert oder im Sonderangebot. Einiges mochte durchaus nützlich sein, aber meist konnte sie damit nicht viel anfangen: „Das braucht man nicht, das kann man auch selber machen!“

Sie war darauf bedacht, wie man sich gesund ernährt, wie man sich mit wenig Aufwand häuslich einrichtet, was man beim Gartenbau zu beachten hat und wie man mit Tieren artgerecht umgeht. Wenn es um Wirtschaftliches ging, um Kosten und Erträge oder um die Erschließung neuer Absatzmöglichkeiten, verfügte sie über ein erstaunliches Talent. Jürgen war dankbar für ihr Engagement. Wenn sie wieder einmal eine gute Idee hatte, zog er sie an sich und gab ihr einen Kuss. Özlem strahlte dann aus ihren großen dunklen Augen.

Sie sprach von ihrem neuen Leben in der Mühle. Da gab es viel, das angepackt werden musste: Roden des Geländes, Reparaturen am Gebäude und Beschaffung von Inventar und Arbeitsgeräten. Wenn Jürgen demnächst den Mühlgraben entschlammt und das geborstene Rad wieder instand gesetzt hätte, könnte man vielleicht auch Korn mahlen.

Ich brachte ins Gespräch, wie die Menschen vormals im Dorf gelebt und gewirtschaftet hatten. Özlem war erstaunt, dass es ihnen nicht besser ergangen war als den Bauern in ihrer Heimat. Sie gab sich schockiert, wie grausam die Natur sein konnte. Aber am meisten beeindruckte sie, dass es im Dorf immer wieder gespukt haben soll. Sie wollte wissen, um welche Art von bösen Geistern es sich handelte, welchen Schaden sie den Menschen zufügen konnten und ob die Menschen auch heute noch an den Spuk glaubten.

„Nein!", wehrte ich ab, „aber so manches wirkt noch immer nach. Die Leute auf dem Land sind argwöhnisch, wenn sie etwas nicht kennen."

Ich wollte nicht ausdrücklich sagen, dass das auch auf Özlem zutreffen könnte.

Ich schilderte, wie man versucht hatte, neue Erwerbsquellen zu erschließen. Mit dem Mühlenbetrieb hatten die Kluckhans einen Anfang gemacht. Dann hatten sie sich als Lohnunternehmer ein zusätzliches wirtschaftliches Standbein geschaffen, indem sie für die kleinen Leute im Ort alle Arbeiten ausführten, für die schweres Gerät erforderlich war. Später hatten sie auch ein Gasthaus und einen Dorfladen betrieben. Außerdem hatte es zwei Tischlereien gegeben. Inzwischen waren alle Betriebe wieder eingegangen.

„Schade!“, meinte Özlem. „Man muß sich nur etwas einfallen lassen! Vielleicht bringen wir frischen Wind in das Dorf.“

Sie hatte weitreichende Pläne: Vorrang hatte zunächst der Gemüseanbau. Der Bioanbau verursachte mehr Aufwand als ein konventioneller Betrieb. Viele Hände waren nötig, aber gottlob gab es reichlich Helfer. Eventuell könnte eine Blumenzucht dazukommen. Man könnte Bienen halten und eigenes Brot backen. Am Ende könnte man auch einen Hofladen aufmachen.

Im Dorf verfolgte man interessiert, was sich in der Mühle tat. Bauer Gerstekorn war des Lobes voll: „Das wirkt dem Höfesterben entgegen. Wir alten Knöppe müssen irgendwann abtreten. Ist doch schön, wenn es weitergeht! Was die Leute in der Mühle auf die Beine stellen, ist erstaunlich! Man darf ihnen nicht ständig reinreden, wenn mal was schiefgeht.“

Mit Kluckhan gab es, wie zu erwarten, Probleme. Er war noch von der alten Schule. Dass man ökologisch anbaute, war ihm ein Dorn im Auge. Er hatte von Anfang an gewarnt: „Neumodischer Kram! Daraus wird nie was!“

Er nahm kein Blatt vor den Mund. Er sprach von „Chaoten“, bei denen es „wie im Taubenschlag“ zugehe. Er hatte das „Pack“ schon mehrmals rauswerfen wollen.

Wenn er Özlem begegnete, zog er eine finstere Miene auf. „Wo kommste wech?“, hatte er sie gefragt. „Du sollst aus Anatolien stammen, keine Ahnung, wo das liegt, vermutlich in den Karpaten oder im Kaukasus. Das sind öde Ecken! Die Leute sind bettelarm. Alles ist dreckig und verkommen.“

Sie hatte nicht aufzublicken gewagt.

Auch Phil war auf Özlem nicht gut zu sprechen. Ob es sich um Türken oder Kurden handelte, spielte bei ihm keine Rolle.

„Das sind allesamt fremde Völker und Feinde unseres Herrn!“, wetterte er.

Das galt auch für ihre Küche: „Die kennen nur Fladen und Eintöpfe! Bei den Mahlzeiten hocken sie auf dem Boden und essen mit den Fingern!“

Er liebte saftige Beefsteaks und Hamburger.

Hilde gab sich aufgeschlossen, blieb aber skeptisch: „Die Leute wollen die Welt verbessern, haben aber abstruse Vorstellungen davon, wie das gehen soll."

Für „Biologisches" konnte sie sich allerdings durchaus erwärmen. Sie haßte „chemisch verpestete Nahrungsmittel". Davon bekam sie angeblich Ausschläge. Sie hatte wie immer ihre Prinzipien: „Ernährung gezielt einstellen. Viel Vitamine, reichlich Ballaststoffe, Fleisch nur in kleinen Mengen, Fett generell meiden!" Das kam angeblich nicht nur der Figur zugute, sondern sorgte auch für ein längeres Leben. Zeitweilig hatte sie auf Schlankheitskost aus der Apotheke umgestellt. Wenn sie dann die Küche komplett dichtmachte, musste ich mir selbst etwas zusammenbrutzeln.

Özlem und Jürgen hatten bei mir hereingeschaut. Ich hatte sie herumgeführt und ihnen gezeigt, was sich inzwischen getan hatte. Das Haus war noch nicht völlig hergerichtet, aber leidlich bewohnbar. Der Garten war nach wie vor verwildert. Özlem gab mir reichlich Ratschläge, was man anpflanzen könnte.

Rund um den Hausteich herrschte reges Treiben. Özlem war angetan: „Die Gänse sind niedliche Geschöpfe! Die haben es gut hier! Demnächst wollen wir uns auch welche zulegen."

Hilde kam mit den Tieren nicht zurecht: „Sie sind aggressiv! Sie können gefährlich werden! Der Ganter wollte wieder auf mich losgehen. Und überhaupt: Die fressen alles ratzekahl weg, ganz zu schweigen von ihren ekelhaften Hinterlassenschaften. Igittigitt!"

Özlem sah das anders: „Tiere werden nur aggressiv, wenn man sie schlecht behandelt. Sie folgen ihrem Trieb, sie haben ihre Bedürfnisse und Gewohnheiten. Das muss man wissen und respektieren. Man muss ihr Zutrauen gewinnen. Das geht nur über Liebe und Verständnis."

Sie mochte daran denken, wie Menschen miteinander umgehen, warum es mit ihren Eltern nicht hatte klappen wollen und warum sie von einigen im Dorf nicht akzeptiert wurde.

Mich wunderte nicht, dass Kluckhan bezüglich der Nilgänse schwere Geschütze aufgefahren hatte: „Die gehören hier nicht hin! Wenn es ihnen in Afrika zu heiß wird, ziehen sie einfach los und suchen sich ein neues Quartier."

Phil hatte in die gleiche Kerbe geschlagen: „Das sind dreiste und grausame Biester! Sie vertreiben die einheimischen Enten. Notfalls drücken sie sie unter Wasser, bis ihre Opfer ertränkt sind."

Mir kam zwangsläufig die Wasserleiche in den Sinn und ich hatte den Eindruck, als könnte das, was er über die Nilgänse sagte, auch für Menschen gelten.

Nach dem Rundgang durch Haus und Garten hatte ich mit Özlem und Jürgen vor dem Deelentor unter der weitausladenden alten Linde gesessen und mit ihnen ein Bier getrunken. Sie kuschelte sich eng an Jürgen und hielt liebevoll seine Hand. Er nahm seine Quetschkommode zur Hand und stimmte Lieder an wie „Kein schöner Land in dieser Zeit, als hier das unsre weit und breit, wo wir uns finden wohl unter Linden!" Und auch das Lied von der Mühle im kühlen Grunde, wo sich das Mühlrad dreht, aber die Liebste verschwunden ist, die dort gewohnet hat.

Mir schien, dass er insgeheim an Özlem dachte. Ganz sicher konnte er nicht sein, dass es mit ihrer Beziehung ein glückliches Ende nehmen würde.

DAS HEXENZEICHEN

Hilde litt angeblich unter Dauerstress. Es war die alte Leier: „Ich habe eine Menge um die Ohren, privat und beruflich! Ich komme einfach nicht dazu, bei dir mal hereinzuschauen!"

Fürs Erste konnte ich damit leben, aber ich fühlte mich dennoch ziemlich verlassen. Faida war da, aber letztlich doch kein Ersatz.

Es war Wochenende. Ich wollte endlich wieder mal Luft schöpfen. Hilde war unerwartet aufgetaucht.

„Hallo, Schatz!", sagte sie. „Ich wollte mal sehen, wie es dir geht!"

Faida gab sich wieder einmal zu „aufdringlich". Als sie schwanzwedelnd angelaufen kam, wich Hilde angewidert zurück: „Halt den Hund bitte fest! Du weißt doch, dass ich das Beschnüffeln auf den Tod nicht ausstehen kann!"

Und dann ging es gleich wieder los: „Um Gotteswillen! Wie kannst du hier nur hausen? Hast du dir das auch gut überlegt?"

Sie wischte mit dem Finger über die Türkante: „Völlig verstaubt! Ekelhaft!", meckerte sie.

Ich hatte nichts anderes erwartet. Ich war heilfroh, dass sie nicht erneut das „Finanzproblem" zur Sprache brachte. „Die Instandsetzung des Kottens verschlingt eine Unsumme Geld!", hieß es ständig. „Ich weiß gar nicht, wie du das alles allein stemmen willst."

Freundlich und liebevoll war sie noch nie, wenn wir allein waren, aber diesmal wirkte sie ungewöhnlich gereizt. Ich ahnte nichts Gutes. Wir nahmen auf dem roten Sofa Platz. Es schien prädestiniert für vertrauliche Aussprachen. Sie warf einen prüfenden Blick auf das Möbel, bevor sie sich setzte.

„Schau dir mal diese Flecken an!“, sagte sie. „Stört dich das überhaupt nicht?“

Ich war erleichtert, dass sie nicht mit dem Verdacht kam, es könnte sich um Blutflecken handeln.

Ich war gespannt, was sie vorzubringen hatte.

„Wir müssen reden!“, sagte sie barsch.

„Worum geht es?“, wollte ich wissen.

„Um uns!“, sagte sie.

Ich stutzte. Worauf wollte sie hinaus? Ich hatte mir nichts vorzuwerfen.

„Wir sind uns doch im Klaren, was unsere Beziehung angeht“, sagte ich. „Du wolltest eine Auszeit. Ich war einverstanden. Gibt es was Neues?“

Sie setzte eine ernste Miene auf: „Es geht um Özlem und wie du zu ihr stehst. Wie ich höre, kümmerst du dich rührend um sie. Du hast für alles Verständnis. Du bist stets hilfsbereit. Wenn sie traurig ist, musst du sie trösten. Ich habe gesehen, wie du sie in den Arm genommen hast! Das sah nicht nach dem gutmeinenden Onkel aus! Ist ja mal eine Abwechslung! Ich bin keineswegs eifersüchtig. Du bekommst aber hoffentlich keinen Ärger mit ihrem Freund! Das Mädel kann einem leidtun. Sie hat schon genug Ärger mit ihren Eltern.“

Mir war klar, dass sie mir ein Techtelmechtel unterstellte. Ich fand Özlem liebenswert. Sie hatte etwas Anziehendes. Ich hatte sie gern um mich und ob es mit Hilde noch einmal etwas werden würde, stand dahin. Ich hätte mir vorstellen können, mit Özlem zu leben, aber natürlich war sie viel zu jung für einen abgetakelten Ehemann wie mich. Außerdem gönnte ich sie Jürgen von ganzem Herzen.

Hilde wurde deutlicher. Ich wolle Özlems Lage ausnutzen, meinte sie, und sie „rumkriegen“. Eigentlich sei ich nie auf andere Frauen aus gewesen, aber so einem hübschen Ding wie Özlem dürfte es nicht schwerfallen, mich schwach zu machen. Vermutlich aber gehe es ihr gar nicht um Liebe und sie sei nur auf meine Brieftasche scharf. Bei mir sei zwar nicht allzu viel zu holen, aber Jürgen sei schließlich kein ernsthafter Konkurrent. Er sei sichtlich verknallt in Özlem, aber außer Schmusen habe er nicht viel zu bieten. Das „Bubi“ habe nicht einmal die Gärtnerlehre abgeschlossen. Wirtschaftlich sei er vorerst kaum imstande, eine Frau zu unterhalten, geschweige denn, eine Familie zu ernähren.

Ich wollte beschwichtigen, kam aber nicht zu Wort. Sie geriet zunehmend in Rage. Ich merkte es schon am Tonfall. Faida kniff den Schwanz ein und verzog sich in die äußerste Ecke.

Und dann ging es erst richtig los: „Das kannst du Jürgen nicht antun! Daran könnte seine Beziehung zerbrechen, ganz abgesehen von dem Gerede im Dorf. Wie stündest du da? Einem braven Jungen so mir nichts dir nichts das Mädchen ausspannen, das fällt auf dich zurück! Und was ist, wenn Özlem von dir schwanger würde? Gar nicht auszudenken! Kannst du dir vorstellen, dass dein Kind bei Jürgen aufwächst, oder rechnest du damit, dass sich Özlem von Jürgen trennt? Das wird sie niemals tun! Aber du glaubst doch wohl nicht, dass sie dir das Kind überlässt! Und selbst wenn: Willst du als alleinerziehender Vater leben? Mit mir könntest du nicht rechnen. Das ginge, bei aller Toleranz, entschieden zu weit!“

Und dann folgte, wie so oft, der versöhnlichere Schwenk: „Eigentlich hätte es doch mit uns klappen können. Ich weiß immer noch nicht, woran es gelegen hat, dass wir nicht miteinander ausgekommen sind.“

Sie brachte die altbekannten Argumente vor: Ich war zu verschlossen, ich konnte nicht zuhören, ich hatte nicht genug Verständnis für sie, ich war nie da, wenn ich gebraucht wurde.

„Ich hatte mir das Leben nach unserer Trennung ganz anders vorgestellt,“ meinte sie. „Ich wollte unabhängig sein, reisen und neue Bekanntschaften machen. Das ist alles nicht so gelaufen, wie erwartet. Ich hatte bereits an eine Rückkehr gedacht. Vielleicht könnte man wieder zusammenkommen. Aber das war wohl ein Irrtum! Nicht unter diesen Umständen!“

Ich hätte dazu eine Menge sagen können: Dass Liebe auf gegenseitiger Rücksichtnahme beruht, aber nicht Selbstaufgabe bedeuten muß, dass Hilde jedoch immer im Mittelpunkt stehen wollte und in mir nur den kleinen „Zeitungsfritzen" gesehen hatte, dass sie auf meine Bedürfnisse keinerlei Rücksicht nahm und mich mit faulen Ausreden abwimmelte, dass sie mir ständig ihren Willen aufzwingen wollte und mir den schwarzen Peter zuschob, wenn etwas schief ging, dass sie alles und jedes „diskutieren" wollte, aber bei jedem Vorschlag meinerseits mit „Kommt überhaupt nicht in Frage!" reagierte.

Ich hatte mir Mühe gegeben, aber irgendwie war die Luft raus.

„Das ständige Diskutieren hilft nicht weiter", sagte ich. „Man muß einfach mal zurückstecken und die Klappe halten. Manchmal ist Reden Silber und Schweigen Gold!"

Sie machte ein verdutztes Gesicht: „Ach, so einfach machst du es dir? Dann können wir das Gespräch ja gleich beenden!"

Sie war bereits im Begriff, aufzustehen und das Haus zu verlassen.

„Nun warte doch!", sagte ich, „ich mag Özlem und ihre Gesellschaft. Sie braucht mitunter eine Aufmunterung, aber wir haben nichts miteinander, nicht so, wie du glaubst."

Sie war nicht zu beruhigen: „Bevor die Sache nicht geklärt ist, betrete ich dein Haus nicht mehr!"

Anschließend brach sie augenblicklich auf. Ich hörte, wie ihre Stöckelschuhe in dezidierter Folge auf dem Pflaster der Deele klapperten. Das klang schon immer beeindruckend!

Ich blieb ratlos auf dem Sofa sitzen. Faida kroch aus ihrer Ecke hervor und blickte mich mit großen, fragenden Augen an. Mein Blick fiel auf ein Loch in der Deelendecke. Bei dem sogenannten „Hexentoiken" handelt es sich um eine kleine Aussparung in einem der Querbalken. Vormals sollte es böse Geister abwehren. Natürlich glaubte man nicht wirklich an Hexen. Wenn eine Frau als solche verdächtigt wurde, steckten in der Regel weibliche Intrigen dahinter. Wenn die Hausherrin das

Gefühl hatte, ihr Mann könnte etwas mit einer anderen haben, kannte ihre Eifersucht keine Grenzen und sie bezichtigte ihre Konkurrentin, mit dem Satan im Bunde zu stehen.

Auf meinem Hof hatte es eine Magd gegeben, die angeblich mit dem Hausherrn in Unzucht lebte. Nachdem er sie entlassen hatte, soll sie ihn verzaubert und ihm aus Rache körperliche Schäden zugefügt haben. Insgesamt soll sie neun Personen verhext haben, was bei einigen von ihnen zum Tode führte. Später wurde sie wegen Zauberei angeklagt und nach mehreren „peinlichen Verhören" hatte man sie in Blomberg auf dem Scheiterhaufen verbrannt.

Wollte ich den Überlieferungen Glauben schenken, schien die ganze Gegend verhext zu sein. Werwölfe und Nachtmahre sollen ihr Unwesen getrieben haben. Im Wald ging angeblich der „Bummelhund" um. Der schwarze Pudel soll so groß wie ein Pferd gewesen sein. Hoch in den Lüften wollte man den „Ewigen Fuhrmann" mit seiner feurigen Kutsche ausgemacht haben, der mit fürchterlichem Geheule über das Dorf hinweggezogen war. Nicht alle indes hatten der Sache trauen wollen. Der alte Gerstekorn nahm an, dass es sich um einen geheimnisvollen Vogel handelte. Man könne den „Vugel" hören, hatte er gemeint. Er wisse jedoch nicht, um welchen es sich handele. Wahrscheinlich sei es keine heimische Art.

Wenn es im Dorf nächtlich irgendwo spukte, hieß es, ein Verstorbener sei zur Strafe für seine Sünden als Gespenst wiedergekehrt. Ein Bauer, der sonntags sein Vieh in die Wiesen der anderen getrieben hatte, mußte angeblich jede Nacht die Trift auf und ab gehen und „Laßt hüten!" rufen. Ein anderer musste allnächtlich einen glühenden Stein im Wald herumtragen, weil er zu Lebzeiten einen Grenzstein versetzt hatte.

Einer schien sich heimlich bei den Kluckhans eingeschlichen zu haben. Wenn ich an ihrem Hof vorbeikam, hatte es den Anschein, dass er hinter dem Fenster argwöhnisch zu mir herüber äugte. Am Ende stellte sich heraus, dass es sich um einen lebensgroßen „Pappkameraden“ handelte und er ein Überbleibsel einer Werbeschau war.

Angeblich war sogar der Teufel höchstpersönlich im Dorf zu Hause. Einer wollte den „Duiwel“ dort leibhaftig gesehen haben: „Dann sollten Sie mal nach Dalborn gehen“, soll er gesagt haben, „da geistert er herum, mit Augen so groß wie Schinkenteller!“

Der Pastor in Cappel war sich ganz sicher. Als einer aus Dalborn zu spät zum Gottesdienst erschien, stellte er die Frage, woher der Teufel komme. Alle Blicke waren auf den zu spät Gekommenen gerichtet. „Diu leuwer Gott, aus Dalborn, Herr Pasteor!“, soll er schuldbewusst gestottert haben.

Ich hatte Hilde auf das Hexenzeichen aufmerksam gemacht. „Grauslich!“, meinte sie. „Das wäre schon genug, um hier niemals einzuziehen! In dem alten Kasten könnte ich keine Nacht bleiben! Ich hätte ständig Angst, es könnte einer auftauchen, der mir an die Gurgel geht oder sich mit einem Messer auf mich stürzt.“

Sie hatte zum Kohlestift gegriffen und ihren Eindruck auf Papier gebannt: Alles wirkte düster und unheimlich. Mächtige Baumkronen waren ein Spiel des Windes und neigten sich bedrohlich über das windschiefe Dach, als ob sie das Haus jeden Augenblick verschlingen wollten. Fledermäuse schwirrten gespenstisch um das alte Gemäuer. Aus der „Ulenflucht“ im Giebel äugte arglistig das Käuzchen. In die Mitte der Zeichnung hatte Hilde das rote Sofa montiert. Das grell leuchtende Rot sah nach flammender Liebe aus. Aber die war zwischen uns ziemlich verloschen.

Ich verfiel ins Grübeln. Woran lag es, dass wir uns erneut gestritten hatten? Warum konnte ich sie nicht besänftigen? War ich zu zurückhaltend? Hätte ich mehr auftrumpfen sollen? War ich schon immer zu geduldig? War ich zu gutgläubig? War das eine oder andere hinter meinem Rücken abgelaufen? Ich wusste, dass sie kein Kind von Traurigkeit war. Hatte sie jemanden nebenher? Hatte sie mir Hörner aufgesetzt?

Ich wusste nie, wie ich mit Hilde dran war. Nette Ansprache, hübsch vorbereiten? Falsch! Männer dürfen nicht lange fragen. Man handelt sich prompt eine Abfuhr ein. Gleich ran, nicht lange fackeln? Auch falsch! Stößt mit Sicherheit auf Entrüstung. Ich fragte mich, was ich sonst noch hätte anstellen sollen. Mehr Charme entwickeln? Komplimente machen? Nette Geschenke? Mich modischer kleiden? Das Kochen und Putzen komplett übernehmen? Nur noch Rohkost zu mir nehmen? Sofort das Rauchen einstellen? Bodybuilding betreiben? Mit nacktem Oberkörper Holz hacken?

Ich muss zugeben, dass mir andere Männer diesbezüglich voraus waren. Auch Phil verstand sein Handwerk augenscheinlich besser. Wann immer er Hilde zu Gesicht bekam, schwänzelte er um sie herum. Es fehlte nicht an neckischen Bemerkungen. Ich nahm es gelassen. Ich konnte durchaus verstehen, dass er ihre Nähe suchte, schließlich lebte er genauso mutterseelenallein wie ich. Dass sich Hilde auf ihn einlassen würde, hätte ich jedoch nicht erwartet. Sie sprach immer abfällig über Schönlinge, Angeber und Schürzenjäger: „Das ist das Letzte, was ich brauche!"

Sie ließ allerdings nach wie vor nichts auf ihn kommen: „Er ist ein untadeliger Mensch und ein engagierter Seelsorger und kümmert sich um die Notleidenden. Er ist rührend um Özlem bemüht. Er tut das aus reiner Nächstenliebe."

Ich wollte mich dazu lieber nicht äußern und schon gar nicht davon sprechen, dass der Verdacht nicht ausgeräumt war, er könnte in einen Mordfall verwickelt sein.

War sie blauäugig? fragte ich mich. Hatte sie nicht bemerkt, dass Phil eine dubiose Erscheinung war? Konnte sie sich nicht vorstellen, dass er etwas zu verbergen hatte, dass er befürchtete, ich könnte diesbezüglich etwas herausfinden, und mir deshalb heimlich nachstellte? Lag es nicht nahe, dass er der Unbekannte war, der sich nächtlich in meinem Haus zu schaffen gemacht hatte?

Ich war mir nicht sicher, ob Dunkelmann meine Befürchtungen teilte. Es hatte zumindest den Anschein, dass er Phil leichtfertig davonkommen ließ.

„Wenn Sie schlecht über Drake denken“, wehrte er ab, „führt ihre Frau das darauf zurück, dass Sie eifersüchtig sind.“ Ich fand, dass er sich die Sache zu einfach machte.

Phil hatte sich auch an Özlem herangemacht. Ich sah sie erstmals zusammen, als Özlem eben dabei war, sich von mir zu verabschieden. Er kam angeblich zufällig vorbei. Er gab sich zurückhaltend und höflich. Er sprach ausgiebig von seiner Tätigkeit als Prediger und zeigte sich äußerst aufgeschlossen gegenüber Özlems muslimischem Glauben. Später dann wollte man sie öfter zusammen gesehen haben, auch bei Spaziergängen im nahen Wald. Es hatte den Anschein, als habe er ihr Vertrauen gewonnen. Im Dorf rumorte die Gerüchteküche.

Phil war offensichtlich nicht entgangen, was über ihn gemunkelt wurde. Als er mich wieder einmal aufsuchte und, wie gewohnt, wissen wollte, welche Fortschritte der Umbau des Hauses zwischenzeitlich gemacht hatte, kam er auf die Gerüchte zu sprechen: „Alles Hirngespinste, kein Wort wahr daran!“

Vielleicht hat er es gar nicht auf ein Liebesabenteuer abgesehen, dachte ich. Vielleicht will er Jürgen nur eifersüchtig machen und damit dessen Beziehung zu einer Ausländerin stören.

Phil hatte kein Blatt vor den Mund genommen: „Özlem und Jürgen passen nicht zueinander. Der kulturelle Background ist zu verschieden. Er soll die Finger von dem Mädchen lassen. Es gibt genug andere! Aber vermutlich hat er immer einen Korb bekommen. Das wundert mich nicht. Der bringt es nie auf einen grünen Zweig! Er ist eine morbide Existenz, triebbestimmt, psychisch labil und emotional leicht erregbar. Wie er aussieht, könnte er ein Junkie sein. Möglicherweise war er sogar schon im Knast!“

Ich beschloß, mit Jürgen zu reden, „unter Männern“ sozusagen. Als er vor meiner Tür stand, nahm ich ihn am Arm und bat ihn, auf dem roten Sofa Platz zu nehmen, war mir aber nicht sicher, ob es sich für das Gespräch eignete, einfach weil es zu negativ belastet war.

Jürgen blickte mich gespannt an: „Was gibt es? Was Neues in Sachen Özlem? Hat es wieder Ärger mit ihrem Vater gegeben?“

„Nein“, sagte ich. „Es geht um anderes.“

Ich sprach von Hilde und ihrer Eifersucht. Ich rückte offen damit heraus: „Sie hat mich verdächtigt, ein Techtelmechtel mit Özlem angefangen zu haben. Kann sein, dass sie das überall herum streut. Möglicherweise gibt es allerlei Gerede im Dorf.“

Jürgen machte ein ernstes Gesicht. Ich versuchte ihn zu beruhigen: „Wie du weißt, habe ich mich um Özlem gekümmert und ihr mit Rat und Tat beistehen wollen. Das hat ihr geholfen und sie über manches ein wenig hinweggebracht! Mehr ist an der Sache nicht dran!“

Jürgen nickte: „Klar! Du warst ein väterlicher Freund, mehr nicht.“

Und dann sprach ich davon, dass sich Phil an Özlem herangemacht hatte. Ich erwähnte, welchen Eindruck ich von ihm gewonnen hatte, und dass so manches nicht zu einem biederen Geistlichen passen wollte.

Jürgen sprang sofort darauf an: „Bei dem hatte ich von Anfang an ein ungutes Gefühl. Mag sein, dass er ein Schürzenjäger ist, aber ich glaube nicht, dass sich Özlem mit ihm einlassen würde.“

Ich stimmte ihm zu: „Er mag zwar auf ein gelegentliches Abenteuer aus sein, aber wie ich ihn einschätze, wäre eine Türkin nicht gerade nach seinem Geschmack.“

Ich ließ außen vor, dass ich ihm weitaus mehr zutraute als nur ein vermeintlich harmloses Anbändeln. Irgendwie sah alles nach einem heimlichen Ränkespiel aus.

DER EXORZIST

Kluckhans Sohn war bei mir aufgetaucht. Er hatte etwas auf dem Herzen. Es ging um Liesa, die Tochter seiner Schwester. Liesas Vater galt als Tunichtgut und Trunkenbold. Die Mutter musste sich nicht nur um Haushalt und Kind kümmern, sondern auch dafür sorgen, dass die Kasse stimmte. Am Ende hatte er sie „sitzenlassen". Angeblich hatte er den „ständigen Tamtam mit dem Kind" nicht mehr ausgehalten.

Liesa war ein Sorgenkind. Als Kleinkind hatte sie kaum Anteil an der Außenwelt gezeigt und nie irgendwelche Bedürfnisse geäußert. Das Hörvermögen war nicht beeinträchtigt, aber sie hatte nicht geplappert und gebrabbelt. Wenn sie die Mutter auf den Arm genommen hatte, hatte sie still vor sich hingeschaut und weder gelächelt noch Zeichen des Unwillens von sich gegeben. Auf Streicheln hatte sie nicht reagiert und auch nicht auf Anreize durch Fingerspiele oder Gegenstände, mit denen sie täglich in Berührung kam. Sie zeigte keinerlei Spieltrieb. Sie hockte still in einer Ecke und ging anderen Kindern aus dem Wege. Die Neurologen sprachen von „Mutismus" und „Sprechangst". Logopäden, Psychiater und Sozialpädagogen hatten sich eingeschaltet, ohne dass greifbare Ergebnisse erzielt wurden.

Kluckhan hatte seinen Schwiegersohn von Anfang an zum Teufel gewünscht. Für ihn waren dessen „Erbanlagen" an allem schuld und die Tochter hatte erzieherisch alles falsch gemacht und das Kind „verpäppelt". Sie hätte „rechtzeitig durchgreifen" sollen. Kluckhans Frau führte alles auf „Teufelswahn" zurück. Sie sprach von Besessenheit und bösen Geistern. Sie hatte es angeblich am eigenen Leib erlebt.

„Wolfskinder“ oder vom Satan gezeugte „Wechselbälge“ nannte man vormals Kinder mit Verhaltensauffälligkeiten und Missbildungen. Sie sollen das Gesicht eines Greises und plumpe Gliedmaßen gehabt haben, blieben stumm und hatten keine Erinnerungen. Man trieb den Satan mit Beschwörungen und Foltermethoden aus. Zuweilen überlebten die „Befreiten“ das nicht. Manche sollen als „Hausgeister“ wiedergekehrt sein.

Liesa war inzwischen sechs Jahre alt. Körperlich hatte sie sich weitgehend normal entwickelt. Es gab allerdings nach wie vor Anzeichen für Verhaltensstörungen. Liesa bekam wiederholt Schwindelanfälle und war mehrfach gestürzt. Die Ärzte nahmen an, dass es sich um Epilepsie handelte. Sie verweigerte das Essen und litt unter Schlafstörungen. Nachts wollte man Schreie gehört haben. Sie hatte unverständliche Worte von sich gegeben. Die Ärzte vermuteten ein Trauma. Man fragte sich, ob es genetische Prädispositionen gab oder ob Milieueinflüsse und Schockerlebnisse die Auslöser waren.

Phil hatte sich eingeschaltet. „Die Ärzte und Psychologen sind Scharlatane!“, polterte er. „Sie foltern ihre Patienten mit Elektroschocks und würdigen sie zu Pillenschluckern herab! Aber Krankheiten sind Symptome des Bösen. Fürchte dich nicht vor dem Schrecken!, hat Jesus gesagt. Ich bin das Licht der Welt. Wer mir nachfolgt, wird nicht in der Finsternis wandeln. Wenn ich durch den Finger Gottes die Dämonen austreibe, so ist das Reich Gottes zu euch gekommen.“

Liesas Stummheit führte er darauf zurück, dass ein Dämon ihre Zunge lähmte. Die Schlafstörungen beruhten auf nächtlichen Attacken des Satans. Phil hatte sich an der Tür zur Schlafkammer auf die Lauer gelegt. Er hatte gehört, wie das Kind den Dämon beim Namen gerufen hatte, und wollte lautes Fluchen vernommen haben. Die Schwindelanfälle waren die Folge einer Fernsteuerung durch finstere Mächte. Der Beweis lag auf der Hand: Wenn sich Liesa unter einem Hexenzeichen an der Deelendecke bewegte, ließen die Schwindelgefühle umgehend nach.

Phil sprach von Austreibung, Heilung der Seele, von Reinwaschen und Befreiung. Er hatte Liesa tief in die Augen geblickt, um den Dämon herauszufordern. Dann hatte er ihr die Hände aufgelegt und das Sündenbekenntnis und das „Vater Unser“ gesprochen, wobei er die Schlussworte „und erlöse uns von dem Übel“ lautstark betonte. Nachdem er den Dämon im Namen Jesu ausgetrieben hatte, hatte er den vom Bösen befreiten Raum mit Segnungen ausgefüllt, um die Rückkehr des Dämons zu verhindern.

Er war nachts bei Liesa geblieben, um sie zu beschützen. Die Mutter hatte sich nichts dabei gedacht. Anschließend war es in der Schlafkammer still geblieben. Auch die Schwindelanfälle hatten sich weitgehend gelegt. Liesa reagierte zunehmend positiv. Sie strahlte, wenn Phil ihr die Hände auflegte, und konnte die ihr auferlegten Gebete nachsprechen. Als man die schwarze Katze, die immer verdächtig um Liesa herumgestrichen war, tot auffand, hatte der Spuk ein für alle Mal ein Ende. Auch die Mediziner wollten eine Besserung erkennen und führten sie darauf zurück, dass Liesa eine Vertrauensperson gefunden hatte.

Doch dann kam es zu Vorfällen, die zu denken gaben. Kluckie war aufgefallen, dass Phil häufig mit Liesa unterwegs war. Er war ihnen heimlich gefolgt und hatte spioniert. Die Tour endete in Lügde-Elbrinxen auf einen Campingplatz namens „Eichwald“. Phil hielt vor einer primitiven, heruntergekommenen Hütte an. Offensichtlich wurde er erwartet, denn umgehend umringten ihn eine Reihe junger Mädchen. Liesa wurde freudig begrüßt. Wie es schien, hatte man sich nicht das erste Mal getroffen.

Kluckie hatte sich versteckt gehalten und verfolgt, was sich nachfolgend tat. Der Bewohner der Hütte war hinzugekommen und sprach mit Phil. Kluckie konnte nicht hören, was er sagte, aber es hatte den Anschein, als seien sie gute Freunde. Phil griff zu einer Tüte und kramte Geschenke aus. Die Mädchen stürmten herbei und jubelten. Für eins von ihnen hatte „Onkel Phil“, wie sie ihn nannte, ein besonderes Präsent zur Hand. Vermutlich hatte sie Geburtstag.

Es gab reichlich Kuchen, Süßigkeiten und Eis. Anschließend waren Ballspiele angesagt. Die Stimmung war ausgelassen. Die Mädchen kreischten vor Begeisterung. Es folgten allerlei neckische Spiele. Phil war auffällig hinter Liesa her. Er erhaschte sie blitzschnell und ließ sie durch die Luft wirbeln. Kluckie fiel auf, dass er ihr beim Hochheben nicht unter die Achseln, sondern zwischen die Beine griff.

Dunkelmann zog Erkundigungen ein. Der Bewohner der Hütte sei ein freundlicher Mensch, hieß es. Er lebe von der Wohlfahrt und die Wohnverhältnisse seien dürftig. Eine Familie habe er nicht, aber er kümmere sich liebevoll um Kinder. Er feiere mit ihnen Grillfeste, organisiere Schnitzeljagden und fahre mit ihnen in Freizeitparks und Schwimmbäder.

„Nach allem hat es den Anschein, als ginge es bei dem Mann nicht mit rechten Dingen zu“, meinte Dunkelmann. „Und wie sich Drake verhalten hat, kommt mir auch verdächtig vor. Aber Mutmaßungen reichen nicht.“

Wenig später erhielten Dunkelmanns Vermutungen neue Nahrung. Phil hatte mit Liesa wieder einmal einen Ausflug unternommen. Die Mutter solle davon nichts wissen, hatte er ihr eingeschärft. Ich erfuhr erst nachträglich, wie es abgelaufen war. Liesa musste ich versprechen, nichts zu verraten.

Nachdem sie ein stückweit in Richtung Mosebeck gefahren waren, war Phil in einen Forstweg abgebogen, angeblich um ihr „was Schönes“ zu zeigen. Der Weg führte durch ein dichtbewaldetes Gebiet und endete an einem versteckt gelegenen Teich. Das Gelände war morastig. Das Ufer säumten altersschwache Weiden, deren verknorpelte Stämme bereits geborsten waren. Das Gewässer war trübe und auf der Oberfläche hatten sich Algen gebildet. Aus dem Untergrund ragten die Stümpfe abgestorbener Bäume. Sie hatten auf Liesa wie Geisterfiguren gewirkt. Sie hatte an den Erlkönig gedacht, von dem ihr die Mutter erzählt hatte. Irgendwo im Schilf hatte ein

Frosch gequakt. Das hatte sie an den „Büllemock“ erinnert, der in meinem Hausteich gehaust und die Kinder in die Tiefe gezogen haben soll, wenn sie ihm zu nahekamen. Liesa hatte sich gefürchtet. Phil hatte sie in den Arm genommen und beruhigt: „Keine Angst, Mädchen, ich bin ja bei dir!“

Phil hatte ihre seltene Pflanzen und Tiere zeigen wollen. Angeblich wuchsen dort Primeln, wilde Vergissmeinicht und Schlüssel- und Sumpfdotterblumen, aber auch seltenere Sorten wie der brennende Hahnenfuß und das Sumpfheideröschen. Sie hatten den Froschlaich unter die Lupe genommen, Ausschau nach Fischen gehalten und waren auf die Suche nach Insekten gegangen. Phil hatte davon gesprochen, dass Graureiher und Störche zuweilen hier auftauchten und dass man, wenn man Glück habe, auch den Eisvogel zu Gesicht bekäme. Liesa hatte Blüten gezupft. Phil hatte ihr geholfen, daraus ein Kränzchen zu flechten. Er hatte es auf ihrem Haar befestigt. „Jetzt siehst du aus wie eine Waldfee!“, hatte er gemeint.

Liesa schien noch immer begeistert zu sein.

„Ich kann mir vorstellen, dass du dich sehr gefreut hast“, sagte ich.

„Das war toll!“, versicherte sie. „Ich wünschte, meine Freundinnen hätten mich so gesehen!“

Man hatte angeblich viel Spaß gehabt und er hatte ihr „allerhand gezeigt“. Ich fragte mich, was das bedeuten sollte.

„Was hat er mit dir gemacht?“, wollte ich wissen.

„Er hat mir ein Küsschen gegeben“, sagte sie.

„Mehr nicht?“, hakte ich nach.

Sie schaute mich fragend an. „Nun ja“, räumte sie ein, „er hat mich auf den Schoß genommen und mich gestreichelt.“

Ich war mir nicht sicher, ob sie die Sache durchschaut hatte. Hatte sie wirklich keinen Argwohn gehegt oder stand sie so unter Druck, dass sie darüber nicht sprechen wollte?

Ich informierte Dunkelmann. Er war entsetzt: „Das hat uns gerade noch gefehlt“, wetterte er. „Als ob der Kerl nicht schon genug Dreck am Stecken hätte! Aber die Sache scheint brisant zu sein. Vieles spricht dafür, dass es sich um einen Fall von Kindesmissbrauch handelt. Dem muss umgehend nachgegangen werden! Mein Ressort ist das allerdings nicht und zunächst muß sich das Jugendamt um den Fall kümmern."

Er sprach mit Liesas Mutter.

„Ich weiß", sagte sie, „der Verdacht wiegt schwer, aber ich glaube nicht, dass sich Drake an Liesa vergreifen würde."

HAGELSCHLAG

Um Phil war es in letzter Zeit still geworden. Dunkelmann hatte nach wie vor keine neuen Erkenntnisse, was den Verdacht betraf, er könnte in einen Mord verwickelt sein.

Özlem hatte sich eingewöhnt und viel von ihrer anfänglichen Verschüchterung verloren. Sie hatte gehofft, mit der Zeit würde sich ihr Vater beruhigen, aber er blieb eisern. Sie wollte keinen Streit und im tiefsten Inneren hatte sie Verständnis für ihn: „Er meint es gut. Er weiß, wie Männer sein können. Er will mich vor dem bösen Wolf beschützen. Ich soll es einmal guthaben. Als Familienoberhaupt fühlt er sich für alles verantwortlich. Er kennt es nicht anders. Er kann nicht mehr zurück. Er hat Angst, seine Autorität zu verlieren."

Aber es gab noch mehr, das ihr keine Ruhe ließ. Sie glaubte, einen Mann gesehen zu haben, der um die Mühle schlich und sich umgehend zurückzog, wenn er sich beobachtet fühlte. Sie traute sich kaum aus dem Haus und fühlte sich nur sicher, wenn Jürgen bei ihr war.

Sie hatte ihren Bruder in Verdacht: „Der Vater hat Jusuf angespitzt. Er soll mich ausspionieren und Mittel und Wege finden, um mich zur Rückkehr zu bewegen. Aber so, wie die Dinge stehen, will ich nicht zurück. Ich will frei sein wie alle hier!"

„Ich hatte mir alles so schön ausgemalt", meinte sie. „Jürgen liebt mich. Ich vertraue ihm. Für ihn spielt es keine Rolle, woher ich komme und was ich für Eltern habe. Ich bin sicher, dass er den Betrieb nach vorn bringen wird. Wir könnten irgendwann auf eigenen Beinen stehen und Kinder haben. Aber ich will meine Eltern nicht verlieren."

Ich sprach ihr Mut zu: „Das wird schon werden!" Ganz sicher war ich mir allerdings nicht.

Tage später ging bei Özlem eine anonyme Botschaft ein, in der es hieß, sie solle umgehend in ihr Elternhaus zurückkehren. Sie vermutete, dass Jusuf die Nachricht verfaßt hatte, und nahm, trotz erheblicher Bedenken, Kontakt mit ihm auf: „Einer muß den ersten Schritt tun!"

Sie wollte eine direkte Konfrontation vermeiden und hatte sich schriftlich gemeldet. Zunächst hatte niemand geantwortet. Dann ging eine Nachricht von Jusuf ein. Sie klang nicht gerade freundlich: „Du weißt, was dein Vater von dir erwartet. Halte dich gefälligst daran!"

Auch nachfolgend meldete sich ausschließlich Jusuf. Inzwischen war die Tonart etwas milder: „Tut mir leid. Ich kann dir nicht helfen. Vater ist nicht umzustimmen."

Jürgen war lange geduldig, reagierte aber zunehmend erregter: „Allmählich habe ich die Nase voll! Er soll dich gefälligst in Ruhe lassen! Dem sage ich gehörig Bescheid!"

Özlem wusste, dass er eine cholerische Ader hatte und zuweilen impulsiv handelte. Sie fürchtete, er könne auf „dumme Gedanken" kommen.

Am nächsten Morgen entdeckte sie, dass der Garten verwüstet war. Es war wie nach einem Hagelschlag. Die Pflanzen waren mutwillig herausgerissen und zertrampelt. Mittendrin war eine Holzlatte in den Boden gerammt. Es sah aus, als hätte man jemanden beerdigt. An der Latte war ein Zettel befestigt, auf dem stand: „Du bist eine Hure. Hau ab, wohin du gehörst!"

Jürgen hatte Jusuf in Verdacht. Özlem hingegen konnte sich nur schwer vorstellen, dass der Zettel von ihrem Bruder stammte. Das waren unerwartet scharfe Töne! Jusuf hatte doch in letzter Zeit eher versöhnlichere Töne angeschlagen! Das war nicht nur eine Beschimpfung, sondern eine Drohung, aber dass Jusuf zu Gewaltmaßnahmen greifen würde, traute sie ihm nicht zu.

Der Aufruhr im Dorf war groß. Das gab es in Dalborn bislang nicht. Niemand konnte sich vorstellen, dass einer aus dem Ort mit der Sache etwas zu tun hatte. Als Ortsvorsteher hatte

Gerstekorn hin und wieder einen Streit schlichten müssen. Abgesehen von den Querelen zwischen Kluckhan und dem alten Drake ging meistens alles in Ordnung. Ich sollte den Vorfall auf keinen Fall in der Presse publik machen, hieß es.

Mein Chef war alarmiert: „Die Sache ist brisant. Was mit Ausländern zu tun hat, schlägt automatisch hohe Wellen in der Öffentlichkeit und wird von den Politikern aufmerksam registriert. Bloß keine vorschnellen Verlautbarungen!“

Dunkelmann war der gleichen Meinung: „Abwarten, bis wir Genaueres wissen!“

Er war rasch vor Ort. Er besah sich den Zettel. Der Text war mit Bleistift geschrieben und bestand aus Großbuchstaben. Daraus ließ sich nichts ableiten. Auf den Beeten gab es frische Fußspuren. Sie stammten offenkundig von mehreren Tätern.

Außerdem gab es eindeutige Radspuren. Sie stammten von Zweirädern. Man hätte den Lärm der Maschinen hören müssen. Der Garten lag nur ein stückweit von der Mühle entfernt. Doch die Bewohner wollten keine Geräusche vernommen haben. Der Hund hatte zwar angeschlagen, aber man hatte sich nichts weiter dabei gedacht.

„Jusuf besitzt angeblich kein Motorrad“, meinte Dunkelmann. Ich verwies darauf, dass Phil ein Motorrad-Fan war.

Dunkelmann runzelte die Stirn: „Ich weiß, worauf Sie hinauswollen! Aber die Spuren stammten von mehreren Fahrzeugen. Es sieht danach aus, als hätten sich irgendwelche Motorrad-Hooligans hier herumgetrieben.“

Dunkelmann stellte Jusuf zur Rede. Er traf ihn in seinem Elternhaus an. Jusuf saß vor dem Fernseher. Es lief offensichtlich eine Sendung in türkischer Sprache. Umgehend stürmte sein Vater ins Zimmer. Der Alte wirkte erregt. Er hatte vermutlich nicht damit gerechnet, dass die Polizei aufkreuzen würde.

Dunkelmann verstand nicht, was er sagte. Jusuf setzte ihn ins Bild: Sein Vater wolle wissen, was die Polizei hier zu suchen habe. Sie seien, bei Allah, ehrenhafte Leute und hätten sich nichts zu Schulden kommen lassen.

Jusufs Vater baute sich drohend vor Dunkelmann auf. Dunkelmann ließ sich nicht beirren: „Keine Aufregung, ich möchte nur ein paar Fragen stellen!“

Er machte keine großen Umschweife: Seine Tochter habe bekanntlich das Elternhaus verlassen. Ob er wisse, dass sie inzwischen in Dalborn lebe und ob ihr Entschluss, nicht länger bei den Eltern zu wohnen, im Einvernehmen mit ihm getroffen worden sei.

Die Antwort ließ nicht lange auf sich warten. Selbstverständlich sei er im Bilde. „Özlem wollte von zu Hause weg. Aber einfach abhauen, das gehört sich nicht, nicht in meinem Haus! Hier gibt noch immer der Vater den Ton an.“

Dunkelmann hakte nach. Er wollte wissen, ob es spezielle Gründe gebe, warum seine Tochter das Elternhaus verlassen habe, und ob es zutreffe, dass man sie zwangsverheiraten wollte.

Der Alte blickte erstaunt auf: „Zwangsheirat? Was soll ich darunter verstehen? Der Vater bestimmt, wen seine Tochter heiratet. Ich weiß am besten, wer dafür in Frage kommt. Özlems künftiger Ehemann ist ein wohlhabender Landsmann, der es gut mit ihr meint. Die Sache ist längst beschlossen. So hält man es schon immer in der Familie. Wir wollen so leben, wie wir es gewohnt sind, das ist unser Recht!“

Der Alte räumte ein, dass er seine Tochter zur Rückkehr aufgefordert habe. Jusuf habe in seinem Auftrag die Botschaft übermittelt. Mit der Verwüstung des Gartens und den Drohungen auf dem Zettel jedoch habe er nichts zu tun. Dunkelmann war sich nicht sicher, ob er den Beteuerungen Glauben schenken konnte.

Als er davon sprach, dass die Täter aus Jusufs Freundeskreis stammen könnten, reagierte Jusuf empört: „Lassen Sie meine Freunde aus dem Spiel! Das sind friedfertige Leute. Die kämen nie auf die Idee, Gewalt anzuwenden!“

Dunkelmann ließ durchblicken, dass es Mittel und Wege gebe, um an Informationen zu kommen, und drohte damit, Jusufs Handy zu beschlagnahmen.

Jusuf blickte fragend zu seinem Vater. Der machte deutlich, dass man das Gerät in keinem Fall aushändigen werde, und sprach von persönlichem Eigentum und unerlaubtem Eingriff in die Privatsphäre.

Dunkelmann wurde ungehalten: „Alles Kokolores! Jetzt hören Sie mal gut zu! Ich habe lange Geduld gehabt und ich nehme selbstverständlich Rücksicht auf Ihre wie auch immer gearteten Gepflogenheiten. In diesem Land legen wir großen Wert auf die Freiheit des einzelnen, aber wenn es um den Schutz der Bürger geht, sind diesem Recht Grenzen gesetzt. Sie stellen permanent meine Befugnisse infrage. Sie glauben offenbar, dass Sie sich von niemandem etwas sagen lassen müssten. Sie können Auskünfte, die Sie oder ihre Familie betreffen, verweigern. Das sehen unsere Gesetze ausdrücklich vor. Aber Sie können nicht unsere Ermittlungen blockieren. Sich einfach querstellen, kommt überhaupt nicht in die Tüte!“

Jusuf schien das nicht unbeeindruckt zu lassen. Er warf einen abwartenden Blick auf seinen Vater. Der schwieg und nickte nur. Jusuf zog das Handy aus der Tasche und reichte es Dunkelmann.

Dunkelmann ließ Jusufs Freundeskreis checken. Die Leute schworen heilige Eide: „Wir haben nichts damit zu tun, was in Dalborn vorgefallen ist. Wir mischen uns nicht in Jusufs Angelegenheiten ein. Er ist ein anständiger Kerl, ein Kumpel, auf den Verlass ist! Er steht zu seinem Glauben, aber er macht keinen Quatsch.“

Auch auf Jusufs Eltern wollten sie nichts kommen lassen: „Die Familie ist untadelig. Der Vater ist allgemein geachtet.“

Dunkelmann ließ die Sache vorerst auf sich beruhen.

Anschließend sprach er sich mit mir aus. „Jusuf sollte Özlem vielleicht nur einschüchtern und hat mit dem Rest nichts zu tun“, meinte er.

„Andererseits könnte auch Kluckhan mit der Sache etwas zu tun haben. Er ist ein eingefleischter Fremdenhasser. Die Botschaft auf der Latte würde zu ihm passen. Er ist kein unbescholtenes Blatt. Noch ist der Verdacht nicht ausgeräumt, was den Tod des alten Drake betrifft.

Kluckhan kommt mit den Leuten in der Mühle nicht zurecht. Vermutlich bereut er inzwischen, dass er die Mühle an sie verpachtet hat. Er ist wiederholt aufgetaucht, um nach dem Rechten zu sehen. Als man ihn abweisen wollte, hat er schwere Geschütze aufgefahren. Als Vermieter könne man ihm den Zutritt nicht verwehren, soll er gebrüllt haben.

Er hält auf Zucht und Ordnung, duldet keine Eigenmächtigkeiten und keinen Widerspruch. Das gilt auch für sein eigenes Haus. Sein Sohn darf keine Freundin ins Haus bringen und was Özlem betrifft, soll er von Unzucht, von wilder Ehe und einmal sogar von einer Türkennutte gesprochen haben. Kann sein, dass er Özlem und Jürgen einen Denkzettel verpassen wollte. Vielleicht weiß er von den Zerwürfnissen zwischen Özlem und ihren Eltern und hat darauf spekuliert, dass der Verdacht auf Jusuf fallen wird.

Es gibt jedoch Anzeichen, die nicht auf Kluckhan schließen lassen. Die Pflanzen wurden einzeln niedergetrampelt oder ausgerissen, offensichtlich per Hand. Ein Bauer hätte sich kaum die Mühe gemacht. Mit einem Roder oder einer Egge hätte sich die Sache bequemer bewerkstelligen lassen. Entsprechende Radspuren fanden sich allerdings nicht."

Dunkelmann sprach inzwischen weitaus offener über seine Mutmaßungen und seine geplante Vorgehensweise. Er vertraute mir offensichtlich. Ich hatte mich quasi vom lästigen „Zeitungsfritzen" zum Mitarbeiter gemausert. Ich will nicht sagen, dass er mich als Freund betrachtete, aber neuerdings nannte er mich kurzerhand „Sieker", ohne „Herr", blieb jedoch weiterhin beim „Sie".

Mir schien, dass er auch Faida lieb gewonnen hatte. Er hatte fasziniert zugeschaut, wenn sie herumtollte und wie ein Wiesel durch die Gegend preschte. Gelegentlich schleuderte er ein Stöckchen in die Luft und ließ sie hinterherjagen. Wenn sie es dann blitzschnell gefaßt hatte, rief er: „Apport!“ Sie lernte das Spielchen rasch und legte die Beute brav vor ihm ab. Er klopfte ihr anerkennend den Rücken, strich ihr wohlwollend über das Fell und kraulte sie hinter den Ohren.

„Ich hätte auch gern einen Hund“, meinte er, „hatte aber nie genug Zeit für ein Tier. Ich bin zu oft dienstlich auf Achse. Man sei auf den Hund gekommen, sagt man, wenn es einem schlecht geht oder wenn man sich einsam fühlt. Ich könnte das auch von mir sagen.“

Er hatte offensichtlich Hochachtung vor Faidas Qualitäten als Spürhund: „Die hat einen besseren Riecher als die Leute von der Polizei!“

Er hatte sie an der Latte und auf den Beeten schnüffeln lassen. Sie wirkte aufgeregt, als ob sie signalisieren wollte, dass sich hier Fremde zu schaffen gemacht hatten. Wenig später tauchte unerwartet Kluckhan auf. Dunkelmann entging nicht, dass Faida leise zu knurren begann. Kluckhan warf einen verdrossenen Blick auf sie, gab sich aber ansonsten unbedarft: „Na nu, großer Auflauf! Was ist los?“

Dunkelmann schilderte ihm die Sachlage. Er war gespannt, was Kluckhan dazu sagen würde. Kluckhan gab sich schockiert, aber irgendwie war eine gewisse Genugtuung herauszuhören. Er wies auf die Beete und meinte: „Aus dem Zeug wäre ohnehin nicht viel geworden! Die Leute haben keine Ahnung von Landwirtschaft. Es wird nicht lange dauern, bis sie den Laden dichtmachen müssen.“ Dunkelmann verzog keine Miene und ließ ihn weiterziehen.

DER DÜSTERE GRUND

Die Aufregung hatte sich gelegt, aber die Botschaft auf der Latte hatte Spuren hinterlassen. Özlem machte sich Vorwürfe. Sie glaubte, sie sei an allem schuld, und hatte erwogen, zu ihren Eltern zurückzukehren.

Jürgen hatte davon nichts wissen wollen: „Du kannst nichts dazu. Halt durch! Wir schaffen das!“

Phil hatte sie getröstet und sich wie immer salbungsvoll gegeben: „Nicht die Hoffnung aufgeben! Am Ende wird die Liebe siegen!“

Er schlug Özlem eine klärende Aussprache mit Jusuf vor. Die Eltern sollten von dem Treffen nichts wissen. Sie hätten nie und nimmer zugestimmt. Er wollte Özlem begleiten, sicherheitshalber, wie er betonte, wollte aber möglichst im Hintergrund bleiben. Er verwies auf seine Erfahrung als Airmarschall. Er wisse, wie man in einer emotional aufgeheizten Situation reagieren müsse.

Das Treffen sollte in einer abgelegenen Wanderhütte erfolgen. Unterhalb der Hütte lag ein unwegsames, von dichten Tannen bewachsenes Gelände, dessen Wände sich zu einem tiefen Kessel hinabzogen. In dem ehemaligen Mergelbruch hatten die Dalborner Bauern zur Zeit der „Franzosenherrschaft“ ihr Vieh versteckt. Im Dorf sprach man seit jeher vom „Düsteren Grund“.

Dort hatte sich vormals so manch „Erschröckliches“ ereignet. Es war das Terrain der Wilderer. Bei der unerlaubten Pirsch waren einem der Drakes auf dem Ansitz die Füße erfroren. Die Wunden wurden brandig und nach großen Qualen war er am Ende verstorben.

Ein anderer Wilderer hatte es auf den Gutsförster abgesehen, aber sein Schuss hatte versehentlich Drakes Tochter tödlich getroffen.

Im Dorf wollte niemand so recht an die Geschichten glauben. Jetzt aber ging es wie ein Lauffeuer durch den Ort: Özlem war in der Hütte überfallen worden. Sie hatte Verletzungen an Armen und Händen. Es handelte sich offenkundig um Messerstiche. Es war gottlob nichts Ernsthaftes, aber Özlem stand erheblich unter Schock.

Dunkelmann ließ sich den Hergang schildern: Phil war mit dem Motorrad aufgekreuzt, um Özlem zur Hütte zu fahren, aber Jürgen wollte unbedingt mitkommen. Er fürchtete, dass es mit Jusuf „Probleme" geben könnte.

Phil hatte abgewiegelt. Keine Sorge, er hat ein wachsames Auge, aber Jürgen war unerbittlich. Da sie zu dritt waren, nahmen sie Jürgens Wagen. In der Kabine war nur Platz für zwei Personen. Özlem musste sich auf die Ladefläche hocken. Jürgen wunderte sich, dass Phil darauf bestand, am Steuer zu sitzen.

Kurz bevor sie die Hütte erreichten, hatten sie sich getrennt. Özlem sollte in der Hütte warten. Phil und Jürgen verzogen sich ins Gebüsch, wollten aber in Hörweite bleiben.

Gegen drei Uhr erschien Jusuf wie vereinbart. Özlem fand, dass er sich überraschend freundlich gab. Er machte sich angeblich Sorgen und wollte wissen, wie es ihr gehe. Er bedauerte, dass der Vater mit ihr nach wie vor im Streit liege, und versicherte, er wolle versuchen, ihn zu schlichten.

Als er davon sprach, dass es dennoch das Beste sei, wenn Özlem zu ihren Eltern zurückkehren würde, wurde sie ungehalten. Sie wollte auf jeden Fall in der Mühle bleiben und eine Trennung von Jürgen kam überhaupt nicht in Frage.

Jusuf hatte mit Engelszungen geredet. Die Heirat mit einem Landsmann sei vermutlich nicht das letzte Wort. Er werde mit dem Vater sprechen. Özlem war den Tränen nahe, aber nicht umzustimmen. Jusuf hatte enttäuscht aufgegeben und ihr ein paar Scheine in die Hand gedrückt: „Kannst du sicher gebrauchen. Mach's gut und laß von dir hören!", sagte er, bevor er ging.

Phil und Jürgen hatten aus ihrem Versteck alles verfolgt. Anschließend saßen sie mit Özlem eine Weile in der Hütte. Sie schluchzte: „Ich hatte gehofft, Jusuf hätte Verständnis, aber er bestand auf meiner Rückkehr. Im Grunde sind wir keinen Schritt weitergekommen!"

Jürgen hatte nichts anderes erwartet. Er war eher erleichtert. Er nahm Özlem in die Arme und versuchte, sie zu trösten. Phil sprach davon, dass noch nicht aller Tage Abend sei. Und dann folgten, wie üblich, eine Reihe frommer Sprüche.

Sie wollten ins Dorf zurückfahren. Phil stieg in den Wagen und ließ den Motor an, kam aber nicht vom Fleck. Er hatte den Wagen offensichtlich an einer morastigen Stelle geparkt.

„Verdammt!", fluchte er. „Ich wußte, dass man mit dem Wagen stecken bleibt. Mit dem Motorrad wäre das nicht passiert!"

Er setzte zurück, nahm neuen Anlauf, gab Vollgas, fuhr sich aber immer mehr fest und blieb am Ende völlig stecken. Özlem musste hinter das Steuer. Phil und Jürgen schoben den Wagen an. Aber auch das half nicht. Jürgen hatte den Eindruck, dass sich Phil beim Anschieben nicht wirklich bemüht hatte.

Phil schlug vor, dass Jürgen und Özlem in der Hütte warten sollten, während er einen Bauern zu Hilfe holen wollte, der mit seinem Traktor den Wagen wieder flott machen sollte. Sie hatten eine Weile in der Hütte gewartet. Auf einmal hörte Özlem Geräusche. Sie nahm an, dass Jusuf noch einmal zurückgekehrt war. Sie stand auf und wollte ihm entgegengehen. Da tauchte plötzlich ein Maskierter auf und bedrohte sie mit einem Messer.

Es war wieder einmal wie bei einer Wolfsattacke. Sie hatte alles richtig gemacht: Sie war zurückgewichen, hatte laut geschrien und mit den Armen gefuchtelt. Es half aber nichts. Jürgen hatte sich auf den Angreifer gestürzt. Daraufhin hatte der Unbekannte von Özlem abgelassen und sich davongemacht.

Ob er fürchtete, erkannt zu werden, oder ob Jürgen ihn von Schlimmerem abgehalten hatte, ließ sich nicht sagen.

Jürgen vermutete, dass Jusuf der Angreifer war. Özlem konnte sich nach wie vor nicht vorstellen, dass ihr Bruder gewalttätig würde. Sie fand, dass ihm der Angreifer, körperlich gesehen, weitgehend ähnlich war, aber etwas fülliger von Statur zu sein schien. Da er vermummt war, konnte sie sein Gesicht nicht erkennen. Sie hätte ihren Bruder sofort an der Stimme erkannt, der Unbekannte sprach jedoch kein Wort.

Als ich Hilde von der Attacke auf Özlem informierte, gab sie sich gleichermaßen überrascht wie entsetzt: „Das hört ja überhaupt nicht auf mit den schrecklichen Übergriffen! Ich kann mir nicht vorstellen, dass du es immer noch in Dalborn aushältst! Wer steckt denn diesmal dahinter? Wieder Özlems Bruder? Oder einer aus dem Dorf? Kluckhan soll ja ein ziemlich unangenehmer Patron sein! Aber komm mir nicht schon wieder damit, dass Phil mit der Sache was zu tun hat! Du bist doch nicht etwa eifersüchtig? Mein Gott, ich habe mit ihm doch keine Affäre!“

Ich hatte nichts anderes erwartet. Es wäre das erste Mal gewesen, wenn wir einer Meinung gewesen wären!

Ich fragte mich, ob Hilde etwas zu verbergen hatte. Dass sie auf Özlem nicht gut zu sprechen war, weil sie mir ein Techtelmechtel mit ihr unterstellte, war offensichtlich. Kann sein, dass sie von dem geplanten Treffen in der Hütte wusste. Aber dass sie Phil zur Tat angestachelt hatte, erschien mir zu weit gegriffen.

Dunkelmann wollte der Sache auf den Grund gehen und nahm Jusuf ins Verhör. Der wollte mit der Messerattacke nichts zu tun haben. Er war pünktlich erschienen, die Aussprache verlief ohne Ergebnis. Er hatte sich gewundert, dass von Drake nichts zu sehen war, aber nicht weiter nachgefragt. Am Ende war er unverrichteter Sache nach Hause zurückgekehrt. Und dann verriet er, dass er nicht allein erschienen sei. Zwei seiner

Freunde seien mitgekommen, zu seinem Schutz und als mögliche Zeugen. So mache man das bei ihnen.

Dunkelmann zog mich wieder einmal ins Vertrauen.

„Jusuf hat vermeintlich ein Alibi“, meinte er. „Wahrscheinlich werden seine Freunde bezeugen, dass er umgehend mit ihnen nach Hause zurückgekehrt sei. Aber er hätte sich nur zum Schein auf den Heimweg machen können. In Wirklichkeit hätte er sich erneut zur Hütte schleichen und Özlem attackieren können. Und falls er die Tat nicht selbst begangen haben sollte, hätte auch einer seiner Freunde zum Messer greifen können. Mag sein, dass sie friedliche Menschen sind, aber bekanntlich schrecken die Moslems vor Gewalt nicht zurück, wenn sich ihre Mädchen mit sogenannten Ungläubigen einlassen.“

Und dann verwies er darauf, dass es unlängst in Lippe zu einem Ehrenmord gekommen war. Im Bereich von Dalborn waren Spürhunde auf der Suche und aus der Luft hatte man per Helikopter die Gegend überwacht. Am Ende hatte man die Leiche gefunden. Zwei Brüder hatten das Mädchen erstochen.

Özlem wusste von dem Vorfall. Sie kenne das Mädchen von der Schule, sagte sie. Mit ihren Brüdern habe Jusuf laufend im Streit gelegen.

Dunkelmann stellte Jusuf erneut zur Rede. „Na ja“, meinte Jusuf, „ich verstehe, worauf Sie hinauswollen. Mit denen habe ich häufig Ärger.“

Dunkelmann wollte nicht ausschließen, dass sie es auch auf Özlem abgesehen haben könnten, aber diesbezüglich war ihnen nichts nachzuweisen.

Ich hatte den Eindruck, dass er Jusuf nicht länger verdächtigte und sich seine Ermittlungen auf Phil und Kluckhan konzentrierten.

Er hatte sich Phil vorgeknöpft. Der hatte ungewöhnlich heftig reagiert. Er hatte sich drohend vor ihm aufgebaut. Seine Augen hatten vor Erregung gefunkelt. So hatte ihn Dunkelmann noch nicht erlebt.

„Wie könnte ich mit der Attacke etwas zu tun haben!“, hatte er gebrüllt. „Mir tut das Mädchen leid. Ich wollte ihr nur helfen, aus christlicher Nächstenliebe, aus keinem anderen Grund!“

Bislang wurde die Tatwaffe nicht gefunden. Aber dann fanden die Ermittler in der Nähe des Tatortes ein Messer. Es handelte sich offenkundig um ein Waidmesser, wie es die Jäger zum Ausnehmen der Beute benutzen.

In der Jagdgenossenschaft hatte Kluckhan das Sagen. Dunkelmann wollte ihn verhören. Ich sollte ihn begleiten. Auch Faida sollte mitkommen. Als wir am Kluckhanschen Hof ankamen und der Hofhund mit lautem Gebell signalisierte, dass wir im Anmarsch waren, spitzte sie ihre Ohren. Frau Kluckhan kehrte gerade den Hof. Als sie auf uns aufmerksam wurde, verzog sie sich umgehend ins Haus. Kluckhan stand vor dem Deelentor. Er blickte misstrauisch zu uns hinüber und hatte seine Forke griffbereit. Faida lief auf ihn zu, schnüffelte an ihm herum und begann zu knurren. Kluckhan scheuchte sie weg und musterte uns grußlos.

„Was soll der Köter?“, schnauzte er uns an. „Was habt ihr hier zu suchen? Wieder mal auf Kontrollgang? Ich bin die ewige Schnüffelei leid. Ich habe nichts zu verbergen!“

Dunkelmann war sichtlich verärgert über die rüde Ansprache. Er wußte, dass er bei vielen als „Schnüffler“ galt. Er ließ sich aber nichts anmerken.

Kluckhan schien von der Messerattacke gehört zu haben: „Geht’s wieder mal um das Mädchen? Komische Geschichte! Das war garantiert niemand aus dem Ort! Wem so etwas zuzutrauen ist, weiß man.“

Dunkelmann ahnte, dass er Jusuf verdächtigte, ging aber nicht darauf ein.

Er ging die Sache schrittweise an und kam zunächst auf Nebensächliches wie den derzeitigen Wildbestand zu sprechen, wollte dann wissen, wer sich um die Hege der Tiere kümmert, und am Ende, wann Kluckhan zuletzt im Düsteren Grund unterwegs gewesen sei.

„Nun ja“, räumte Kluckhan ein, „ich war unlängst dort, um das Revier zu kontrollieren. Man weiß nie! In letzter Zeit haben sich wiederholt zweifelhafte Gestalten im Wald herumgetrieben. Ich hatte zur Sicherheit meinen Hund und die Flinte bei mir.“

Kluckhans Angaben passten, sowohl was den Tatort als auch was die Tatzeit betraf. Dunkelmann wollte wissen, welchen Weg Kluckhan genommen hatte und ob ihm etwas Verdächtiges aufgefallen sei. Kluckhan gab an, er sei zu Fuß auf dem Weg unterwegs gewesen, der vom Dorf zur Hütte führe. In der Nähe der Hütte sei ihm ein geparkter Wagen aufgefallen. Autofahrer hätten in diesem Bereich nichts zu suchen, meinte er, und die Wege seien für normale Autos zum Teil unbefahrbar, so dass er sich nicht gewundert habe, dass sich der Wagen am Ende festgefahren habe. Er habe Ausschau gehalten, aber von dem Fahrer sei nichts zu sehen gewesen.

Dunkelmann wollte wissen, ob er an der Hütte vorbeigekommen sei und ob ihm dort etwas aufgefallen sei. Kluckhan war angeblich zuvor in eine Schonung abgebogen. Ob sich jemand in der Hütte aufgehalten hatte, konnte er nicht sagen.

Dunkelmann fragte nach, ob er Geräusche oder Hilfeschreie vernommen habe. Kluckhan gab an, dass alles still gewesen sei. „Ich wäre sonst gleich zu Hilfe geeilt!“ Gleichwohl wollte er sich erinnern, dass sein Hund unruhig gewirkt, aber nicht Laut gegeben habe.

Dunkelmann wusste nicht, ob er Kluckhan Glauben schenken konnte, aber möglicherweise war es erst zu der Messerattacke gekommen, als Kluckhan bereits außer Hörweite war.

Er hielt ihm das Messer vor die Nase. Kluckhan blickte erstaunt auf. Es schien, als ob er davon nichts wissen wollte, mochte aber befürchten, dass Dunkelmann irgendwelche Anhaltspunkte hatte.

„Das ist in der Tat mein Waidmesser", räumte er ein. „Ich habe es immer dabei. Ach ja, ich war über einen Ast gestürzt. Dabei muss es mir aus der Tasche gerutscht sein. Ich konnte es in dem tiefen Gras nicht wiederfinden."

„Wir werden sehen", meinte Dunkelmann. „Halten Sie sich zur Verfügung!"

Anschließend tauschte er sich mit mir aus. Er nahm auf dem roten Sofa Platz, zündete sich eine Pfeife an, ließ den Rauch kräuseln und ging alle Eventualitäten durch: „Versuchen wir, uns einen Reim auf die Sache zu machen! Kommen wir zu Jusuf. Manches deutet darauf hin, dass er, seine Freunde oder auch Leute aus der radikalen muslimischen Szene die Tat begangen haben könnten. Ich habe aber inzwischen meine Zweifel. Es ist durchaus denkbar, dass Kluckhan es erneut auf Özlem abgesehen hatte. Dass er Jusuf verdächtigt, ist nicht verwunderlich. Damit kann er nicht nur von sich ablenken, sondern zugleich Jusuf eins auswischen. Aber damit ist er nicht aus dem Schneider. Wenn er zur Tatzeit vor Ort war, müsste er Özlems Hilferufe eigentlich gehört haben. Wir haben sein Messer gefunden, aber keine Blutspuren, die von Özlem stammen könnten. Mag sein, dass er sie beseitigt hat. Kann aber auch sein, dass Kluckhan nicht selbst die Tat ausgeführt hat. Vielleicht hatte er Helfershelfer. Diese Frage hat sich bereits gestellt, als es darum ging, wer Cord Drakes Leiche vom Haus zum Teich geschleppt haben könnte."

Er legte die Pfeife zur Seite und zuckte mit den Achseln: „Jede Menge Verdachtsgründe, aber nix Hieb- und Stichfestes!"

Ich hatte erneut das Gefühl, dass Phil in die Sache verwickelt sein könnte. Er könnte sich mit Kluckhan zusammengetan haben. Gesinnungsmäßig hätte das gepasst. Auch ihm war Özlem als Türkin ein Dorn im Auge. Er mochte alles daransetzen, um sie aus dem Dorf zu vertreiben.

Dass er sich als Özlems Beschützer und als Vermittler im Streit mit ihren Eltern ausgegeben hatte, mochte eine Finte sein. Hatte er sich bei Özlem eingeschlichen, um sie auszuhorchen, und das Treffen nur arrangiert, um Jusuf in eine Falle zu locken? Er glaubte vermutlich nicht daran, dass es zu einer Versöhnung kommen würde, und wollte das auch gar nicht. Er wollte, dass der Konflikt eskaliert. Vermutlich hatte er darauf gesetzt, dass es zum Streit kommen würde und Jusuf handgreiflich werden würde. Und für den Fall, dass seine Rechnung nicht aufging, mochte er einen zweiten Plan haben. Das mit dem Steckenbleiben des Wagens könnte ein Trick gewesen sein. Er hatte ihn vermutlich absichtlich an einer morastigen Stelle geparkt. Das würde auch erklären, warum er darauf bestanden hatte, am Steuer zu sitzen.

Auf diese Weise hatte er Gelegenheit, sich abzusetzen unter dem Vorwand, Hilfe aus dem Dorf zu holen. Aber er könnte sich nur zum Schein auf den Weg gemacht haben, alsbald wieder umgekehrt sein und erst nachträglich Hilfe angefordert haben. In der Zwischenzeit hätte er die Attacke ausführen können. Ein Messer hätte er bei sich haben können. Aber er hätte sich vermummen müssen. Kann sein, dass er die Sachen vorsorglich irgendwo im Gebüsch versteckt hatte. Viel Zeit wäre ihm allerdings nicht geblieben, um die Attacke auf Özlem auszuführen, denn anschließend musste er möglichst rasch ins Dorf zurück, um die versprochene Hilfe anzufordern. Angeblich war Kluckhans Sohn umgehend mit dem Traktor aufgebrochen. Wann genau er mit Phil an der Hütte ankam, konnte er nicht sagen. Fest stand nur, dass der Überfall auf Özlem bereits stattgefunden hatte.

Ich wunderte mich, warum Dunkelmann Phil so einfach davonkommen ließ. Hatte er diesmal nicht den besagten Riecher? Traute er ihm keine Gewalttaten zu oder glaubte er, sie ihm vorerst nicht nachweisen zu können?

Ich dachte an die Wasserleiche. Hatte Phil vielleicht doch etwas mit dem dem Tod des alten Drake zu tun? Und was hatte es mit den Flecken auf dem Sofa und dem Rat auf sich, den Kellerboden betonieren zu lassen?

„Drake ist bislang außen vor geblieben“, gab ich zu bedenken. „Dafür gab es vermeintlich gute Gründe. Inzwischen würde es mich nicht wundern, wenn er nicht nur der Drahtzieher bei den Übergriffen auf Özlem war, sondern noch mehr auf dem Gewissen hat.“

„Schon möglich“, meinte Dunkelmann. „Drake ist eine zwielichtige Erscheinung. Kann durchaus sein, dass er mit dem Tod des alten Drake etwas zu schaffen hat. Die Ermittlungen sind noch nicht abgeschlossen. Aber ob die Flecken auf Ihrem Sofa und sein Rat, den Kellerboden zu sanieren, auf einen Mord hindeuten, ist nicht gesagt. Ohne Leiche gibt es bekanntlich keinen Mörder und dass sie im Boden Ihres Kellers vergraben sein könnte, halte ich für reichlich unwahrscheinlich. So was kommt nur im Krimi vor!“

Im Dorf machten wilde Spekulationen die Runde. Gerstekorn berief eine Versammlung ein. Phil hatte seine Teilnahme abgesagt. Er hatte angeblich wichtige Termine. Die Stimmung war aufgeheizt. Ich sollte auf keinen Fall in der Presse berichten. Das werfe ein schlechtes Licht auf das Dorf. Man wollte die Angelegenheit intern regeln.

Dunkelmann erläuterte zunächst die Sachlage, ohne auf mögliche Täter einzugehen. Dann ergriff Gerstekorn das Wort. Er sprach davon, dass nunmehr erneut ein schrecklicher Vorfall zu klären sei, und gab sich wie immer überzeugt, dass damit niemand aus dem Ort etwas zu tun habe: „Ich kenne meine Leute. Ich bin schließlich jahrelang Ortsvorsteher!“

Kluckhan hatte sichtlich die Ohren gespitzt. Es schien, als fühlte er sich durch Gerstekorns Äußerungen entlastet. Er ging ohne Umschweife zur Gegenoffensive über und machte lauthals seinem Ärger Luft: „Das kommt davon, wenn sich hier laufend fremde Leute breitmachen! Ich habe von Anfang an Komplikationen befürchtet! Mit dem Türkenmädchen hat man sich nur unnötige Probleme ins Haus geholt! Wir müssen wieder Ordnung in den Laden bringen!“

Er plädierte für eine Bürgerwehr: „Alle ständig auf dem Posten sein, Auffälliges sofort melden, nicht lange fackeln, am Kragen packen und ab aufs Revier!“

Gewiss müsse man verstärkt die Augen aufhalten, hieß es allseits. Aber das mit der Bürgerwehr sei überzogen.

Gerstekorn nahm Dunkelmann nach beendeter Versammlung zur Seite. Er fand inzwischen deutlichere Worte, was Phil betraf: „Aus seinen Augen spricht keine Güte und manches, was er von sich gibt, will zu einem, der Gottes Wort predigt, nicht recht passen.“

Ein Vorfall hatte ihm zu denken gegeben: Er hatte ein verlassenes Rehkitz gefunden. Als er es aufrichten wollte, torkelte es hilflos umher. Vermutlich war es blind. Phil war zufällig vorbeigekommen. Er hatte ohne sichtliche Anteilnahme auf das Tier geblickt und gemeint: „Lohnt nicht, sich damit abzugeben! Soll es doch der Fuchs holen! Schwache Glieder einer Population merzt die Natur aus. Nur die Starken überleben.“

DIE WOLFSRUNE

Im Dorf war es ruhig geblieben und es schien, als hätte sich Özlem von dem Schock der Messerattacke erholt. Jusuf hatte sich wiederholt bei ihr gemeldet und nach ihrem Befinden erkundigt. Die Mutter lasse grüßen, ließ er ausrichten. Das klang versöhnlich, aber vom Vater kam kein einziges Wort. „Er bleibt eisern", hatte Jusuf mitgeteilt. „Da kann man nichts machen! Er darf nicht wissen, dass ich mit dir in Kontakt stehe."

Jürgen hatte Özlem immer wieder Mut gemacht. „Nicht unterkriegen lassen! Wir schaffen das!"

Dunkelmann hatte sich in Sachen Aufklärung beflissen gezeigt. Jürgen war allerdings skeptisch: „Er ist ein schrulliger Kerl. Er gibt sich reichlich selbstherrlich, er kommandiert ständig rum, ist immer mürrisch und kurz ab und sagt nie, was er wirklich denkt."

Auch Özlem schien nicht viel von Dunkelmann zu halten: „Er macht seinen Job, aber er ist ein alter Mann. Ihm wächst die Sache über den Kopf."

Ich konnte ihre Einschätzung durchaus verstehen. Bislang sah es in der Tat nicht so aus, als bekäme Dunkelmann die Sache in den Griff. Er war darauf aus, die Täter aufzuspüren, aber ich hatte den Eindruck, dass er wenig Lust verspürte, sich um Özlems private Probleme zu kümmern.

„Das geht die Kripo nichts an", meinte er, „und was Jürgen betrifft, so ist er ein netter Junge, hat aber Flausen im Kopf."

Jürgen war emsig mit dem Ausbau der Gärtnerei beschäftigt. Ohne ihn lief inzwischen nichts mehr. Dass er das Kommando übernommen hatte, störte niemanden, auch wenn es gewisse Meinungsunterschiede gab und er zuweilen sehr eigenwillige Ideen hatte.

Sie wollten so schnell wie möglich heiraten. Özlem wollte auf religiöse Zeremonien verzichten, aber Muslimin bleiben, sowohl aus Überzeugung als auch mit Rücksicht auf ihre Familie. Das würde eine Versöhnung erleichtern. Zugleich wollte sie ein Zeichen setzen und beweisen, dass ein unterschiedlicher Glaube kein Hindernis ist, wenn man sich liebt und respektiert. Jürgen verzichtete seinerseits auf den christlichen Segen. Er war ohnehin nicht strenggläubig, aber im Grunde tat er es Özlem zuliebe.

Das ganze Dorf war eingeladen, als die Hochzeit gefeiert wurde. Özlem ließ mich wissen, dass sie unbedingt Hilde dabeihaben wollte. Sie sprach von einer geselligen Runde und von guter Stimmung.

„Das ist eine Gelegenheit, sich wieder einmal zu treffen", meinte sie. „Das muntert auf und läßt alte Wunden heilen. Das mit Hilde und dir wird schon wieder!"

Ich war mir nicht sicher. Nach all den Eifersüchteleien wegen Özlem mochte Hilde keine Lust verspüren, dabei zu sein. Ich umgekehrt befürchtete, sie könnte mir eine Szene machen. Aber wer weiß, vielleicht hatte sie inzwischen einen Neuen, zumindest zum Vorzeigen. Das wäre ein Anreiz, sich sehen zu lassen.

„Özlem feiert Hochzeit", ließ ich Hilde wissen. „Ich bin eingeladen. Es wäre nicht falsch, wenn du mitkämst. Hast du Zeit und Lust?"

„Lange nichts von dir gehört, Schatz!", funkte sie zurück. „Wie geht es dir? Noch immer allein in deiner Einöde?" Ich kannte das. Der Spruch kam immer. Ich war gespannt, wie sie auf die Einladung reagieren würde.

„Nette Idee, vielen Dank für den Vorschlag", meinte sie. „Freut mich für Özlem. Ein vielversprechender Neuanfang! Wurde auch Zeit nach all dem Hin und Her. Ich kann leider nicht! So ein Pech! Ich muss an dem Tag nach New York. Phil hat dort zu tun. Er will mir die Stadt zeigen. Anschließend soll es in seine Heimat nach New Ulm gehen. Ich bin schon ganz aufgeregt."

Oho, dachte ich, zwischen den beiden läuft also doch was!

Bald darauf ging eine weitere Nachricht ein: Die Verabredung mit Phil war geplatzt. Er musste angeblich den Termin verschieben. Hilde gab sich zutiefst enttäuscht. Beide waren dennoch nicht auf der Feier erschienen.

Hilde wusste immer den Schein zu wahren. Diesmal aber hatte sie nur nachträglich schriftlich gratuliert. Dass von Phil kein Wort kam, ließ tief blicken. Er hatte sich doch als Özlems Beschützer gegeben. Da wäre es doch das Natürlichste auf der Welt gewesen, wenn er seine Freude darüber zum Ausdruck gebracht hätte, dass Özlem und Jürgen sich nicht hatten auseinandertreiben lassen und den Bund fürs Leben schließen wollten.

Auch Kluckhan war nicht vor Ort. Er war nach wie vor vergrätzt darüber, dass man ihn verdächtigte, mit dem Tod von Cord Drake und den Ausschreitungen in Dalborn etwas zu tun zu haben. Jürgen wollte ihn ohnehin nicht dabeihaben: „Bei aller Liebe, aber der hat hier nichts zu suchen!"

Özlem beschwichtigte: „Solange nichts bewiesen ist, sollte man jeden unnötigen Affront vermeiden. Man muß auf die Leute zugehen, ganz gleich, was man von ihnen hält."

Jürgen blieb hartnäckig: „Kommt überhaupt nicht in Frage!"

Özlem fragte bei Kluckhans Sohn nach. Kluckie sagte überraschend zu. Er komme gern, versicherte er, ganz gleich, was sein Vater dazu sage. Er lasse sich von dem alten Sturkopp nicht länger rumkommandieren. Dass sein Vater abgewinkt habe, sei nicht anders zu erwarten gewesen und auch die Mutter könne nicht kommen. Sie sei nicht gut zurecht. Sie habe sich unlängst bei einem Sturz verletzt.

Özlem empfand das als Ausrede. Richtig war, dass man Frau Kluckhan seit Tagen nicht mehr gesehen hatte. Anschließend hatte sie gehumpelt und eine Beule am Kopf. Im Dorf munkelte man, der Alte habe sie mal wieder gründlich verprügelt.

Die Feier sollte im Freien stattfinden. Es herrschte warmes Sommerwetter und es stand wieder eine laue Nacht bevor, eine gute Voraussetzung für das Gelingen der Feier. Es war jedoch zunehmend schwül geworden. Alle hofften, dass kein Gewitter aufziehen und der Veranstaltung vorzeitig ein Ende bereiten würde.

Haus und Garten waren allenthalben mit Girlanden und Blumen geschmückt. Die Gerstekorns hatten sich bei den Vorbereitungen fleißig eingebracht. Über dem Hauseingang hatten sie ein Spruchband aufgehängt: „Özlem und Jürgen heiraten. Das Dorf gratuliert!“ Vor und hinter dem Spruch war ein rotes Herzchen aufgemalt.

Im Eingang stand das Brautpaar in Erwartung der Gäste. Özlem hielt den Hochzeitsstrauß im Arm. Sie hatte sich Löwenmäulchen gewünscht, aber Jürgen hatte auf roten Rosen bestanden.

Sie hatte sich fein gemacht. Sie hatte sich für ein Oberteil aus cremefarbigem Leinen mit passendem, langem Rock entschieden. Um die Taille hatte sie ein rotes Band geschlungen. In ihrer Heimat heften die Hochzeitsgäste Schmuckstücke oder Geldscheine daran. Jürgen fand das albern: „Das kennt man hier nicht. Das haben wir auch nicht nötig!“

Özlem strahlte vor Glück. Aber Jürgen ahnte, was sie insgeheim bedrückte. Üblicherweise legt der Bruder der Braut das rote Band im Namen des Vaters an. Jusuf war jedoch nicht vor Ort. „Tut mir leid!“, hatte er wissen lassen. „Das ginge zu weit. Das würde der Alte nicht hinnehmen und nur zu neuem Streit führen.“

Eine Hochzeitsreise war „nicht drin“, aber zu einem Wagen hatte Jürgen es inzwischen gebracht. Der Kleinsttransporter der italienischen Marke Piaggio war bescheiden: Dreiradsystem, winzige Kabine, dahinter eine offene Ladefläche. Jürgen hatte das Gefährt gebraucht erstanden. Es sollte hauptsächlich im Betrieb zum Einsatz kommen, würde sich jedoch auch für ein kurzes „Türchen“ mit Özlem eignen.

Sie hatte es mit frischen Blumen bekränzt. Alle bestaunten das ungewöhnliche Vehikel. Kluckie war angetan: „Gar nicht so schlecht! Macht nicht viel her, sieht aber knuffig aus!“ Sein Vater hatte die Nase gerümpft, als er es das erste Mal sah: „Eine lahme Kiste! Die ist bald Schrott!“

Özlem und Jürgen hatten keine Mühe gescheut, was die Bewirtung der Gäste betraf. Spanferkel über offener Flamme, wie es die Dorfbewohner bei ihren Dorffesten zu halten pflegten, gab es mit Rücksicht auf die zahlreichen Vegetarier nicht, aber würzige Reisgerichte und Aufläufe, knusprige Fladen und allerlei frisches Gemüse und Salat aus dem hauseigenen Garten. Zum Abschluss gab es eine Baklava-Torte, ein mehrstöckiges, äußerst süßes Gebäck, bei dem besonders die Kinder kräftig zulangten.

Jürgen war Abstinenzler und eigentlich wird in Özlems Heimat auch auf Feierlichkeiten kein Alkohol getrunken, doch für die Gäste durfte das Bier nicht fehlen. Özlem hatte zudem darauf bestanden, vorweg einen Schluck Raki zu servieren, ein türkisches Nationalgetränk aus Weintrauben oder Rosinen mit zarten Anis-Aromen.

Nach dem Essen wurde gesungen und getanzt. Nach altem türkischem Brauch tanzte das Brautpaar zunächst allein, wozu es gehört, dass sie sich dabei tief in die Augen sehen und er der Braut einen Kuss auf die Stirn drückt. Prima Vorlage für die Macher beim „Herzkino“, dachte ich. Kommt immer gut an!

Dann gesellten sich die anderen dazu. Der Höhepunkt war der Halay, ein Rundtanz, bei dem sich alle an die Hände fassen. Faida und Amor waren in ihrem Element: Na endlich, mochten sie denken, jetzt bewegen sich die auch mal ein wenig schneller! Da machen wir gern mit!

Auf allgemeinen Wunsch sollte sich Özlem an einem Bauchtanz versuchen. Sie hatte sich zunächst geziert, dann aber eingewilligt. Sie wiegte sich geschmeidig hin und her, schwang ihre Hüften, spreizte grazil ihre Arme und ließ ihre Finger spielen. Alle klatschten begeistert.

Jürgen griff zu seiner Ziehharmonika und gab einige Volkslieder zum Besten. Dann war Özlem dran. Sie sang etwas auf Türkisch, in dem es hieß: „Du bist Liebe für mich. Du bist alles, was ich brauch. Es gibt kein schöneres Gefühl als den Schmetterling in meinem Bauch.“

Jürgen blickte sie verzückt an. Vielleicht war sie inzwischen schwanger.

Als die Erwachsenen am Ende unter sich waren, trommelten die Kinder auf Töpfen herum, spielten Fangen und ließen Luftballons steigen. Faida und Amor tollten zwischen ihnen herum. Wenn die Kleinen nach besten Kräften ein Stöckchen in die Luft schleuderten, jagten beide wie wild hinterher.

Faida war meist flinker. Es machte großen Eindruck, wie sich ihr Körper im Lauf zusammenzog, wie sie sich erneut spreizte und ihre Vorderläufe zum nächsten Sprung ausholten. Wenn sie blitzartig das Stöckchen geschnappt hatte, brachte sie es zurück, legte es brav ab, machte erwartungsvoll „Sitz“ und hob die Pfote. Die Kinder wollten ihr jedes Mal etwas Essbares zustecken. Ich hatte Mühe, sie davon abzuhalten.

Die Kinder waren es nach einer Weile leid, aber die Hunde kamen erst richtig in Schwung. Er umkreiste sie schwanzwedelnd und beschnupperte sie ausgiebig. Sie schien das zu genießen, zierte sich aber zum Schein, machte sich frei und stob wild davon. Er hetzte ihr nach und versuchte, sie zu erhaschen. Sie schlug dann geschickt einen Haken und hängte ihn ab. Am Ende ließ er sich erschöpft fallen. Sie betrachtete das offensichtlich als Triumph, ließ aber nicht locker, näherte sich ihm neckisch und forderte ihn erneut zum Gefecht auf. Er hatte Atemnot und seine Flanken gingen heftig. Er versuchte vergeblich, im Liegen nach ihr zu schnappen. Schließlich rappelte er sich tapfer wieder auf, setzte auf sein größeres Körpergewicht und warf sich über sie. Dann begann der Nahkampf. Er biss sich in ihren Ohren fest, sie schnappte nach seinen Beinen.

Mal war er oben, mal sie. Ich ließ sie gewähren, denn ich wusste, dass es ein Spiel war und sie sich nicht wirklich verletzen würden. Als Amor schließlich endgültig aufgab, nahm ihn Özlem schützend in ihre Arme. Sie streichelte ihn und kraulte ihn hinter den Ohren. Dann war Faida dran. Sie revanchierte sich wie immer und leckte Özlems Gesicht ab.

Als es dämmerte, bildete man einen Kreis und wartete gespannt auf die Feuerschau. Jürgen verstand sich auf die Inszenierung des Spektakels. Als er die mit „Feuerwasser" gefüllten, an Stahldrähten befestigten Kugeln kunstvoll durch die Luft wirbeln ließ, ertönte jedes Mal ein begeistertes Jauchzen. Zum Schluss ließ er Raketen in den Himmel steigen. „Laßt uns die bösen Geister endgültig vertreiben!", meinte er scherzhaft. Alle blickten verzückt nach oben, als sich der nächtliche Himmel in ein Meer von Funken und feurigen Bahnen verwandelte.

Plötzlich gab es einen lauten Knall und unmittelbar darauf explodierte etwas über unseren Köpfen. Ich fürchtete, es sei etwas schiefgelaufen. Aber als ich sah, dass von allen Seiten brennende Wurfgeschosse zischend über uns niedergingen, war mir klar, dass das mit der Feuerschau nichts zu tun hatte.

Der Feuerregen wollte kein Ende nehmen. Rings um mich zuckten grelle Blitze auf. Ich hörte die Menschen schreien. Manche hatten sich auf den Boden geworfen, andere waren panisch aufgesprungen, um sich in Sicherheit zu bringen. Es kam zu einem hektischen Durcheinander. Sie überrannten sich gegenseitig, stolperten über unerwartete Hindernisse und kamen zu Fall.

Jürgen packte Özlem augenblicklich bei der Hand und zerrte sie in Richtung Haus. Er riss sich die Jacke vom Leib und hielt sie schützend über Özlem. Im gleichen Moment zischte ein weiteres Wurfgeschoß heran und streifte ihn am Kopf. Er zuckte zusammen, rappelte sich aber umgehend wieder auf und brüllte lauthals: „Schweinepuckel! Feige Sausäcke!"

In all der Panik hatte niemand an Gegenwehr gedacht. Oma Gerstekorn wollte nicht weichen. Sie stand wie ein Fels in der

Brandung. Sie fuchtelte wild mit ihrem Stock und rief: „Wollt ihr wohl abhauen, sonst bekommt ihr es mit mir zu tun!“ Gerstekorn konnte seine Mutter kaum abhalten. Schließlich packte er sie sanft, aber entschlossen am Arm und führte sie ins Haus.

Von den Frauen konnten sich die Männer auch vormals eine Scheibe abschneiden. Als in der „Franzosenzeit“ die napoleonischen Truppen im Dorf einrückten, soll eine Bäuerin beherzt auf sechs „Napoleons“ losgegangen sein und gedonnert haben: „Raweer! Makt bleoß teo, dat jui iut'n Hiuse komt!“

Faida hatte sich ängstlich verkrochen. Auf Böllergeräusche, besonders an Sylvester, reagierte sie immer panisch. Amor hatte man am Eingangstor bellen gehört, man konnte aber in der Dunkelheit nicht ausmachen, was dort los war. Als er humpelnd und winselnd zurückkam und man Ausschau hielt, waren die Angreifer längst verschwunden.

Alle hatten sich in die hintersten Winkel des Hauses zurückgezogen und hockten wie gelähmt auf dem Boden. Jürgen verrammelte den Eingang und rief: „Alle bleiben vorerst hier, bis die Lage geklärt ist!“

Anschließend hielt er Ausschau nach Verletzten. Gottlob war niemand ernsthaft zu Schaden gekommen. Er selbst blutete aus einer Platzwunde an der Stirn. Özlem war dabei, sie zu verbinden.

Ich hatte umgehend Dunkelmann verständigt. „Schicke sofort eine Streife vorbei“, funkte er zurück. Während man noch auf deren Eintreffen wartete, machten Spekulationen die Runde, was es mit dem Überfall auf sich haben könnte. Alle waren überzeugt, dass die Attacke Özlem galt, und hatten erneut Jusuf oder Kluckhan in Verdacht.

Als die Streife eintraf, verlief die Suche nach möglichen Spuren der Täter aufgrund der Dunkelheit ergebnislos. Am nächsten Morgen wollte man weitersehen.

Es war reichlich spät geworden, als ich wieder zu meinem Hof zurückkehrte. Ich schloss die Haustür ab, stieg hoch zur

Kammer und wollte umgehend zu Bett gehen. Faida machte vor mir „Sitz“ und signalisierte, dass ich ihr abendliches Leckerchen vergessen hatte. Sie hob wie immer erwartungsvoll die Pfote.

„Hast ja Recht“, entschuldigte ich mich. Ich reichte ihr das Leckerchen und strich ihr sanft über den Rücken. Gut, dass ich sie habe, dachte ich. Nach all dem Trubel auf der Feier fühlte ich mich doch ziemlich einsam.

Özlem hatte mir eine Rose aus ihrem Brautstrauß geschenkt und mir dabei einen Kuss auf die Wange gedrückt. Ich hatte keine Vase zur Hand, also steckte ich die Blume kurzerhand in den Zahnputzbecher. Das sah nicht gerade passend aus, hatte aber zwangsläufig etwas Intimes. Hilde hätte wieder mal gestichelt: „Ach sieh an, was für eine reizende Aufmerksamkeit!“

Ich stellte den Becher auf die Fensterbank, zog mich aus und löschte das Licht. Ich war reichlich müde, aber ich konnte wieder einmal nicht einschlafen. Der neuerliche Überfall steckte mir noch gehörig in den Knochen.

Mir ging durch den Kopf, was sich in ferner Vergangenheit während einer Hochzeitsfeier auf meinem Hof ereignet hatte: Auf der Deele hatte der Dorfmusikant aufgespielt. Die Burschen hatten ihre Mädchen wild im Tanz geschwenkt. Brennende Zigarren fielen zu Boden und die Füße der Tanzenden schleiften darüber hin, dass die Funken umherflogen und die Mädchen laut aufkreischten. Plötzlich gab es einen dumpfen Knall. Holzsplitter flogen umher und Rauch breitete sich aus. Der „Rote Herm“ hatte Pulver in die Bassgeige geschüttet. In dem Bericht des Chronisten blieb offen, ob es sich um einen Dummejungenstreich, eine Eifersuchtstat oder die Provokation eines missgünstigen Tagelöhners handelte.

Draußen zog inzwischen das erwartete Gewitter auf. Ich hörte das Grollen in der Ferne. Dann zuckten die ersten Blitze. Faida wurde unruhig, flüchtete sich zu mir ins Bett und kuschelte sich eng an mich. Das war im Prinzip streng verboten, aber unter diesen Umständen machte ich eine Ausnahme. Hilde hatte das nie geduldet. „Sofort runter vom Bett!“, hatte sie gewettert. Angeblich handelte man sich Flohstiche ein. Faida trug zwar ein Flohhalsband, das die lästigen Peiniger sterben ließ, aber auszuschließen war nicht, dass sie sich auf ein zweibeiniges Opfer stürzten.

Ich stand auf, schloss das Fenster und zog den Vorhang zu. Wenig später glaubte ich, ein Geräusch zu hören. Ich dachte an die Nacht, als sich jemand heimlich in meinem Keller zu schaffen gemacht hatte, und fürchtete, es könnte sich erneut einer bei mir eingeschlichen haben. Ich lauschte gespannt, aber ich vernahm nur das vertraute Geräusch, das von Faida stammte. Sie leckte sich bei ihrer abendlichen Körperpflege ausgiebig das Fell.

Irgendwann übermannte mich die Müdigkeit. Ich konnte Traum und Wirklichkeit nicht mehr trennen. Ich bildete mir ein, von der Deele her Musik, lautes Lachen und wildes Getrampel zu hören. Ich machte Özlem unter den Tanzenden aus. Ich sah, wie sie sich eng an Jürgen schmiegte. Sie lächelte und winkte mir zu. Dann hatte ich sie ganz nahe vor mir. Sie blickte mir tief in die Augen. Ich spürte ihren Atem. Es war, als wollte sie mir einen Kuss auf die Lippen drücken. Ich war aufgewühlt. Mir wollten die Sinne schwinden.

Dann gab es einen lauten Knall. Ich hatte Pulvergeruch in der Nase, ich sah Flammen züngeln und um mich her wirbelte alles durcheinander. Es war wie immer in meinen Albträumen: Ich wollte schreien, aber ich bekam keinen Ton heraus. Ich wollte wegrennen, aber meine Füße waren wie gelähmt. Als ich schweißbedeckt aufwachte, zog ich mir unwillkürlich die Decke über den Kopf und tastete vorsichtig mit der Hand nach allen Seiten. Natürlich griff ich ins Leere.

Ich dachte daran, wie innig umschlungen ich Özlem und Jürgen im Traum gesehen hatte. So hätte ich es mir mit Hilde auch gewünscht, aber davon konnte keine Rede sein. Unsere Hochzeit war eine Tortur: Standesamt, kirchliche Trauung, große Feier, jede Menge Gäste, mehrheitlich von Hildes Seite, dann nichts wie weg in die Flitterwochen, alles von ihr bezahlt, anschließend grauer Alltag.

Am Morgen nach der Attacke suchten die Ermittler nach Spuren. Auffällig war, dass es am Tatort, wie bereits zuvor bei der Verwüstung des Gartens, zahlreiche Fußspuren gab. Offensichtlich war erneut eine ganze Horde an dem Überfall beteiligt. Außerdem fanden sich auch diesmal Spuren von Motorrädern. Dunkelmann fragte sich, ob es sich bei den Tätern um die gleichen Motorrad-Hooligans wie zuvor handelte. Außerdem stellte man einen Stofffetzen sicher, den Amor aus einem Kleidungsstück der Angreifer herausgerissen hatte. Als Dunkelmann auf dem Stoff Blutspuren entdeckte, gab er Anweisung, sie im Labor analysieren zu lassen. Wie sich herausstellte, stammten sie von Amor.

Dunkelmann wurde stutzig, als er auf dem Stoff eine aufgenähte Wolfsrune entdeckte.

„Gibt es das Zeichen nicht auch auf Drakes Feuerzeug?“, wollte er von mir wissen.

Ich nickte. Ich wollte nicht erneut von dem Verdacht sprechen, dass Phil in die Sache verwickelt war, aber es lag nahe, dass es sich bei den Tätern um Leute handelte, die gesinnungsmäßig zu ihm passten.

Am Ende entdeckte man auch einen schwarz-weiß-rot lackierten Baseball-Schläger. Mit ihm hatten die Täter Amor vermutlich einen Schlag versetzt und eine Reihe von Blumenkübeln zertrümmert.

„Sagen Sie mal, Sieker“, meinte Dunkelmann zu mir, „haben Sie nicht auch in Drakes Koffer einen solchen Schläger entdeckt?“

„In der Tat“, sagte ich. „Angeblich hat ihm das Mitglied einer hiesigen Kirchengemeinde den Schläger geschenkt.“

„Alles Kokolores!“, winkte Dunkelmann ab. „Den hat er von den Leuten, die den Überfall auf die Mühle verübt haben! Vielleicht hat er sie zu der Tat angestiftet. Es dürfte kein Zufall sein, dass die Attacke mit Molotowcocktails erfolgte. Kann sein, dass die Täter darauf spekuliert haben, dass man den Feuerregen auf Fehlfunktionen bei der Feuerschau zurückführen würde. Außenstehende konnten allerdings kaum wissen, dass die Feier mit einem Feuerwerk enden sollte. Drake hätte die Informationen liefern können.

Dunkelmann stellte Phil zur Rede. „Was soll das ständige Misstrauen!“, reagierte Phil empört. „Ein für alle Mal Schluss damit, sonst wird man von mir noch hören!“

Dunkelmann wollte nicht ausschließen, dass auch Kluckhan hinter der Attacke steckte. Ihm selbst traute er kaum Gewaltmaßnahmen zu, aber auch er mochte Wind von dem geplanten Feuerwerk bekommen haben und möglicherweise gemeinsame Sache mit Phil gemacht haben.

Als er ihn ins Verhör nahm, gab sich Kluckhan ähnlich entrüstet wie Phil. „Ich kann die Leute in der Mühle nicht leiden“, räumte er ein, „aber ich habe mit der Sache nichts zu tun!“

Dunkelmann leitete umgehend Ermittlungen ein und ließ mögliche rechte Nester durchsuchen. Es fanden sich jedoch keine Hinweise, dass die Leute etwas mit den Ausschreitungen in Dalborn zu tun hatten. „Nix Hieb- und Stichfestes!“, knurrte Dunkelmann verdrossen.

Ich fragte in der Redaktion nach, wie ich in der Angelegenheit verfahren sollte. Ich solle ausführlich berichten, meinte mein Chef, und zwar unter Ankündigung des Artikels auf der Titelseite nebst Hinweis auf die Spalte „Kommentar“ auf Seite zwei. Aufmacher: „Wieder rechte Gewalt in Lippe.“

Hilde hatte den Artikel gelesen. Es gab das übliche Entsetzen und Bedauern. „Aber damit ist endlich Klarheit in die Sache gekommen!“, meinte sie. „Offensichtlich geht der Überfall auf das Konto von rechten Schlägern. Ich konnte mir auch nicht vorstellen, dass die Täter aus dem Dorf stammten. Kluckhan könnte ich das noch am ehesten zutrauen, aber Phil doch nicht! Er hat zwar in manchen Dingen eine radikale Gesinnung, aber du glaubst doch wohl nicht, dass er solche Übergriffe gutheißen würde!“

Ich wollte das nicht kommentieren. Es wäre wie immer zwecklos gewesen, ihre Einschätzung infrage stellen zu wollen.

DIE ALPFRAU

Es blieb weiterhin offen, welche Bande hinter der Attacke steckte und wer möglicherweise die Drahtzieher waren. Dunkelmann wollte Phil und Kluckhan im Auge behalten: „Falls sie mit den Halunken unter einer Decke stecken, werden sie sich irgendwann verraten!“

Jusuf hingegen war endgültig aus dem Spiel. Man sah Özlem die Erleichterung an. Sie rief ihren Bruder umgehend an: „Ich hab immer geahnt, dass du mit der Sache nichts zu tun hast! Tut mir so leid, dass man dich zu Unrecht verdächtigt hat!“

Die Überfälle hatten indes bei ihr tiefe Spuren hinterlassen und an ihren Kräften gezehrt. Sie wagte sich nicht mehr aus dem Haus. Sie lag den ganzen Tag im Bett und weinte still vor sich hin. Sie wollte niemanden mehr sehen.

„Das macht doch alles keinen Sinn!“, seufzte sie. „Ich kann nicht mehr! Die geben keine Ruhe, bis sie ihr Ziel erreicht haben.“

Jürgen nahm sie in den Arm und versuchte, sie zu beruhigen: „Denk nicht ständig daran! Das kommt nicht wieder vor. Ich passe auf dich auf!“

Özlem blickte ihn dankbar aus ihren großen, dunklen Augen an: „Ich weiß, du läßt mich nicht im Stich!“ Es war wieder einmal wie im „Herzkino“. Wenn es brennt, ist immer ein smarter Retter zur Stelle.

Sie wusste, dass ich ein offenes Ohr für sie hatte, und wandte sich hilfesuchend an mich. Wir nahmen auf dem roten Sofa Platz. Das alte Möbel war zwangsläufig wieder einmal an der Reihe, wenn es um Liebe und Beziehung ging.

„Jürgen hält unbeirrt zu mir“, sagte sie. „Aber ich befürchte, dass er den ständigen Aufruhr nicht durchsteht. Er will mich beschützen, aber meine Verfolger werden immer eine Gelegenheit finden, um mir zu schaden, wer immer es auch auf mich abgesehen hat. Jürgen will auf keinen Fall, dass ich zu meinen Eltern zurückkehre. Er will auch nicht mit Jusuf reden. Ich weiß nicht, wie es weitergehen soll. Hier werden wir nie glücklich und in Frieden leben! Ich will weg von hier, ganz gleich wohin!“

Was sollte ich sagen? „Verlaß dich auf Dunkelmann“, riet ich. „Der gibt nicht auf.“ Mir fiel nichts Passenderes ein.

Inzwischen klappte es zwischen den beiden besser und es schien, als habe er Özlem lieb gewonnen: „Nettes Mädel. Beißt sich tapfer durch! Man muß ein Auge darauf haben, dass ihr nichts zustößt.“

Özlem gab sich zuversichtlich: „Anfänglich hat er wie ein ausgemachter Frauenfeind gewirkt, aber neuerdings hat er zunehmend Verständnis für mich. Er hat mich wiederholt in den Arm genommen und getröstet. Das hätte ich dem Alten gar nicht zugetraut!“

Dunkelmann riet, umgehend die zuständigen Ämter und Beratungsstellen einzuschalten, und sprach von der Möglichkeit, Özlem in einem Frauenhaus in Sicherheit zu bringen.

Sie wehrte ab: „Dann bin ich weggesperrt. Das ist kaum besser als zuvor bei den Eltern!“

Özlem hatte schlaflose Nächte. Einmal war ihr die „Alpfrau“ im Traum erschienen. Die Hexe, vor der man sich in ihrer Heimat fürchtet, soll an unheimlichen Orten leben, ein rotes Gewand tragen und schwarze, zerzauste Haare und Hände mit krallenartigen Fingern haben. Sie soll böse Träume hervorrufen, indem sie sich ihrem Opfer auf die Brust setzt und das Atmen schwermacht.

Die Alte hatte Özlem mit Zauberkraft in eine wüste Gegend gelockt. Sie zerrte sie in eine Höhle, in der ein Höllenfeuer loderte. Ein zähnefletschendes Ungeheuer sprang Özlem an und riss sie zu Boden. Grobschlächtige Unholde stürzten sich auf sie. Sie sah Messer blitzen und Blut spritzen. Sie wollte um Hilfe schreien, bekam aber keinen Ton heraus. Sie wollte weglaufen, aber ihre Beine versagten. Es war wie in den Horrorszenen, die allabendlich über die Glotze flimmern. Ich hatte darüber stets gelächelt.

Özlem fand sich in einem unwirklichen, kargen Gelände wieder und kämpfte sich ihren Weg durch steinige Schluchten und unwegsames Gestrüpp. Dann stand sie plötzlich am Rand einer steilen Klippe. Im „Herzkino" wäre am Horizont die Sonne blutrot im Wasser versunken, Özlems zierliche Gestalt hätte sich zauberhaft vor dieser Kulisse abgemalt und in ihren langen schwarzen Haaren hätte der Wind gespielt. „Oh Gott!", hätten die Zuschauer gedacht. „So ein liebes und hübsches Mädel, hoffentlich tut sie sich nichts an!"

Sie fühlte sich wie ein Vogel, der zum Flug ansetzen will. Aber ihre Flügel waren bleischwer. Als sie sich umwandte, erblickte sie einen Glatzköpfigen. Er zerrte sie auf den Abgrund zu. Sie wollte sich losreißen, aber er hatte sie eisern im Griff. Sie spürte, wie sie in die Tiefe stürzte. Sie verfiel in einen Taumel und ihre Sinne schienen zu schwinden. Sie tauchte in ein unendliches Dunkel ein, wurde magisch in die Tiefe gezogen und wieder nach oben gedrückt. Sie kämpfte mit haushohen Wellen. Sie schlug wild mit den Armen um sich und rang nach Atem.

Dann aber tauchte in der Ferne eine Insel auf. Sie schleppte sich mit letzter Kraft ans Ufer. Das Eiland wirkte wüst und leer. Sie schaute ratlos umher. Plötzlich war sie von allerlei fremdartigen Gestalten umringt. Sie streckte ihnen hilfesuchend ihre Hände entgegen. Sie schienen nicht zu verstehen, was sie wollte, und es sah danach aus, als wollte man sie ins Meer zurückdrängen. Sie stand wie versteinert da. Sie rief verzweifelt: „Jürgen, hilf mir! Laß mich nicht allein!" Aber alles blieb still. Sie rannte fluchtartig davon, aber es schien, als verschwände sie im Nichts.

Sie war schweißgebadet aufgewacht. Amor hatte neben ihrem Bett gelegen. Es war, als hätte er etwas mitbekommen. Er hatte sich aufgerichtet, seine Nackenhaare gesträubt und böse geknurrt.

Ich versuchte mir einen Reim auf den Traum zu machen. Woher mochte die Furcht vor der Hexe rühren? Hatte Hilde sie mit ihren Eifersüchteleien ausgelöst? Und was mochte es mit den Unholden in der Höhle, dem Glatzköpfigen und den Wilden auf der Insel auf sich haben? Spiegelten sich in diesen Gestalten die Halunken, die es in Dalborn auf sie abgesehen hatten?

Ich fand, dass der Traum auch zu mir passte. Ich dachte an meine verkorkste Beziehung zu Hilde. Ich muss gestehen, dass auch ich zuweilen das Gefühl hatte, ich müsse mich durch unwegsames Gestrüpp kämpfen. Auch ich hatte an einer Klippe gestanden und befürchtet, in einen Abgrund zu stürzen oder von Wellen verschlungen zu werden. Und das mit der Insel mochte zu meinem Wunsch passen, ein rettendes Ufer zu erreichen. Vielleicht war das der Kotten in Dalborn, in dem ich wieder zur Ruhe kommen wollte. Und was war mit den Inselbewohnern, die Özlem wieder vertreiben wollten? Auch ich hatte insgeheim das Gefühl, dass ich in Dalborn meines Lebens nicht froh werden könnte. So gesehen, hätte Hilde recht gehabt, als sie mich vor einem „gefährlichen Abenteuer" warnte.

Özlem wollte durchhalten. Sie stürzte sich in die Arbeit. Sie fiel ihr zunehmend schwerer. Ihr war ständig übel. Und dann stellte sich heraus, dass sie schwanger war.

„Nicht auszudenken", seufzte sie, „wenn mir etwas zustieße und Jürgen mit dem Kind ganz allein dastünde."

Ich sprach es nicht aus, aber ich wollte nicht ausschließen, dass die Attacken bei Özlem seelische Erschütterungen ausgelöst hatten, die eine Fehlgeburt zur Folge haben könnten. Mir kam erneut die „Alpfrau" in den Sinn, die krummnasige Alte mit roten Haaren und zerzaustem Haar, von der es in Özlems Heimat heißt, sie würge die Schwangeren so lange, bis sie ihr

Kind verlören. Und auch hierzulande hatte man Fehlgeburten auf das Wirken böser Geister zurückgeführt. Angeblich hatte der Satan die Kinder gezeugt, um sich ein menschenähnlicheres Aussehen zu erschleichen.

Unter diesem Verdacht hatten besonders Frauen zu leiden, die keinen Vater für ihr Kind hatten. Das galt auch für zwei Mägde, die auf meinem Hof gelebt hatten. Im Taufverzeichnis war ausdrücklich vermerkt, dass ihre Kinder unehelich waren. Bei den Vätern handelte es sich vermutlich um ärmliche Tagelöhner. Sie konnten keine Familie ernähren.

Zuweilen waren die Mädchen auch Freiwild für jedermann. Ein Vorfahr der Kluckhans, der bislang als eingeschworener Junggeselle gelebt hatte, hatte sich mit einer Magd eingelassen und sie auch nicht ehelichen wollen, nachdem sie ein Kind von ihm erwartete. Als ihm der Vater des Mädchens Vorhaltungen machte, warf ihn der Großknecht kurzerhand aus dem Haus.

Man sprach abfällig über den Bauern, namentlich die Frauen, von denen manche noch immer hofften, seine Schwiegermutter zu werden, und die Männer kamen immer seltener zu den Sonntagsnachmittagsversammlungen in seiner großen Stube. Als der Bauer später beim Fällen einer mächtigen Eiche erschlagen wurde, glaubten alle an ein Gottesurteil.

Ich hatte Özlem die Geschichte erzählt. Sie machte ein nachdenkliches Gesicht: „Soll das heißen, dass der christliche Gott die Menschen schon zu Lebzeiten bestraft?"

„Davon war man vormals fest überzeugt", antwortete ich.

Özlem wollte wissen, wie es mit den Sündern nach ihrem Tod weitergehe.

„Wer rechtschaffen gelebt hat", sagte ich, „kommt in den Himmel und wird im Paradies auf ewig weiterleben. Der Gott der Christen gilt als barmherzig. Er verzeiht dem reuigen Sünder. Die anderen müssen in der Hölle büßen."

„Das ist im Islam nicht anders", meinte sie. „Auch Allah ist der Barmherzige, aber er verheißt nur denen das Paradies, die an ihn glauben."

Ich verkniff mir die Frage, was mit den sogenannten „Ungläubigen" passiert. Wie es heißt, ist ihnen die Hölle gewiss, und angeblich müssen dort vor allem Christen und Juden schmoren.

Özlem wollte wissen, ob hierzulande alle an Gott glaubten.

„Nein", sagte ich, „viele inzwischen nicht mehr. „Ob man an ihn glaubt oder nicht, ist eine persönliche Angelegenheit. Bei uns wird niemand ausgegrenzt, weil er nicht gläubig ist."

Özlem schaute mich zweifelnd an.

„Und was passiert mit den Frauen nach ihrem Tod?", fragte sie.

„Der christliche Gott macht keinen Unterschied zwischen Männern und Frauen", sagte ich. „Wenn beide rechtschaffen gelebt haben, sind sie im Himmel wieder vereint."

Ich ließ anklingen, dass es bei den Muslimen üblich sei, dass ein Mann einen ganzen Harem um sich schare, sofern er imstande sei, die Frauen zu ernähren. Als ich wissen wollte, ob sie sich vorstellen könne, dass Jürgen mehrere Frauen hätte, schaute sie etwas verdutzt drein.

„Oh Gott", meinte sie, „das wäre ein Horror für mich. So gesehen, kann ich von Glück sagen, dass man es hierzulande nicht so hält!"

Und dann kam sie darauf zu sprechen, wie es bei den Christen um die eheliche Treue bestellt sei.

„Eheliche Untreue gilt bei den Christen als schwere Sünde", sagte ich, „aber das hält nicht alle Männer davon ab, ein sogenanntes Verhältnis zu haben. Für manche gehört das einfach dazu. Manche Frauen finden sich damit stillschweigend ab und wenn es sich um eine vorübergehende Affäre handelt, kommt es zuweilen wieder zu einer Versöhnung. Man kann sich aber auch scheiden lassen, wenn beide Seiten damit einverstanden sind."

Özlem blickte mich erstaunt an. Das war für sie offensichtlich ein heißes Thema, denn nach dem Koran kann nur der Mann die Frau verstoßen.

„Ich weiß nicht“, meinte sie, „vielleicht ist es doch besser, wenn man den Männern mehrere Frauen zugesteht.“

Ich schwieg lieber. Meine Sache ist die Vielweiberei nicht. Aber ich kann mir durchaus vorstellen, dass dann manches einfacher läuft. Ich dachte an Hilde. Sie konnte ständig auftrumpfen, weil ich keine Alternative hatte.

Sie wollte wissen, wie es nach einer Trennung weitergehe.

„Nun ja“, meinte ich, „oft steht ein neuer Partner bereit. Aber viele Frauen müssen anschließend allein zurechtkommen und wenn die Männer nicht für den Unterhalt zahlen können, schafft das zuweilen Probleme.“

Ich sprach davon, dass sich immer mehr Paare nicht auf eine feste Bindung einließen oder in einer „offenen Beziehung“ lebten, in der beide Seiten noch andere Partner hätten, und dass sich am Ende sogenannte „Patchworkfamilien“ bildeten, in denen sich alles ansammele, was an Nachkommen bislang aus den Beziehungen hervorgegangen sei.

Özlem schaute mich entgeistert an. Das war offenkundig überhaupt nicht nach ihrem Geschmack.

DER FEUERSTUHL

Phil hatte mal wieder bei mir hereingeschaut. Er fuhr die Hofeinfahrt hinunter, brachte das Motorrad ruckhaft und leicht wippend zum Stillstand, ließ aber den Motor laufen.

Ich war dabei, Holzreste zu sortieren, die die Bauarbeiter wahllos durcheinander hatten liegen lassen. Freitags ging am Ende alles hopphopp.

„Hallo! Noch immer bei der Arbeit?“, meinte er. „Keine Pause, auch nicht am Wochenende?“

Faida schwänzelte um seine Beine und schnüffelte ungewöhnlich aufmerksam. Ihm war das offenbar unangenehm, aber er ließ sich nichts anmerken.

Er hatte eine Tour vor: „Schönes Wetter! Keine Lust mitzukommen?“

Ich winkte ab: „Hab zu tun. Tut mir leid!“

Es schien, als wollte er losfahren, da rauschte Hilde mit dem Wagen an. Phil gab zweimal demonstrativ im Leerlauf Gas, bevor er den Motor abstellte.

„Aha, deine Frau! Was für eine Überraschung!“ Dabei zwinkerte er ihr vielsagend zu.

Ich fragte mich, ob er sie erwartet hatte. Ich hatte schon länger den Eindruck, dass er hinter ihr her war. Bislang hatte sie nur von einem „sympathischen Menschen“ gesprochen. Hatte sie inzwischen angebissen und mit ihm angebändelt?

„Hallo Schatz!“, sagte sie freundlich lächelnd zu mir. „Ich habe frei und weiter nichts vor. Ich wollte mal schauen, wie es mit dem Umbau weitergeht.“

Wie raffiniert!, dachte ich, aber mir kann sie nichts vormachen.

Ich tat, als hätte Phil sie bislang noch nicht zu Gesicht bekommen und machte sie bekannt. Er gab sich höflich-gewandt.

„Freut mich, Sie kennenzulernen!“, sagte er und schüttelte ihr die Hand.

Und dann machte er reichlich Komplimente: „Sie sehen entzückend aus! Ich hätte gar nicht gedacht, dass Ihr Mann eine solch hübsche Frau hat. Elegantes Outfit, einfach klasse dieser Hosenrock!“

Dabei schaute er ungeniert auf ihre Hose. Sie war, wie immer, weit geschnitten, strahlend sauber und akkurat gebügelt. Viel Körperform gab sie allerdings nicht preis.

Hildes Blicke fielen zwangsläufig auf Phils Maschine: „Mein Gott! Was für ein Apparat! Das ist ja ein richtiger Feuerstuhl!“

Das mochte nach Bewunderung klingen, aber ich wußte, dass sie die „Knattermonster“ nicht mochte: „Laut, stinkend, unbequem und vor allem viel zu gefährlich! Man sollte sie umgehend aus dem Verkehr ziehen.“

Ich nahm an, Phil würde sich rasch verabschieden, aber er machte keinerlei Anstalten.

„Ich wollte gerade auf Tour gehen“, sagte er zu Hilde. „Ihr Mann will nicht mitkommen. Wie wäre es mit Ihnen? Nichts für ungut, aber mit einer schicken Sozia macht es besonders Spaß!“

Das war typisch seine Art: Immer forsch rangehen. Im Grunde eine ziemlich plumpe Anmache!

Sie riss entsetzt die Augen auf: „Auf keinen Fall! Mir wird schon bei dem Gedanken schwindelig. Das ist was für jüngere und sportliche Damen, ganz zu schweigen von meinem momentanen Aufzug. Völlig ungeeignet! Man bräuchte doch eine entsprechende Montur oder zumindest einen Helm!“

„Keine Sorge, einen zweiten Helm habe ich immer parat“, beruhigte er.

Sie wollte sich erneut sträuben, aber er ließ nicht locker. Er streckte einladend die Hand aus: „Kommen Sie, nehmen Sie wenigstens mal Platz! Fühlt sich fantastisch an auf der Maschine!“

Ich war verblüfft: Er gab das Kommando, aber er wusste das raffiniert zu verpacken.

Sie wusste nicht, wie ihr geschah. Er fasste sie resolut bei der Hand und lancierte sie gekonnt auf den Sitz.

„Na also!“, lobte er, „geht doch! Sieht gut aus!“

Ich nahm an, dass es ihr nicht geheuer war und höllisch unbequem obendrein. Mit Hosenrock und Stöckelschuhen wirkte sie in der Tat etwas seltsam auf dem Gefährt.

Er ließ umgehend den Motor an: „Jetzt nur ordentlich festhalten! Nur eine kleine Proberunde. Wir machen das ganz gemächlich. Wir sind gleich wieder zurück!“

„See you later!“, meinte er scherzhaft zu mir.

Hilde war geschlagen. Das kam selten bei ihr vor. Mir kam ein Verdacht: Hatte sie sich nur zum Schein gesträubt? War es nicht das erste Mal, dass sie mit ihm unterwegs war? Hatten sie sich verabredet? Wollte sie mich eifersüchtig machen? Hatte sie die Sache eingefädelt als Revanche dafür, dass ich es angeblich mit Özlem hatte?

Sie kamen nicht, wie versprochen, in Bälde zurück. Mir war das ziemlich egal. Sollte Hilde doch ihre Erfahrungen machen. Eben das wollte sie doch in der sogenannten „Auszeit“.

Spät am Abend rief sie mich an: „Tut mir leid, Schatz! Du hast mich hoffentlich nicht vermisst. War alles halb so wild! Er fuhr äußerst rücksichtsvoll, wie ein richtiger Gentleman! Ich bekam es trotzdem mit der Angst zu tun, als ich spürte, wie die Maschine vibrierte und mir die Luft um die Ohren brauste. Er wandte sich kurz zu mir um. Schönes Gefühl, nicht wahr?, rief er nach hinten. Ich nahm allen Mut zusammen, musste mich aber, ob ich wollte oder nicht, fest an ihn klammern. Ich hatte schon lange keinen Mann mehr so nahe. Ich hoffe, du nimmst keinen Anstoß!

Aus der kleinen Runde wurde leider eine längere. Am Ende landeten wir bei den Externsteinen. Das reicht erst einmal, meinte er. Wie wär's mit einem kleinen Happen? Er wies auf eine Imbissbude. Ich zögerte. Das Lokal war nicht nach meinem Geschmack. Ich sagte schließlich zu: Aber bitte keine Nachtsitzung! Er schien sich auszukennen, warf dem Wirt einen kurzen Gruß zu, hockte sich an den ersten besten Tisch und bestellte, ohne mich zu fragen.

Am Tresen stand ein Glatzköpfiger. Er war stiernackig und hatte einen Vollbart. Er trug eine Bomberjacke, auf deren Rücken sich ein merkwürdiges Zeichen befand. Ich war mir nicht sicher, was es damit auf sich hatte. Ich vermutete, dass es eine Rune war. Er war offensichtlich ein Motorradfan. Vor der Bude standen noch andere von der gleichen Sorte rum. Sie hatten ihre Räder direkt daneben geparkt.

Der Glatzköpfige wischte sich mit dem Handrücken den Bierschaum vom Mund und setzte sich ungeniert zu uns. Na, Ausflug gemacht?, meinte er. Hat es Spaß gemacht? War wohl für die Dame das erste Mal! Dabei lachte er aus vollem Hals. Es war nicht zu verkennen, dass das mit dem ersten Mal eine Anspielung sein sollte. Phil warf ihm einen vorwurfsvollen Blick zu und meinte: Das ist eine Lady! Der andere verstand. Er klopfte Phil kumpelhaft auf den Rücken. Kann sein, dass sie sich kannten. Ganz sicher war ich mir nicht.

Phil wollte ihn offensichtlich abwimmeln: Muss mit der Lady noch etwas besprechen. Der Glatzköpfige nahm sein Bierglas und zog wortlos ab. Der Wirt brachte Hotdogs. Phil war ganz angetan: Machen die auch hier ganz ausgezeichnet! Sie werden Ihnen schmecken! Er hatte sie vermutlich nicht zum ersten Mal bestellt.

Wir wechselten ein paar Worte über die Externsteine. Ich sprach von den Mythen, die sich um das Felsgestein ranken. Ich war überrascht, dass er sich erstaunlich auskannte. Nicht gerade wie in den Rocky Mountains, meinte er, aber beeindruckend.

Ich war gespannt, worauf er als Nächstes zu sprechen kommen würde. Er machte keine großen Umschweife und schilderte eingehend, wie er dich kennengelernt hatte. Er meinte, dass du ein netter Mensch wärst, mit dem man über alles offen reden könne, auch wenn es gewisse Meinungsunterschiede gebe, wie das halt so sei. Dann wollte er wissen, was du bei der Presse machst – du kämst doch sicher viel herum und hättest reichlich Kontakte – wie du dich mit den Leuten im Dorf verstehst, was du von Özlem und Jürgen hältst, wie gut du Dunkelmann kennst und ob du etwas über die Gründe erfahren hast, warum sich der alte Drake das Leben genommen hat. Ich hatte das Gefühl, dass er mich aushorchen wollte, und fragte mich, was er im Schilde führte und inwiefern ich ihm nützlich sein könnte. Es ist deine Sache, welche Schlussfolgerungen du ziehst. Ich wollte das nur mal gesagt haben."

Ich wollte wissen, ob sie den Namen des Glatzköpfigen erfahren habe.

„Nein!", sagte sie. „Hat mich auch nicht weiter interessiert. Wieso ist das wichtig?"

„Ach nur so", wich ich aus. Ich merkte nur an, dass mir der Mann suspekt sei. Mehr ließ ich nicht verlauten. Ich war mir nicht sicher, ob das im Sinne von Dunkelmann wäre.

Ich spürte, dass sie verunsichert war, aber gleich wieder die Hand über Phil halten wollte.

„Dass du ihn ständig verdächtigst, geht mir zunehmend auf die Nerven!", sagte sie. „Dass man ihn zusammen mit dem Glatzköpfigen gesehen hat, will noch nichts heißen."

„Möglicherweise schon", sagte ich, „und dass Phil ihn zu kennen scheint oder sogar mit ihm gut Freund ist, macht die Sache noch brisanter."

Dunkelmann fand aufschlussreich, was Hilde zu berichten hatte.

„Na schön", meinte er, „der Glatzköpfige würde in die rechte Szene passen. Kann auch sein, dass er Drake kennt. Damit ist aber nicht gesagt, dass er zu den Halunken gehört, die hinter Özlem her sind."

SCHWARZE SONNE

Es war wieder einmal ein stressiger Tag. Es war der übliche Ablauf: Hier was passiert, dort was passiert, vor Ort sein, Einzelheiten in Erfahrung bringen, berichten, abliefern.

Ich hatte Feierabend. Ich hatte mir eine Zigarette angesteckt und ein Bier eingegossen, als das Telefon klingelte. Dunkelmann meldete sich. Es ging um einen Vorfall, der sich auf der Wewelsburg abgespielt hatte. Ich wunderte mich, denn eigentlich war Dunkelmann nur für Lippe zuständig, aber was er zu berichten hatte, passte bestens in mein Arbeitsprogramm.

Ich schrieb seinerzeit eine Artikelserie unter dem Titel „Geheimnisvolle Orte in Ostwestfalen-Lippe". Dazu zählten außer der Wewelsburg auch sogenannte „lost Areas" wie das von der Wehrmacht „entsiedelte" Dorf Haustenbeck in der Senne und ein unterirdisches Treibstofflager in Herbram-Wald, eine Radarstation der NATO in Auenhausen, ein Munitionsbunker bei Pömbsen und Abschussanlagen für Luftabwehrraketen im Raum Blomberg.

Um die Wewelsburg ranken sich wilde Legenden: Auf der historischen Trutzburg, die der Reichsführer SS zu einer Kultstätte gemacht hatte, soll man obskure, rituelle Sitzungen abgehalten und geheime Absprachen getroffen haben. Kurz vor Kriegsende sollte die Burg zerstört werden. Die Sprengung hatte einen Brand ausgelöst, dem große Teile der Anlage zum Opfer fielen. Nur der Nordturm blieb. In dem Turm befand sich ein Raum, in dem man verstorbener SS-Leute gedachte. Die Atmosphäre in dem von einer Kuppel überragten, gruftartigen Bau ist gespenstisch. Jeder noch so schwache Ton hallt in dem Gewölbe wider. Die Geräusche scheinen sich in einer Vertiefung in der Mitte zu sammeln. Bei manchen Menschen soll das zu Schwindelanfällen führen.

In dem Turm hatte es auch den „Obergruppenführersaal“ gegeben. In den Boden ist ein Ornament in Form eines schwarzen Sonnenrades eingelassen, das aus zwölf in Ringform gefassten Siegrunen besteht. Man hat versucht, das Zeichen zu deuten, und darauf verwiesen, dass die Sonne seit jeher als der universale Lebensspender galt. Sie war die natürliche Uhr der Menschheit. Ihre tägliche und jährliche Wiederkehr wurde sehnsuchtsvoll erwartet. Eine Sonnenfinsternis löste stets Angst und Schrecken aus. Man fürchtete, ein Drache habe die Sonne verschlungen.

Das Licht der Sonne ist, physikalisch betrachtet, rein weiß. Vom menschlichen Auge wird es als gelb-orange wahrgenommen. Das lässt an Gold denken, an Macht und Reichtum. In Ägypten wurde die Sonne als Gottheit verehrt und mittels kultischer Rituale beschworen. Bei den Griechen zog der Sonnengott Helios am Firmament seine Bahn. Der römische Sonnengott Sol galt als allwissend und unbesiegbar. In nordischer Vorzeit war das Sonnenrad ein Zeichen für Erneuerung. Für die Vorkämpfer des Dritten Reichs war die schwarze Sonne das Symbol für eine Energiequelle, die die arische Rasse zu neuem Leben erwecken sollte. Tausend Jahre sollte das arische Reich währen. Daraus wurden nur zwölf. Danach brach die Götterdämmerung herein. Damit hatte niemand gerechnet, obwohl das durchaus den Vorstellungen der Germanen entsprach, denn sie glaubten, dass am Ende aller Tage die Sonne verglühen, ihre Glut die Erde versengen und ein Heer aus „Feuerland“ heraufziehen und den Weltenbaum in Brand setzen würde.

Während ich noch meinen Gedanken nachhing, war Dunkelmann bereits einen Schritt weiter. Dem Personal des Kreismuseums, das man in der Wewelsburg eingerichtet hatte, war ein Besucher aufgefallen, der offensichtlich an den Exponaten nicht interessiert war. Er hatte anhand alter Lagepläne Boden und Mauerwerk eingehend inspiziert und heimlich Fotos geschossen. Man hatte ein sofortiges Hausverbot ausgesprochen. Der Mann hatte sich geweigert zu gehen: „Sie haben mir hier nichts zu sagen! Das Gebäude gehört noch immer dem Reich."

Man hatte eine Streife angefordert. Als die Beamten eintrafen, hatte sich der Mann bereits davongemacht. Man hatte ihn am Fuß der Außenmauern aufgespürt. Er hatte sich an einem Loch im Mauerwerk zu schaffen gemacht. Er wollte angeblich herausfinden, ob es sich bei der Öffnung um Reste eines ehemaligen Fluchttunnels handele.

Die Beamten wollten seinen Aussagen keinen rechten Glauben schenken und nahmen ihn mit auf die Wache. Bei der Aufnahme der Personalien stellten sie fest, dass es sich um den Landwirt Kluckhan aus Dalborn handelte.

Man zog dessen Akte bei. Dabei kam ans Licht, dass nach einem mysteriösen Leichenfund gegen ihn wegen Körperverletzung mit Todesfolge ermittelt wurde. In einem gesonderten Vermerk war festgehalten, dass man ihn als sogenannten „Reichsbürger" eingestuft hatte und dass er wegen Widerstand gegen die Staatsgewalt straffällig geworden war.

Im Verhör behauptete Kluckhan, dass ihn beim Graben ein Mann heimlich beobachtet habe. Er könne zu dem Mann nichts Genaues sagen. Er habe ihn nur kurz zu Gesicht bekommen. Ihm sei allerdings aufgefallen, dass er eine paramilitärische Uniform getragen habe. Als er sich bemerkt fühlte, sei er im Wald verschwunden.

Die Polizei ließ das umliegende Gelände durchforsten und spürte am Ende ein Zeltlager auf. Die Beamten durchsuchten das Camp. Man fand reichlich Dinge, die auf eine völkisch-nationale Gesinnung hindeuteten, aber keine Waffen.

Man knöpfte sich den mutmaßlichen Anführer der Gruppe vor. Er war vierschrötig, hatte eine Glatze und trug einen Vollbart. Auf seiner Flecktarn-Jacke glänzte der Schriftzug „Blood und Honour". Auf der Rückseite leuchtete eine Wolfsrune. Die Jacke stand ein stückweit offen und gab den Blick auf sein

T-Shirt frei. Auf ihm fletschte ein Wolf die Zähne. Wegen der Dickleibigkeit des Mannes wirkte das Tier ungemein plastisch.

Der Mann gab sich aufmüpfig: „Sieh an, da sind wieder mal die Bullen vor Ort! Wir sind anständige Leute! Laßt uns gefälligst in Ruhe!“

Er baute sich drohend vor den Beamten auf und erklärte lang und breit, warum man das Lager in der Nähe der Wewelsburg aufgeschlagen hatte. Von einem historischen Erbe, von deutscher Ehre und vom Wachhalten der Erinnerung war die Rede. Dann ließ er eine Reihe von Sprüchen ab, die auf eine rechtsradikale Gesinnung schließen ließen, und am Ende war ein unverhohlenes Lob auf die SS und latent auch eine judenfeindliche Einstellung herauszuhören.

Die Beamten überprüften die Personalien. Dabei stellte sich heraus, dass es sich um Wolfgang Tötemeier handelte. Er war von Beruf Schlachtermeister, aber seit Längerem arbeitslos. Es gab etliche Vorstrafen wegen illegalem Waffenbesitz und fremdenfeindlicher Krawallmacherei in Tateinheit mit Körperverletzung. Die Beamten kündigten eine Anzeige wegen Volksverhetzung an, ließen Tötemeier aber laufen, da es keine Handhabe für eine sofortige Festnahme gab.

Kluckhan hatte versichert, dass er Tötemeier nicht kenne und mit den Leuten nichts zu schaffen habe. Dunkelmann wollte nicht an ein zufälliges Zusammentreffen glauben.

„Tötemeier könnte ein Krimineller sein, der Kluckhan die Beute abjagen wollte“, meinte er. „Aber vielleicht sind die beiden auch Kumpane.“

Er zündete sich die Pfeife an. Ich sah, dass er ins Grübeln kam.

„Mir gibt die Wolfsrune auf Tötemeiers Jacke zu denken“, meinte er. „Das gleiche Zeichen haben wir nach der Feuerwerksattacke auf einem Kleiderfetzen gefunden, den Amor aus einer Jacke der Täter gerissen hatte. Und jetzt haben wir auch eine Erklärung dafür, warum wir sowohl nach der Verwüstung des Gartens als auch nach dem Überfall mit Feuerwerkskörpern Spuren von Zweirädern entdeckt hatten. Tötemeier und seine Leute sind die Halunken, die in Dalborn zugeschlagen haben."

Ich hatte den gleichen Verdacht. Und dann brachte ich den Glatzköpfigen ins Gespräch, dem Hilde während des Ausflugs mit Phil begegnet war. Ich verwies auf die Ähnlichkeiten in der äußeren Erscheinung und auf den Umstand, dass er offensichtlich ein Motorradfan wie Phil war.

„Hilde hatte den Eindruck, dass sich die beiden kannten", fügte ich hinzu.

„Na also", meinte Dunkelmann, „dann ist das Paar ja komplett!"

DER BAHNHOF

Wie sich herausstellte, handelte es sich bei der Gruppe, die man bei der Wewelsburg aufgespürt hatte, um Mitglieder eines Motorradklubs. „Road Crew OWL" nannte sich der in Lage-Ehlenbruch ansässige Verein.

„Jetzt wissen wir, wo wir suchen müssen", frohlockte Dunkelmann. „Wir haben seinerzeit alle braunen Nester unter die Lupe genommen, aber wer konnte schon ahnen, dass Leute aus einem Sportverein hinter den Attacken stecken!"

Er wollte sich umgehend in Ehlenbruch umsehen, warnte aber vor verfrühten Hoffnungen: „Die Brüder sind misstrauisch! Sie lassen keine Fremden bei sich rein und machen sofort dicht!"

Ich wollte mich als Spion anbieten. Dunkelmann wehrte ab: „Besser nicht, Sieker! Sie fallen sofort auf. Die kennen die Leute von der Presse."

„Das mache ich!", schlug Jürgen vor. „Den Kerlen komme ich auf die Schliche! Das wäre doch gelacht!"

Er wollte offensichtlich den Helden spielen. Ich wusste, dass er für Özlem durch dick und dünn gehen würde.

Dunkelmann hatte auch diesmal Bedenken: „Das kommt auf keinen Fall in die Tüte! Dich kennen sie doch auch! Auf dich und Özlem hatten sie es doch abgesehen! Sie würden die Gelegenheit nutzen, um dir einen weiteren Denkzettel zu verpassen."

„Stimmt!", meinte Kluckie. „Dir hauen sie gleich einen in die Fresse. Ich mach das!"

„Immer mit der Ruhe!", beschwichtigte Dunkelmann. „Das artet nur in eine Schlägerei aus. Davon haben wir gar nichts. Ihr laßt gefälligst alle beide die Finger davon!"

Jürgen wollte nicht abwarten, bis sich Dunkelmanns Ermittler die Leute in Ehlenbruch vorknöpften. Özlem flehte ihn an: „Um Gottes willen! Mach das nicht! Dunkelmann hat völlig recht: Die wissen, wer du bist. Du kommst da nicht heil raus!"

Jürgen war nicht abzuhalten. Um nicht aufzufallen, hatte er sein Aussehen nach besten Kräften verändert. Er hatte sich die Haare geschoren, sich einen Dreitage-Bart zugelegt und für ein passendes Outfit gesorgt. Er hatte sich ein T-Shirt zugelegt, auf dem der „Hermann" im Licht einer aufgehenden Sonne glänzte, dazu eine Bomberjacke und schwarze Jeans, sich eine dunkel getönte Brille verpaßt und eine Baseball-Kappe übergestülpt.

Was er nach seiner Rückkehr zu berichten hatte, war mehr als aufschlussreich: Er hatte sich spät am Abend auf den Weg gemacht, denn angeblich war erst nach Feierabend in dem Klub was los. Es dämmerte bereits. Er hatte Mühe, den Weg zum Bahnhof Ehlenbruch zu finden. Hinter den Gleisen machte er einen Fachwerkschuppen aus. Das Gebäude war reichlich heruntergekommen. Ringsum war das Areal mit einem Drahtverhau umgeben. Im Außenbereich gab es nirgends ein Licht. Eine rostige Eisentreppe führte in ein Dachgeschoß mit vorspringender Gaube. Das Schild über dem Eingang war kaum zu entziffern. Die Aufschrift lautete: „Wolfsschanze". Das war eindeutig.

Es war niemand zu sehen, aber von drinnen schallte jede Menge Lärm heraus. Jürgen suchte vergeblich eine Klingel. Er war unschlüssig und hatte ein mulmiges Gefühl.

Offensichtlich aber hatte man ihn längst bemerkt. Die Tür öffnete sich unversehens und ein grobschlächtiger Mensch, vermutlich der Türsteher, hob abwehrend die Hand: „Moment! Hier kommst du nicht so einfach rein! Was hast du hier zu suchen?"

Jürgen zog seine Kappe tiefer ins Gesicht und versuchte eine möglichst lässige Haltung einzunehmen. Er sprach davon, dass er unlängst einer Gruppe von Motorradfans begegnet sei, und gab vor, man habe ihn eingeladen, mal im Klub vorbeizuschauen.

Der Türsteher setzte eine misstrauische Miene auf und musterte ihn aufmerksam: „Laß mal sehen, ob du sauber bist!“, sagte er.

Er fühlte ihn von oben bis unten ab, fand aber nichts Verdächtiges.

„Warte! Rühr dich nicht von der Stelle!“, befahl er in barschem Ton, schloß die Tür und verschwand.

Jürgen musste draußen im Dunkeln ausharren. Er konnte nicht ausmachen, wohin sich der Mann begab. Er nahm an, er wollte ihn dem Boss melden. Es dauerte eine ganze Weile, bis er zurück war. Jürgen rechnete schon damit, dass er ihn wegschicken würde, aber er winkte ihn herein: „Komm, aber mach keine Zicken!“

Die Bude war überfüllt und von Tabakrauch verqualmt. Es roch durchdringend nach Bier und Schnaps. An der Wand hinter dem Tresen hingen ein Stahlhelm und ein Schild mit der Aufschrift „Deutsches Schutzgebiet“. Jürgen wollte seinen Augen nicht trauen, als er daneben einen schwarz-weiß-rot lackierten Baseballschläger entdeckte, wie man ihn nach der Attacke auf die Mühle gefunden hatte.

In einer Ecke machte er einen Glatzköpfigen aus. Er trug einen Vollbart und hatte eine Bomberjacke an, auf der sich eine Wolfsrune befand. Das ist der Boss, dachte er. Er wollte den Stier sogleich bei den Hörnern packen und steuerte geradewegs auf ihn zu.

Mit Jürgen hatte der Mann offensichtlich nicht gerechnet. Jürgen war gespannt, wie er sich verhalten würde.

Der Glatzköpfige gab sich unbekümmert: „Hallo! Aber so was! Mal wieder ein neues Gesicht! Es hat sich wohl rumgesprochen, dass hier immer was los ist. Hier sind alle willkommen. Hier werden keine Fragen gestellt. Hier sagt man du zueinander. Ich bin Wolf. Und wie heißt du?“

Jürgen fühlte sich überrumpelt. Seinen wahren Namen zu nennen, wäre riskant gewesen, aber er fasste sich rasch.

„Sag Siggi zu mir", meinte er.

Der andere grinste: „Siegfried, der Drachentöter! Toller Name!" Er pfiff umgehend einen jungen Spund herbei, der die Leute mit Bier versorgte. Es schien wichtig zu sein, denn der Angesprochene eilte eiligst in Richtung Tresen. Jürgen konnte aus seinem jetzigen Blickwinkel nicht ausmachen, was sich dort tat. Als er später das Gebäude verließ, war der Baseballschläger verschwunden.

Der Glatzköpfige rückte einen Stuhl zurecht: „Setz dich!"

Er griff zu einer Bierflasche, setzte sein Feuerzeug an und ließ den Kronkorken springen. Er schob Jürgen die Flasche rüber: „Na denn prost, Kumpel!"

Jürgen wusste so recht nicht, womit er das Gespräch beginnen sollte. Die Leute sollten auf keinen Fall Argwohn schöpfen. Er hätte von der originellen Ausstattung des Klubraums und der ausgelassenen Stimmung sprechen können: Alles prima! Hier lässt es sich aushalten!

Der Glatzköpfige kam ihm zuvor: „Du siehst klasse aus, Junge! Die Klamotten sind echt geil. Es fehlt nur noch der flotte Brummer! Hier kann dir geholfen werden. Nach der ersten Probefahrt kannst du den Feuerstuhl nicht mehr missen. Da kommen doch die lahmen Drahtesel nicht mit, auf denen sich die Ökospinner abquälen. Du kannst die Karre ja grün bemalen lassen, wenn dir das besser gefällt." Er wollte sich totlachen.

Jürgen machte die Bemerkung zu den „Ökospinnern" stutzig. Er wollte nicht ausschließen, dass ihn der Mann erkannt hatte, ließ sich aber nicht provozieren.

Auf einer Art Bühne begann eine Rockband zu röhren: „Als die Römer frech geworden", bis zur letzten Strophe. Am Ende krochen die Sänger auf dem Bauch daher und jaulten: „So gehen die Römer, die Römer gehen so!" Und dann erhoben sie sich, reckten stolz ihre Arme und schmetterten: „So gehen die Cherusker, die Cherusker gehen so!"

Alle grölten und pfiffen vor Begeisterung. Dann standen sie auf und bewegten sich in Richtung Ausgang. Sie waren schon außer Hörweite, aber Jürgen bekam trotzdem mit, wie einer rief: „Los, laßt uns den Zecken eins aufs Maul hauen!"

Jürgen merkte, dass ihn der Glatzköpfige schleunigst loswerden wollte: „Nett, dass du da warst! Wir hören voneinander!"

Jürgen wusste nicht, ob er das als eine Drohung verstehen sollte.

Bevor er das Gebäude verließ, sprach er den Jungen an, der das Bier herumgetragen hatte. Er stellte sich dumm und wollte wissen, wer der Glatzköpfige sei. Der Bursche zögerte und musterte ihn eindringlich. Jürgen wunderte sich, dass er den Namen preisgab: „Das ist Wolfgang Tötemeier. Alle nennen ihn Wolf. Er ist ein netter Kumpel! Ohne ihn läuft hier nichts."

Jürgen wollte herausfinden, ob sich Phil in dem Klub herumtrieb. „Kennst du einen namens Drake?", fragte er.

Der Junge schien den Braten zu riechen: „Was soll das? Willst du mich aushorchen? Hier wird nicht gequatscht! Wer hier aus- und eingeht, geht dich nichts an!"

Jürgen war sich ziemlich sicher, dass er Phil kannte.

Özlem war erleichtert, als Jürgen zurück war. „Gut, dass du heil davongekommen bist!", jubelte sie. Sie fiel ihm um den Hals und küsste ihn liebevoll. Das wirkte entzückend. Es war mal wieder wie bei Rosamunde Pilcher!

„Wie ich höre, hast du Tötemeier angetroffen", sagte sie. „Ich bin gespannt, wie es weitergeht. Den Kerl sollte man sich sofort schnappen!"

Sie war in Sorge, Jürgen könnte erneut vorpreschen: „Halt dich künftig bitte da raus!", flehte sie ihn an. „Lass das Dunkelmann machen!"

Jürgen beruhigte sie: „Keine Sorge! Das eine Mal hat mir gereicht."

Dunkelmann war, wie zu erwarten, äußerst ungehalten darüber, dass Jürgen auf eigene Faust Erkundigungen eingezogen hatte.

„Mußte das sein?“, raunzte er in den Hörer, als er mich von den Vorgängen informierte. „Tötemeier hat Jürgen erkannt. Jetzt wird er umgehend Drake warnen und dann werden beide schleunigst abtauchen.“

Er schickte seine Leute nach Ehlenbruch, um Tötemeier festzusetzen. Aber als sie dort eintrafen, fanden sie das Klubgebäude verlassen vor. Dunkelmann schrieb Tötemeier zur Fahndung aus.

Hilde rief mich wenig später an. Ich hatte den Eindruck, dass sie Wind davon bekommen hatte, dass Jürgen in Ehlenbruch aufgetaucht war. Ich fragte mich, woher sie das wusste. Ich hatte Phil in Verdacht. Er musste befürchten, dass man ihm auf die Schliche gekommen war, und mochte Hilde aushorchen wollen.

„Hallo Schatz!“, sagte sie, „ich hoffe, ich störe nicht. Ich habe gehört, dass man die Halunken, die die Übergriffe in Dalborn verübt haben, im Vereinshaus eines Motorradklubs aufgestöbert hat. Und damit ist hoffentlich Phil endgültig aus dem Spiel. Ich kann mir nach wie vor nicht vorstellen, dass er in krumme Sachen verwickelt ist und schon gar nicht, dass er mit rechten Schlägern gemeinsame Sache macht.“

Sie wollte ihn umgehend zur Rede stellen: „Hör zu, ich frage ihn offen heraus, was an der Geschichte dran ist. Mir macht er nichts vor!“

Ich versuchte sie davon abzuhalten: „Tu das auf keinen Fall! Der hat bereits Lunte gerochen und am Ende bringst du dich selbst in Gefahr.“

Sie schien erstmals einsichtig: „In Ordnung, wenn du meinst.“

GINSTERGOLD

Die Suche nach Tötemeier verlief vorerst ergebnislos. Dann aber kam Dunkelmann zu Ohren, dass Kluckhan in der Lüneburger Heide unterwegs war.

„Dass er sich dort herumtreibt, wundert mich nicht“, meinte er. „In der Gegend treibt sich reichlich völkisches Volk herum. Die Region war gegen Kriegsende ein Rückzugsgebiet. Angeblich hat sich auch Heinrich Himmler dort verkrochen. Kluckhan hofft, dass sich nicht nur Waffen, Stahlhelme, Uniformen, Orden und Erkennungsmarken finden lassen, sondern auch Wertsachen, die der Reichsführer SS vergraben ließ.“

Und dann sprach er davon, dass man unlängst in der Heide an die zweihundert Goldmünzen gefunden hatte. Einige lagen frei. Der Rest befand sich in ein Meter Tiefe. Die Münzen waren in zwei durch Teerpappe geschützten und mit Plomben der Reichsbank versiegelten Beuteln verpackt. In die Plomben waren Reichsadler und Hakenkreuz eingeprägt und der Vermerk: „Reichsbank Berlin 244“. Der Wert der Münzen wurde auf fünfundvierzigtausend Euro geschätzt. Der Fund wurde gemeldet und mit einer Belohnung honoriert.

„Ich traue Kluckhan noch immer nicht über den Weg“, sagte Dunkelmann. „Ich kann mir vorstellen, dass er nicht nur auf Schatzsuche ist. Kann sein, dass er in der Gegend Gleichgesinnte gefunden hat. Bleiben wir ihm auf den Fersen! Schauen wir mal, was er dort vorhat!“

Er hatte ausnahmsweise seinen „Käfer“ aus der Garage geholt: „Das Türchen schafft der noch! Ein wenig Muskeltraining im Alter kann nicht schaden!“

Ich war mitgekommen und auch Faida war mit an Bord. Für sie versprach eine Autofahrt stets neue, ungeahnte Abenteuer.

In der Heide blühte der Ginster. „Wegvergolder“ hat man ihn genannt. Er ist eine Färberpflanze, aus der man ein leuchtendes Gelb gewonnen hat. Gold kann man aus seinen Blüten nicht herauspressen, aber man hat Besen aus seinem Geäst gefertigt. Hexen sollen darauf geritten haben. Die Pflanze ist hochgiftig. Wer weiß, was böse Weiber mit ihr angestellt haben!

Unweit von Dedelstorf parkte Dunkelmann den Wagen am Straßenrand. Faida wirkte reichlich schläfrig. Wir hatten unterwegs nicht angehalten. Ich wusste, dass es Zeit wurde, ein stilles Örtchen mit ihr aufzusuchen, konnte sie aber zunächst nicht überreden auszusteigen. Am Ende half der Drang. Sie suchte die erste passende Stelle und hob ihr Bein.

Dunkelmann hielt Ausschau: Versteckt und kaum auszumachen durch Drahtverhau und wucherndes Gestrüpp lagen Kasernengebäude, aus denen unlängst die Panzer der Bundeswehr abgezogen waren. Vormals hatte es hier einen Fliegerhorst der Luftwaffe gegeben. Man hatte den Bombenabwurf geübt und Udet erstmals die Sirene des Stukas aufheulen lassen. „Jericho-Trompete“ hatte er sie genannt. Sie sollte zusätzlich Angst und Schrecken verbreiten.

Als es am Ende mit dem Siegen nicht mehr klappen wollte und der Feind laufend näher rückte, hatte man im Schutz der Kiefernwälder geheime Anlagen errichtet, in denen sogenannte „Wunderwaffen“ entwickelt wurden. „Blitzbomber“ nannte man die strahlgetriebenen Supervögel. Kluckhan mochte nach unterirdischen Verstecken fahnden, in die man sie bei Kriegsende verlagert haben soll.

Dunkelmann nahm mögliche Stellen ins Visier, hielt mal hier an und mal dort, suchte nach frischen Grabspuren und befragte Forstleute, Wanderer und Anwohner. Aber niemand wollte einen Mann gesehen haben, der auf Kluckhan schließen ließ.

„Gönnen wir uns noch ein leckeres Abendessen, ehe wir zurückfahren!“, meinte Dunkelmann.

Wir machten Rast in einem Landgasthof. Das Lokal war gut besucht. Der Parkplatz war überfüllt. Ein Wagen war etwas abseits geparkt. Faida hatte ihn aufmerksam beschnuppert. Dunkelmann fiel auf, dass er ein lippisches Kennzeichen hatte, und notierte vorsorglich die Nummer.

„Es wäre ein Zufall, wenn Kluckhan eben jetzt hier im Lokal säße", meinte er. „Aber man kann nie wissen!"

Wir suchten einen freien Tisch und bestellten Heidschnuckenbraten in Wacholderrahmsoße mit Backobst und dazu zwei Flaschen Heidebier. Faida bekam vom Kellner einen Schluck Wasser und kuschelte sich anschließend unter meinen Stuhl.

Dunkelmann musterte aufmerksam die Gäste. Wie es schien, konnte er zunächst nichts Auffälliges feststellen. Dann aber fiel mir im hintersten Winkel der Stube eine Gruppe von Männern auf, bei denen es sich offenkundig nicht um Touristen, sondern um Stammgäste handelte. Aus ihrer Lederkluft schloss ich, dass sie Motorradfans waren. Ihnen gehörten vermutlich die Helme, die mir an der Garderobe ins Auge gefallen waren.

Die Männer waren in ausgelassener Stimmung und schwenkten Bierkrüge. Ein Glatzköpfiger schien den Ton anzugeben. „Nieder mit den roten Socken!", rief er. „Prost auf Ehlenbruch, auf die Heide, auf die Heimat, auf das Vaterland!"

Ich war mir ziemlich sicher, dass der Glatzköpfige kein anderer als Tötemeier war. Warum sonst ließ er auf Ehlenbruch anstoßen!

Dann aber wollte ich meinen Augen nicht trauen, als ich sah, dass Kluckhan mit am Tisch saß. Ich wandte meine Blicke rasch wieder ab. Ich wollte vermeiden, dass er auf mich aufmerksam wurde.

Ich wollte Dunkelmann auf die Leute hinweisen, aber er hatte sie bereits ausgemacht.

„Sieh an", flüsterte er mir zu, „jetzt haben wir Kluckhan ein weiteres Mal mit Tötemeier erwischt! Kann sein, dass sich die beiden schleunigst verdrücken, wenn sie uns bemerken."

Als ich erneut Ausschau hielt, waren sie verschwunden.

„Los jetzt, hinterher!“, kommandierte Dunkelmann. „Wir müssen sie abfangen, bevor sie das Haus verlassen.“

Auf dem Weg zur Garderobe wurde Faida unruhig. Sie schien eine Spur auf dem Boden zu verfolgen. Als ich nach meinem Mantel greifen wollte, begann sie laut zu bellen. Als ich um mich blickte, sah ich, wie zwei Gestalten zum Ausgang huschten und eiligst verschwanden. Ich hatte sie nur kurz von hinten im Blick, war mir aber sicher, dass es sich um Kluckhan und Tötemeier handelte. Faida zog ungestüm an der Leine und wollte hinterher.

„Halten Sie den Hund zurück!“, warnte Dunkelmann.

Im nächsten Augenblick hörte ich, dass auf dem Parkplatz ein Motor ansprang. Es war bereits dunkel draußen. Die Lichtkegel der Scheinwerfer blitzten auf und blendeten mich. Dann brauste der Wagen stürmisch davon.

„Verdammt!“, knurrte Dunkelmann. „Die sind uns durch die Lappen gegangen!“

Als er das Kennzeichen des Wagens überprüfen ließ, stellte sich heraus, dass Kluckhan der Halter war. Dunkelmann stellte ihn zur Rede.

Kluckhan winkte ab: „Ich war den ganzen Tag zu Hause. Und warum sollte ich in Dedelstorf gewesen sein? Glauben Sie, dass dort etwas zu holen ist?“

„Kaum anzunehmen, dass dort Schätze vergraben sind“, sagte Dunkelmann. „Aber ihr Wagen war gestern dort geparkt. Was sagen Sie dazu?“

Kluckhan wirkte irritiert, faßte sich aber rasch und meinte: „Dummes Zeug! Das will überhaupt nichts heißen! Ich hatte den Wagen verliehen!“

Dunkelmann fragte nicht nach, an wen Kluckhan den Wagen verliehen hatte. Er war sich ganz sicher, dass das Tötemeier war.

„Jetzt aber mal raus mit der Sprache!“, herrschte er Kluckhan an. „Du warst mit Tötemeier in Dedelstorf. Du steckst mit dem Kerl unter einer Decke! Was wolltet ihr aushecken?“

Kluckhan blieb bei seinen Beteuerungen: „Was soll der Quatsch? Ich kenne den Mann nicht!

„Das wird sich noch zeigen!“, sagte Dunkelmann verdrossen und ließ ihn laufen.

Er zog mich anschließend wieder einmal ins Vertrauen. „Die Übergriffe in Dalborn gehen auf Tötemeiers Konto“, sagte er. „Kann sein, dass er mit Drake unter einer Decke steckt. Vielleicht hat er noch mehr auf dem Gewissen. Die Umstände, die zum Tod des alten Drake geführt haben, sind noch nicht abschließend geklärt und noch wissen wir nicht, ob die ominösen Flecken auf Ihrem Sofa und die Sache mit dem Kellerboden auf einen weiteren Mord hindeuten. Tötemeier wird sich irgendwann verraten. Jeder macht irgendwann einen Fehler. Dann schlagen wir zu! Kluckhan dagegen ist ein kleiner Fisch. Er macht große Sprüche und hofft auf einen spektakulären Fund, ist aber kein Krimineller. Dass man ihn erneut zusammen mit Tötemeier erwischt hat, wird ihm eine Lehre sein. Er möchte einigermaßen glimpflich davonkommen. Das müssen wir uns zunutzemachen. Wir sollten ihn als Köder einsetzen.“

WOTANS FLUCH

Die Fahndung nach Tötemeier lief auf Hochtouren. Er blieb jedoch unauffindbar. Dunkelmann war die Anspannung anzusehen. Die Stimmung im Dorf war gedrückt. Es war zu befürchten, dass die Täter jederzeit erneut zuschlagen mochten. Ich versuchte das Geschehene zu verdrängen. Ich hatte genug um die Ohren, das meine volle Aufmerksamkeit erforderte.

Es war inzwischen Sommer. Mir wuchs die Arbeit über den Kopf. Das Haus war noch nicht abschließend hergerichtet. Mein Chef saß mir im Nacken. Ich musste Özlem trösten und mir Hildes Nörgeleien anhören. Ich wusste nicht, um was ich mich zuerst kümmern sollte.

Ich hatte den Eindruck, dass Özlem eine Aufmunterung gebrauchen konnte. Sie war aufgeschlossen und wissbegierig, aber sie hatte noch nicht viel von Lippe gesehen. Das eine oder andere hatte die Schule vermittelt, doch mit sechzehn hatte es damit ein Ende.

Ich hätte ihr ein Buch in die Hand drücken können, das wäre aber eine trockene Angelegenheit gewesen. Ein Theaterbesuch würde vermutlich besser ankommen. Das Programm bot zahlreiche Möglichkeiten: Parzival und Siegfried tummelten sich gelegentlich auf der Detmolder Opernbühne. Das waren Heldengestalten, die die deutsche Seele in Wallung bringen können, wäre aber zu abgehoben gewesen.

Für Kenner gab es die „Hermannsschlacht“. Der Verfasser des Schauspiels stammte aus Detmold und die Schlacht, in der der Cherusker die römischen Kohorten vernichtet hatte, fand in der Dörenschlucht statt. Das hätte einen besonderen lokalen Bezug gehabt, hätte Özlem aber ebenfalls überfordert.

In ihrer Heimat gab es keine vergleichbaren Heldengestalten. Sie konnte eine Reihe berühmter Herrscher nennen, so phänomenale Recken wie der Nibelunge oder der Cheruskerfürst waren jedoch nicht darunter.

Sie sprach davon, dass in der Sagenwelt der Türken Wölfe eine große Rolle spielen. Sie galten sogar als heilig. Der Sage nach soll bei einem feindlichen Angriff ein ganzer Volksstamm ausgelöscht worden sein. Nur ein Junge hatte mit abgetrennten Händen und Füßen in einem Moor überlebt. Eine Wölfin hatte das „Wolfskind“ gesäugt und aufgezogen und so den Fortbestand des Volkes gesichert.

Özlem konnte der Geschichte durchaus etwas abgewinnen: „Wie man sieht, können Menschen grausamer sein als die sogenannten Raubtiere!“

Als sie merkte, dass ich ihr zustimmte, ging ein Strahlen über ihr Gesicht.

Ich nahm an, dass es in ihrer Heimat noch heute Wölfe gab, und ließ beiläufig fallen, dass die hierzulande als ausgestorben geltenden Tiere unlängst wieder gesichtet wurden.

„Erstaunlich!“, meinte sie, „aber vielleicht freuen sich nicht alle darüber. In meiner Heimat fackeln die Bauern nicht lange, denn die Wölfe machen sich über ihre Lämmer her.“

Ich kam auf Kluckhans „Wolfi“ zu sprechen, der angeblich genetisch mit dem germanischen Urhund verwandt ist, aber als Kettenhund nicht mehr weiß, was Sache ist und nicht mehr jagen darf, sondern fremde Menschen vom Hof verscheuchen soll.

Sie gab sich empört: „Der Ärmste muß im Zwinger hausen und ist auf die Brocken angewiesen, die man ihm hinwirft. Kein Wunder, dass er bösartig ist!“

Mir kam „Rotkäppchen“ in den Sinn, das alljährig zu Weihnachten auf der Bühne die Kinder erfreut. In dem Märchen ist der Wolf alles andere als freundlich und will das einfältige Ding verschlingen. Würde Özlem ahnen, dass damit eine Vergewaltigung gemeint sein könnte? Mit dieser Vorstellung wollte ich sie lieber nicht belasten.

Zuweilen gab es auch das Märchen von Hänsel und Gretel. Eine Hexe will zwei verirrte Geschwister ins Verderben locken. Sie ist bucklig, hat rote Haare, eine krumme Nase und Warzen im Gesicht. Özlem hätte das an die „Alpfrau“ erinnert, die in ihrer Heimat junge Frauen verhext. Ich fragte mich, ob sie auch an Hilde denken mochte. Hilde war eifersüchtig auf sie. Zuweilen hatte es den Anschein, als wollte sie ihr am liebsten die Augen auskratzen.

Ich erwog Alternativen mit weniger grausigem Zuschnitt. Vielleicht wäre „Land des Lächelns“ eine leichtere Kost. Es gab reichlich anrührende Arien in der Operette: „Dein ist mein ganzes Herz!“ oder „Wer hat die Liebe uns ins Herz gesenkt?“ Es könnte jedoch heikel werden, denn im Grunde ging es um die Zwangsheirat von vier Mandschu-Mädchen. Immer nur lächeln, immer zur Verfügung stehen. „Ja, mein Herr“ zum Ehemann sagen und verschämt zu Boden blicken. Das könnte Özlem an ihre Mutter erinnern. Das wollte ich ihr nicht zumuten.

Das Musical „My Fair Lady”, auch hin und wieder im Programm, wäre eine weitere Option gewesen. Die Story über eine junge, naive Blumenverkäuferin und einen väterlichen Gönner, der aus ihr eine feine Dame machen will, könnte durchaus zu Özlem passen, aber sie könnte den Eindruck gewinnen, ich wollte mich mit dem Professor vergleichen. Das wäre mir peinlich.

Am Ende hatte sich die Sache ohnehin erledigt, denn das Theater hatte Sommerpause und war bis Ende August geschlossen. Mir blieb noch das Kino. Zur Zeit lief die Hollywoodversion von „My Fair Lady”. Özlem war beeindruckt. Hinterher wollte sie unbedingt wissen, ob die Beziehung wohl auf Dauer halten würde.

Jürgen war für einige Zeit zur Weiterbildung auswärts. Özlem fühlte sich ziemlich verlassen. Ich schlug einen Ausflug zu den Externsteinen vor. Liesa sollte auch mitkommen. Da auch

Faida mit an Bord war, hätte sie Gelegenheit, mit ihr herumzutollen.

Als wir bei den Externsteinen ankamen, strahlte die Sonne. Faida sprang munter aus dem Kofferraum, witterte Morgenwind, schüttelte sich ein paar Mal, hob kurz ihr Bein und zog zielstrebig mit Liesa los.

Vor uns ragte ein halbes Dutzend gigantischer Felssäulen steil gen Himmel. „Thronerbe“, „Pferdekopf“ und „Hirschkuhkopf“ nennt man einige der Felsen. Wenn man zu ihnen hochschaut, glaubt man Gesichter zu erkennen. Mal wirkt ein vorspringender Stein wie eine Nase, mal wie ein aufgerissenes Maul, mal wie das Einauge eines Zyklopen. Und wenn Nebelschleier die Steine verhüllen und die Winde ihr rauschendes Spiel treiben, ist es, als könne man die Stimmen der Naturgeister hören.

Ich versuchte Özlem zu erklären, was man über die bizarre Felsformation zu wissen glaubt: Sie war angeblich eine germanische Kultstätte, an der die Sachsen vormals dem Allvater gehuldigt und den Weissagungen der Raben gelauscht haben sollen. Ich sprach davon, dass zum Zeitpunkt der Sommersonnenwende das Licht durch einen Wanddurchbruch scheint und man vormals danach die Zeitrechnung ausgerichtet hat, dass aber irgendwie ein Fluch über den Steinen zu hängen scheint, nachdem man den Sachsen ihren Glauben gewaltsam ausgetrieben hatte. Die alten Götter waren vermeintlich nicht tot und mochten jederzeit zurückschlagen. Wenn ein Gewitter aufzog und man das ferne Grollen vernahm, glaubte man, dass Donar, der rothaarige Gott des Blitzes, mit seinem Himmelswagen am Firmament rumpelte.

Ich machte Özlem auf ein in Stein gehauenes Relief aufmerksam. Es zeigte einen germanischen Weltenbaum. Er sei gebrochen, sagte ich, als Zeichen, dass der heidnische Glaube überwunden war. Als ich anklingen ließ, die Nazis hätten die mythische Geschichte der Felsgesteine kultisch hochgejubelt, war Özlem sichtlich überfordert: „Das waren grausame

Menschen, sie sollen aber, wie die Deutschen überhaupt, große Freunde der Türken gewesen sein."

Ich brachte ins Gespräch, dass die Steine für spirituell Veranlagte und Naturbeseelte ein besonderer „Kraftort" sind, an dem angeblich Feen, Hexen und Dämonen hausen, dass man die Feuer lodern läßt, um die bösen Geister zu vertreiben, dass es wiederholt zu ausschweifenden Feiern gekommen ist, dass man deshalb den Genuss von Alkohol, offene Feuer und Campen untersagt hat, dass man strenge Kontrollen durchführt, um herauszufinden, wer sich dort herumtreibt, und man dabei insbesondere die rechte Szene im Auge hat.

Unlängst habe man an den Externsteinen eine Einheit des „Bundes Heimattreuer Jugend" gesichtet, erwähnte ich scheinbar beiläufig. Die Jungen hätten Landserkäppchen getragen und hölzerne Gewehre geschultert. Als ich hinzufügte, dass man auch Kluckhan und Phil gesehen haben wollte, horchte Özlem auf.

Wir stiegen über eine Treppe in das zerklüftete Gestein hoch. Faida stürmte schwanzwedelnd voraus, nahm gleich zwei Stufen mit einem Mal und schnüffelte mal hier und mal dort in der Erwartung, dass ihr jemand eine Botschaft hinterlassen hatte. Liesa kam kaum hinterher.

Özlem kletterte wie eine Gazelle vor mir die Stufen hinauf. Ich merkte, dass es ihr Spaß machte. Am Ende war es wieder einmal wie im „Herzkino": Sie fiel mir in die Arme und drückte mir dankbar einen Kuss auf die Wange. Ich muß zugeben, dass ich das mochte, aber von einem „Rumkriegen", wie Hilde es nennen würde, konnte keine Rede sein.

Als wir zum Parkplatz zurückkehrten, stießen wir auf eine Gruppe von Motorradfahrern. Özlem war irritiert: „Oh Gott, wie sehen die denn aus! So stelle ich mir die Schlägertypen vor, die hinter mir her waren."

„Keine Sorge!", beruhigte ich sie. „Es wäre zu komisch, wenn es sich um die gleichen Leute handeln würde."

Ich wollte sie mir etwas näher ansehen und schlug vor, sie solle im Wagen warten. Sie verzog sich klammheimlich auf den Rücksitz.

Einer der Männer ließ soeben fauchend sein Motorrad an. Die Maschine war ein bunter Stilmix, kein ausgesprochener Motocross-Typ, aber offensichtlich stark motorisiert und mit ihren glänzenden Chromteilen reichlich protzig. Sie erinnerte mich zwangsläufig an das Gefährt, das Phil benutzte.

„Na, geht's wieder los?", meinte ich vorsichtig.

Er nahm das Gas weg und blickte mich prüfend an: „Was gibt's, Kumpel? Mit deiner Puppe unterwegs? Wacker zu Fuß? Keinen starken Brummer unter dem Hintern? Aber was soll's, du kannst ja auch so deinen Spaß haben!"

Dabei grinste er mich vielsagend an und warf dann einen Blick auf meinen Wagen. Offensichtlich hatte er Özlem längst bemerkt.

Von Faida hatte er keinerlei Notiz genommen. Ich konnte mir durchaus vorstellen, dass Leute wie er einen Hund hielten, am ehesten einen Kampfhund, aber vermutlich war er kein Hundefreund. Faida hatte signalisiert, dass sie ihn nicht mochte. Sie hatte ihn kurz beschnüffelt, sich dann aber rasch wieder abgewandt. Mir fiel auf, dass sie verstohlen knurrte und verängstigt den Schwanz einklemmte. Hatte sie wieder einmal einen „Riecher"?

Ich wollte Özlem nicht beunruhigen, aber mir war aufgefallen, dass der Mann Liesa misstrauisch beäugt hatte und sie verängstigt wirkte. Falls es sich bei ihm um Tötemeier handelte, war es ein Fehler, dass ich ihn angesprochen hatte. Er könnte Özlem wiedererkannt haben und Lunte riechen. Ich notierte sicherheitshalber das Kennzeichen der Maschine und informierte Dunkelmann.

„Gut gemacht, Sieker!", lobte er. „Die Maschine gehört Tötemeier. Dass er sich trotz laufender Fahndung noch immer offen herumtreibt, ist schon erstaunlich."

Dunkelmann sprach mit Liesa. „Kennst du den Mann?“, wollte er wissen.

Sie druckste zunächst herum, rückte dann aber damit heraus, dass sie ihm schon einmal begegnet sei. Und dann schilderte sie, was sich während eines Ausflugs mit Phil abgespielt hatte.

Phil hatte angekündigt, er wolle einen „guten Freund“ besuchen. „Onkel Wolfi“ sei ein toller Bursche, hatte er gemeint. Er habe leider keine Kinder und freue sich stets, wenn andere bei ihm hereinschauten.

Liesa hatte sich nicht merken können, welchen Weg Phil genommen hatte, aber am Ende waren sie irgendwo bei Lage gelandet. Sie hatte sich gewundert, dass er an einem Bahnhofsgebäude anhielt. Hinter den Gleisen standen einige Holzschuppen. Als sie eintraten, waren sie auf Leute gestoßen, die Liesa auf Anhieb unheimlich vorkamen. Sie trugen schwarze Ledersachen mit allerlei komischen Abzeichen.

Einer hatte Liesa interessiert angestarrt und mit Blick auf Phil gewitzelt: „Deine Puppe? Die ist aber klein! Die muß wohl noch ein bisschen wachsen!“

Alle hatten lauthals gelacht. Dann hatte Phil Liesa hochgehoben und sie durch die Luft gewirbelt. Liesa wollte sich erinnern, dass Phil gemeint hatte, sie sei eine perfekte Tänzerin und es sei eine Freude, ihr zuzuschauen. Phils Freund war dazwischen gegangen und hatte gebrüllt: „Schluss mit dem Quatsch! Ihr bringt das Kind ganz durcheinander.“

Dunkelmann war sich nicht sicher, ob Liesa die anzüglichen Bemerkungen richtig gedeutet hatte oder ob sie nur stolz war, dass sie gelobt wurde. Entscheidender war, dass sich Phil und Tötemeier offensichtlich kannten.

„Was weißt du sonst noch über Onkel Wolfi?“, hakte er nach.

Liesa kam darauf zu sprechen, was sich während des Ausflugs in den Dalborner Forst abgespielt hatte. Bislang war nur bekannt, dass Phil vermutlich zudringlich wurde. Jetzt aber sprach sie auch davon, was sich anschließend tat.

Sie hatte sich am anderen Ufer umsehen wollen. Sie war auf einen Baumstumpf geklettert, der ein stückweit in Richtung Teichmitte reichte, und hatte ins Wasser gestarrt.

„Schau mal!“, hatte sie gerufen, „da sind jede Menge Fische!“

Während sie noch fasziniert die Fischschwärme beobachtete, hatte sie geglaubt, auf dem Grund des Gewässers einen Schatten auszumachen. Sie hatte an den „Büllemock“ gedacht, der in meinem Hausteich gehaust haben soll, und war schreckensbleich geworden.

„Hier liegt was!“, hatte sie gerufen.

„Komm da sofort weg!“, hatte Phil ungewöhnlich barsch gebrüllt. Liesa hatte sich nicht erklären können, warum er so erregt war.

„Es gibt Neues, Sieker“, meldete sich Dunkelmann am nächsten Morgen bei mir. „Eine Tauchmannschaft hat aus dem Grund des Teichs ein Fahrzeug der Marke Volvo zu Tage gefördert. Der Wagen wurde vor geraumer Zeit als vermisst gemeldet. Wir gingen seinerzeit davon aus, dass er gestohlen und ins Ausland verschoben wurde. Der Wagen konnte jedoch nie aufgefunden werden und am Ende stellte sich heraus, dass der Fahrer bei der Autovermietung einen falschen Namen angegeben hatte. Inzwischen liegt die Vermutung nahe, dass es sich bei dem Fund im Teich um den gleichen Wagen handelt. Vermutlich sollte er auf Nimmerwiedersehen verschwinden. Dafür war die abgelegene Stelle im Dalborner Forst wie geschaffen. Das Gewässer liegt in einem unwegsamen Gelände. Es ist nur auf einem Forstweg erreichbar, der kurz vor Dalborn von der Landstraße abzweigt, und die Durchfahrt ist nur für landwirtschaftliche Fahrzeuge erlaubt. Aber was war der Grund dafür, den Wagen in dem Teich zu versenken? Als wir Blutspuren auf dem Rücksitz des Volvos fanden, war die Sache klar. Hier sollte ein Mord vertuscht werden.“

„Na also“, sagte ich, „somit deutet alles darauf hin, dass Tötemeier und Drake einen Mord auf dem Gewissen haben.“

„Keine voreiligen Schlüsse!“, warnte Dunkelmann, „und vor allem keine Verlautbarungen in der Presse! Klappe halten und keine schlafenden Hunde wecken! Ohne Leiche kein Mörder, heißt es bekanntlich. Abwarten, wie sich die Dinge entwickeln. Tötemeier entkommt uns nicht. Die Schlinge um seinen Hals zieht sich enger und enger. “

Trotz Dunkelmanns Warnungen ließ ich es bei Hilde klingeln.

„Hallo Schatz!“, sagte sie, als ich sie im Hörer hatte. „Ich bin gerade sehr beschäftigt. Gibt’s was Neues?“

„Aber ja“, sagte ich, „wie es scheint, sind Phil und Tötemeier in einen Mordfall verwickelt.“

DIE KELLERLEICHE

Tötemeier blieb nach wie vor unauffindbar und auch Phil hatte man seit einiger Zeit nicht mehr gesehen. Noch bevor die Ermittlungen zu neuen Erkenntnissen führten, kam es auf meinem Hof zu einem Vorfall, der weitreichende Folgen hatte.

Ich war mit dem Herrichten des Hauses ein gutes Stück vorangekommen. Dach und Fundament waren saniert, Türen und Fenster neu installiert. Als Letztes sollte der Keller dran sein. Bislang hatte ich mich nicht sonderlich um das finstere Gemäuer gekümmert. Es gab vordringlichere Arbeiten.

Der Raum war weitgehend leer bis auf ein morsches Holzregal. Dort standen, verstaubt und von Spinnweben umhüllt, eine Reihe von Weckgläsern mit vergammeltem Inhalt, etliche angerostete Dosen, ausrangiertes Geschirr und sonstiger Krimskrams herum.

Dann aber entdeckte ich, dass an einem Nagel eine Kappe hing. Mir fiel auf, dass es auf ihr Flecken gab, bei denen es sich um Schmutz- oder Mörtelreste zu handeln schien. Vom Zustand und der Machart her musste die Kappe neueren Datums sein. An der Innenseite war ein Etikett mit der Aufschrift „Made in USA" eingenäht.

Mir kam ein Verdacht: Könnte die Kappe von Phil stammen? Wie aber kamen die Dreck- und Mörtelspritzer auf die Kappe? Phil hatte bislang auf dem Nachbarhof so gut wie nichts angerührt, geschweige denn sich mit Maurerarbeiten abgegeben. Ich sah keinen Grund, warum er das ausgerechnet in meinem Keller tun sollte.

Die Maurer sollten, wie von Phil empfohlen, in den Kellerboden eine Betonsole einbringen. Als sie die obere Schicht des Bodens aushoben, stießen sie auf eine nackte Leiche. Sie strömte einen widerlichen, süßlichen Geruch aus. Der Anblick war ekelhaft. Der Körper war aufgedunsen. Die Haut wirkte grau-gelblich. Die Augen waren weit aufgerissen und die Zähne entblößt. Der Schädel war zur Seite gebogen. Im Nackenbereich gab es eine blutverschmierte, verkrustete Stelle. Mir wurde speiübel und ich war froh, als ich wieder ans Tageslicht kam.

Mir war blitzartig klar, dass der Fund der Leiche auf ein Verbrechen schließen ließ und dass Phil damit etwas zu tun hatte.

Ich griff zum Hörer und informierte Dunkelmann.

Er funkte umgehend zurück: „Höchst interessant! Nichts anrühren! Bin umgehend vor Ort! Und absolutes Stillschweigen! Auch keine Pressemitteilung. Drake darf auf keinen Fall Wind von der Sache bekommen."

Wenig später traf er mit zwei Mitarbeitern ein. Er stieg schwerfällig die Stiege zum Keller hinunter, schaltete die Taschenlampe ein und bahnte sich einen Weg durch den aufgehäuften Abraum. Er setzte seine Brille auf und warf einen prüfenden Blick auf den Kellerboden. Dann zog er sein Notizbuch und notierte: Im Kellerboden verscharrte männliche Leiche, deutlicher Verwesungszustand, leicht gekrümmte Position, Einschussloch im Nackenbereich. Anschließend griff er zu seiner Sofortbildkamera und hielt alle relevanten Dinge im Bild fest.

Nachdem wir wieder aus dem Keller gestiegen waren, führte ich Dunkelmann in die Stube und bat ihn, auf dem roten Sofa Platz zu nehmen. Ich sah ihm die Anspannung an.

„Jetzt ist alles klar!", donnerte er los. „Den Mord haben Drake und Tötemeier auf dem Gewissen. Darauf hätten wir früher kommen sollen!"

Er griff zur Lupe und besah sich die Flecken auf dem Sofa.

„Schauen Sie her, Sieker!", meinte er. „Die Flecken heben sich kaum von dem dunkelroten Untergrund ab, aber ich hatte von Anfang an den Verdacht, dass es sich um Blutspuren handeln könnte. Inzwischen gehe ich davon aus, dass Drake und

Tötemeier die Leiche in den Keller geschleppt haben, um sie zu vergraben. Um in den Keller zu gelangen, mussten sie zunächst die Luke öffnen und die Leiche irgendwo ablegen. Dabei sind die Blutstropfen auf das Sofa gelangt. Und jetzt wissen wir auch, was es mit dem Rat auf sich hat, den Kellerboden betonieren zu lassen. Das sollte dazu dienen, die Leiche auf Nimmerwiedersehen verschwinden zu lassen.

Die Schmutzflecken auf der Kappe sind entstanden, als sie die Leiche vergraben haben. Drake musste befürchten, dass ihn die Kappe verraten könnte. Er hat vergeblich versucht, sie wieder an sich zu bringen. Das erklärt, warum er bei Ihnen nächtlich eingedrungen ist. Seien Sie auf der Hut! Drake ahnt nicht, dass wir die Leiche gefunden haben, aber falls er davon Wind bekommt, könnte er erneut versuchen, das Beweisstück mit allen Mitteln aus der Welt zu schaffen.

Aber noch wissen wir nicht, warum sie den Mord begangen haben und auf wen sie es abgesehen hatten. Darauf lässt sich keine Antwort finden, solange nicht geklärt ist, um wen es sich bei dem Toten handelt. Aus Lippe stammt er offenbar nicht. Hier wird zur Zeit niemand als vermißt gemeldet.“

Noch während die Experten für die Spurensicherung im Keller ihre Arbeit taten, begab sich Dunkelmann auf Gerstekorns Hof. Vielleicht hatte man dort etwas Auffälliges mitbekommen. Man hätte verdächtige Geräusche hören können, etwa vom Hacken und Graben in meinem Keller.

Gerstekorn hatte diesbezüglich nichts bemerkt, ihm war jedoch aufgefallen, dass sich Phil wiederholt auf meinem Hof zu schaffen gemacht hatte.

„Wann war das?“, wollte Dunkelmann wissen.

„Das war, bevor der neue Besitzer das Haus übernommen hat.“

„Paßt!“, sagte Dunkelmann. „Demnach muß der Mord länger zurückliegen. Seinerzeit stand das Haus leer. Drake und Tötemeier konnten also ungestört die Leiche vergraben.“

Als sich Dunkelmann mit seinen Leuten auf dem Hof Drake umsah, war von Phil nichts zu sehen. Auch sein Motorrad fehlte. Das Haus war unverschlossen. In der Küche war das Frühstücksgeschirr nicht abgeräumt. Im Schlafzimmer lagen Kleidungsstücke ungeordnet umher. Die Schublade der Kommode stand offen. Sein Koffer fehlte. Er musste in Eile gewesen sein.

Dunkelmann rätselte: „Warum wollte er umgehend verschwinden? Wurde ihm der Boden zu heiß? Hat er inzwischen davon Wind bekommen, dass wir die Leiche gefunden haben?“

Er bat mich, mich bei Hilde zu erkundigen: „Vielleicht weiß sie, wo Drake steckt.“

Ich ließ es bei ihr läuten. Es schien, als hätte sie meinen Anruf erwartet. Sie war gleich am Apparat: „Ja, Schatz? Was Neues von Phil?“

„In der Tat! Er ist plötzlich verschwunden!“

Sie schien nicht verwundert: „Er hat mich unlängst angerufen. Er hatte angeblich den Verkauf des Hofs inzwischen geregelt. Er sprach davon, dass er umgehend in die Staaten zurückkehren wolle. Wir sollten uns vor seiner Abreise noch einmal kurz treffen. Bislang aber habe ich von ihm nichts wieder gehört.“

„Wir werden sehen“, sagte ich. Von dem Fund der Leiche sprach ich nicht.

Ich versuchte, die Bilder zu verdrängen, wurde aber den Anblick nicht los. Wenn ich in den Keller stieg, sah ich den Toten noch immer in dem verdreckten Loch liegen und glaubte, erneut den ekelhaften Leichengeruch in der Nase zu haben.

Der Mörder erschien mir nächtlich im Traum. Ich sah, wie er seinem Opfer auflauerte, sich anschlich und einen Revolver zückte. Ich hörte, wie der Schuss losging, wie sein Opfer mit einem entsetzlichen Schrei zusammensackte und das Blut aus seinem Nacken quoll.

Dann sah ich, wie er die Leiche zu meinem Haus schleppte, sie auf dem roten Sofa ablegte, die Kellerluke öffnete, die Leiche über die Stiege in den Keller schleifte und zur Schüppe griff. Ich hörte sein Keuchen, als er den Boden aufgrub und das ausgehobene Gestein zur Seite schaufelte. Ich hatte ihn im Blick, wie er die Leiche in das Loch warf und es wieder verfüllte. Dann hielt er eine Weile inne, um zu verschnaufen.

Während ich noch gespannt wartete, was er als Nächstes tun würde, gab Faida plötzlich Laut. Er stutzte, lauschte angestrengt und richtete seinen Blick nach oben. Ich hörte das Knarren der Stufen, als er die Treppe zu meiner Kammer heraufschlich. Er riss die Tür auf und starrte mich an. Er grinste höhnisch und stieß einen wilden Fluch aus. Und dann überzog sich sein Körper mit dichter Behaarung. Seine Augen funkelten feurig-gelb, seine Ohren wurden lang und spitz, an den Fingern wuchsen ihm Krallen und im Mund Fangzähne. Er heulte auf wie ein Wolf. Er fletschte seine Zähne und aus seinem Maul floß grüner Speichel.

Faida stürzte sich wie eine Furie auf den Eindringling und schnappte nach seiner Gurgel. Er packte sie am Kragen und schleuderte sie von sich. Sie sank wimmernd zu Boden und gab keinen Laut mehr von sich. Ich sah, wie er sich mir näherte. Ich hatte ihn ganz dicht vor mir. Ich hörte, wie sein Atem ging. Ich spürte, wie er mich würgte und mir die Sinne schwanden. Dann löste sich der Spuk plötzlich in nichts auf.

DIE WILDE JAGD

Dunkelmann hatte Erkundigungen eingezogen. Er hatte beim Notar nachgefragt: Der Verkauf der Höfe war abgewickelt. Man hatte unlängst die auf dem Anderkonto deponierte Summe ausgezahlt. Dunkelmann ließ sich die Vertragsunterlagen vorlegen und verglich die Unterschriften. Bei genauem Hinsehen zeigten sich in den Schriftzügen gewisse Differenzen zwischen den vorgelegten Erbpapieren und den Unterschriften, die Phil geleistet hatte.

Dunkelmann war aufgebracht: „Schlamperei! Das hätten Sie viel früher feststellen können. Wenn Sie uns das mitgeteilt hätten, hätten wir gleich gewußt, dass etwas nicht stimmt."

Von der Mietwagenfirma war zu hören, Phil wolle das Motorrad am Flughafen zurückgeben, Zeitpunkt gegen vierzehn Uhr. Dunkelmann erkundigte sich am Flughafen: Für achtzehn Uhr war ein Flug gebucht, Ziel Teneriffa. Es war inzwischen kurz nach zwölf. Dunkelmann leitete umgehend eine Großfahndung ein.

Dunkelmanns Mitarbeiter waren vorausgeeilt. Er ließ sich Zeit: „Den Job können die Jungs allein machen. Ich komme nach."

Die Beamten gaben Meldung durch: „Drake mit Motorrad hinter Paderborn auf B eins gesichtet, in Richtung Flughafen unterwegs. Haltezeichen missachtet. Nehmen Verfolgung auf!"

„Verdammt!", knurrte Dunkelmann. „Der hat Lunte gerochen. Kann sein, dass ihn jemand gewarnt hat!"

Er hatte ausnahmsweise seinen „Käfer" genommen: „So kommt das gute Stück noch mal zu Ehren! Es ist in die Jahre gekommen, hat mich aber noch nie im Stich gelassen."

Ich wunderte mich, dass er keine Einwände hatte, als ich mitkommen wollte.

„Steigen Sie ein, Sieker!“, kommandierte er, „aber halten Sie sich im Ernstfall raus! Drake ist vermutlich bewaffnet.“

Ich hatte Faida dabei. Sie könnte nützlich sein, meinte ich. Sie habe Drake schon lange in der Nase.

Dunkelmann protestierte: „Kommt gar nicht in die Tüte! Das schafft nur Durcheinander!“

Faida sah ihn flehentlich aus ihren großen Augen an. Sie war immer wild darauf mitzukommen, wenn ich mit meinem Wagen unterwegs war. Ich brauchte nur die Heckklappe zu öffnen, da sprang sie schon von selbst hinein.

Dunkelmann hatte erneut ein Einsehen: „Meinetwegen, Sieker, aber Sie tragen die Verantwortung!“

Der Wagen hatte keinen Einstieg von hinten. Den winzigen Kofferraum hinter den Rücksitzen wollte ich Faida nicht zumuten. Als sie sich wie selbstverständlich auf die Rückbank hockte, zog Dunkelmann eine strenge Miene auf: „Eigentlich nicht erlaubt!“

Und dann hatte er es eilig: „Keine Diskussionen mehr, wir müssen los!“

Faida spähte gespannt aus dem Fenster und hechelte vor Aufregung. Irgendwie merkte sie, dass es jetzt um die Wurst ging. Ich hatte ein wachsames Auge auf sie. „Alles in Ordnung, Faida!“, beschwichtigte ich sie.

Dunkelmann machte eine komische Figur beim Fahren. Angesichts seiner kurzen Beine klemmte er dicht hinter dem Steuer. Er stierte angestrengt durch die Windschutzscheibe. Das diesige Herbstwetter erschwerte die Sicht. Er schien vollauf damit beschäftigt zu sein, auf Kurs zu bleiben und gleichzeitig Ausschau nach Auffälligkeiten im Umfeld der Straße zu halten. Es sah zudem so aus, als sei er mit seinen Gedanken ganz woanders. Möglicherweise ging ihm durch den Kopf, was Phil vorhaben und anstellen mochte und je nach Lage zu tun wäre. Oh Gott, dachte ich, jetzt ist er auch noch abgelenkt!

Seine Mitarbeiter meldeten: „Fahndungsobjekt hat Fahrtrichtung geändert, mit großer Geschwindigkeit auf B eins in Richtung Paderborn unterwegs, mehrere rote Ampeln überfahren. Versuchen, dran zu bleiben!“

Der nächste Funkspruch ließ nicht lange auf sich warten: „Fahndungsobjekt hat B eins verlassen, auf B vierundsechzig bei Altenbeken in nördlicher Richtung abgebogen.“

„Auch das noch!“, stöhnte Dunkelmann. „Der will sie abhängen! Wenn er erst einmal die Höhenstrecke nach Veldrom erreicht hat und auf versteckte Waldwege ausweicht, kommen die Jungs mit dem Wagen nicht mehr hinterher!“

Wir befanden uns mittlerweile auf der Höhe von Schlangen. Er bog auf eine Nebenstraße ab und gab Vollgas.

„Sehen wir zu, dass wir schleunigst zur Velmerstot hochkommen!“, murmelte er. „Wenn wir Glück haben, fangen wir ihn da oben ab. Die Jungs fahren nach Navi. Ich brauche keine Anweisungen. Ich kenne mich bestens aus!“

Das Gelände wurde zunehmend bergiger und die Straße enger und kurviger. Er verlangte dem Wagen das Letzte ab. Es folgte eine enge Kehre. Er schaltete abrupt herunter. Der betagte Motor heulte gequält auf.

„Festhalten!“, kommandierte er. Faida wurde von einer Ecke in die andere geschleudert.

Es war den ganzen Tag über regnerisch. Inzwischen hüllte uns dichter Nebel ein. Dunkelmann machte eine besorgte Miene: „Bei dem Wetter haben wir kaum eine Chance, Drake zu sichten!“

Es gingen laufend weitere Funksprüche ein. Man hatte Phil bei Horn aufgespürt. Er war anschließend auf der Bundesstraße zweihundertneununddreißig unterwegs, war in Remmighausen auf den Nordring abgebogen, hatte Detmold umrundet und den Nordring in Richtung Lemgo verlassen. Auf der kurvenreichen Strecke zwischen Kalletal und Vlotho hatte er zeitweilig die Streife abgehängt.

„Dranbleiben!“, funkte Dunkelmann zurück.

Wenig später ging die Meldung ein, dass man Phil in Hille gesichtet hatte und er an der ehemaligen Kornbrennerei angehalten hatte. Dunkelmann gab Anweisung, Posten zu beziehen, sich aber im Hintergrund zu halten.

Es dämmerte bereits, als wir in der Nähe der Kornbrennerei anlangten. Dunkelmann lenkte den Wagen in eine abgelegene Stelle, hielt an und stellte den Motor ab.

„Wir warten hier!“, flüsterte er. „Hier kann man uns nicht ausmachen.“

Wir lauschten, ob sich in dem Gebäude etwas tat. Aber alles blieb still.

Die Einsatzkräfte hatten im umliegenden Gelände Posten bezogen. Dunkelmann gab Anweisung, sich bereit zu halten und sich auf keinen Fall bemerkbar zu machen.

„Sie bleiben vorerst auch hier, Sieker!“, raunte er mir zu. „Und keine Eigenmächtigkeiten. Halten Sie Ihren Hund an der Leine und achten Sie darauf, dass er nicht Laut gibt!“

Dann rückte er mit zwei Schwerbewaffneten auf den Eingang vor. Die Tür war verrammelt. Die Männer stemmten sie auf und stürmten in das Gebäude.

Dunkelmann winkte mich heran: „Folgen Sie mir!“, flüsterte er, „und halten Sie sich dicht hinter mir! Bei Gefahr sofort in Deckung gehen!“

Die Sicherheitskräfte durchsuchten das Erdgeschoß. Unten war offensichtlich niemand. Ich hörte, wie sie polternd die Treppe zum Obergeschoß hochstürmten und eine Tür aufstießen. Dunkelmann kletterte schnaufend die enge Stiege hoch und konnte kaum Schritt halten.

Als wir oben anlangten, lag Tötemeier auf einer Couch, mit einer Decke über dem Körper, aber vollständig angezogen.

„Polizei! Keine Bewegung! Hände auf den Rücken!“, rief Dunkelmann und tippte kurz auf seinen Dienstausweis.

Tötemeier tat, als habe man ihn aus dem Schlaf gerissen: „Was soll der Quatsch? Wie kommen Sie dazu, hier einfach reinzustürmen?“

Dunkelmann fackelte nicht lang. „Los, durchsuchen!“, kommandierte er.

Tötemeier protestierte lauthals, leistete aber keine Gegenwehr. Man fühlte ihn von oben bis unten ab und durchsuchte seine Taschen, fand jedoch nichts Auffälliges.

„Was haben Sie heute Abend gemacht?“, wollte Dunkelmann wissen.

„Heute war nicht viel los, alle frühzeitig abgezogen, Bude dichtgemacht, im Büro gearbeitet, am Ende wie tot umgefallen und schlafen gelegt, nicht mal Zeit zum Auskleiden genommen.“

Ob er irgendetwas Ungewöhnliches bemerkt habe, hakte Dunkelmann nach.

„Nee, wenn ich einmal eingepennt bin, kriege ich nichts mehr mit!“

Dunkelmann machte keine Umschweife: „Kennen Sie einen namens Philipp Drake? Wissen Sie, wo er sich zur Zeit aufhält?

Tötemeier gab sich unwissend: „Wie kommen Sie auf den? Einen Philipp Drake kenne ich nicht. Der ist auf keinen Fall ein Vereinsmitglied!“

Dunkelmann wurde deutlicher: „Wir vermuten, dass er sich hier aufhält!“

„Ausgeschlossen, müßte ich wissen“, protestierte Tötemeier.

Dunkelmann ließ den Raum durchsuchen. In einem Schrank entdeckte man eine zerrissene Bomberjacke. Als sich Dunkelmann die Jacke besah, fielen ihm Blutflecken auf. Ich merkte, dass er stutzig wurde. Das konnte nur die Jacke sein, aus der Amor nach der Feuerwerksattacke in Dalborn einen Fetzen herausgerissen hatte.

Als man sich das Bett vornahm, kam unter der Matratze ein Messer zum Vorschein. Das war vermutlich die Waffe, mit der Tötemeier Özlem attackiert hatte. Ich sah, wie er zusammenzuckte. Jetzt musste er endgültig damit rechnen, dass er überführt war.

Dunkelmann ließ das Büro durchsuchen. In der Schublade des Schreibtisches fanden sich Schlüssel, Adressverzeichnisse und eine größere Summe Bargeld.

„Woher stammt das Geld?“, wollte er von Tötemeier wissen.

„Aus der Vereinskasse! Das sind Mitgliedsbeiträge. Wir hatten vor kurzem Abrechnung!“

Dunkelmann schenkte ihm offensichtlich keinen Glauben: „Wird sich noch zeigen! Ihre Finanzen werden wir genaustens unter die Lupe nehmen, darauf können Sie sich verlassen!“

In einer anderen Schublade förderte man einen Revolver zutage. Das musste die Waffe sein, mit der Philipp Drake erschossen wurde. Tötemeier wurde kreidebleich.

„Verdammt“, fluchte Dunkelmann. „Warum hat man das Zeug nicht vorher entdeckt! Das ist eine Schlamperei sondersgleichen! Jacke und Waffen sicherstellen und auf Spuren untersuchen!“

Dunkelmann gab Anweisung, den Außenbereich zu kontrollieren. Als wir das Gebäude durch eine Hintertür verließen, wurde Faida unruhig und signalisierte, dass sie etwas entdeckt hatte. Ich sah, dass sie an einem Gegenstand schnüffelte, der neben der Tür lag und wegen der Dunkelheit nicht bemerkt worden war. Ich hob ihn auf und stellte fest, dass es sich um einen Schlüsselbund handelte. Ich war mir sicher, dass ich ihn bei Phil schon mal gesehen hatte.

Und dann war es bei Faida wie bei der Mäusejagd: Fährte aufnehmen, Beute aufspüren, zum Sprung ansetzen, zuschnappen. Sie war leider kein ausgebildeter Polizeihund. Es war unmöglich, ihr klarzumachen, dass sie jetzt nicht auf eigene Faust auf Jagd gehen konnte. Sie wollte auf kein Kommando hören und hetzte laut kläffend in Richtung eines Verschlags, der sich seitlich neben dem Gebäude befand.

Im gleichen Augenblick waren aus dem Verschlag Motorgeräusche zu vernehmen. Mir kam das Geknatter bekannt vor. Das musste Phils Maschine sein! Er war offenbar eingetroffen, bevor die Einsatzkräfte vor Ort waren, und hatte sich in dem Verschlag versteckt.

„Aufgepaßt", flüsterte Dunkelmann. „Der Kerl darf uns nicht durch die Lappen gehen!"

Die Beamten leuchteten den Verschlag aus. Im Schein ihrer Lampen tauchte Phil auf. Er hockte startbereit auf seinem Gefährt. Ich kannte Faida überhaupt nicht wieder: Sie knurrte, fletschte die Zähne und wollte sich blindlings auf Phil stürzen.

„Halten Sie den Hund zurück! Gehen Sie in Deckung!", kommandierte Dunkelmann, preßte mich in eine Mauernische und zog seine Waffe.

Einen Augenblick hatte es den Anschein, als wollte auch Phil zur Waffe greifen. Aber als er sah, dass er umzingelt war, gab er Gas und schoß mit seinem Motorrad davon. Die Sicherheitskräfte gaben mehrere Schüsse ab. Sie schienen jedoch keine Wirkung zu hinterlassen.

Ich sah, wie Phil davonraste und im Dunkel der Nacht verschwand. Ich hörte, wie er die Gänge hochjagte. Dann gab es plötzlich einen dumpfen Knall. Ich wußte sofort: Das war's!

Während Dunkelmann mit mir vor der Eingangstür des Gebäudes abwartete, bis seine Leute von der Unfallstelle zurück waren, wurde Tötemeier von zwei Beamten abgeführt. Als er feststellte, dass sich Phil aus dem Staub gemacht hatte, war er außer sich vor Wut: „Du Schweinehund!", brüllte er. „Fahr zur Hölle! Ich dachte, du wärst ein Freund. Stattdessen hast du mich in die Pfanne gehauen!"

Phil war vermutlich vom Kurs abgekommen und gegen einen Baum geprallt. Wie es aussah, war er nur leicht verletzt. Dunkelmann forderte umgehend einen Rettungswagen an.

Nachdem man Phil notärztlich versorgt hatte, stellte Dunkelmann ihn zur Rede. Phil gab sich empört: „Was zum Teufel ist hier los?"

Er konnte sich nicht erklären, warum man hinter ihm her war: „War alles abgewickelt. Ich wollte zurück in die Staaten, war auf dem Weg zum Flughafen. War alles ziemlich stressig in letzter Zeit. Musste dringend mal ausspannen. Wollte deshalb noch einen Abstecher auf die Kanaren machen."

Dunkelmann schnitt ihm unwirsch das Wort ab: „Alles Kokolores! Interessiert uns nicht!"

Phil trumpfte auf: „Ich bin ein unbescholtener Mensch! Sehen Sie sich vor! Die Behörden in den Staaten lassen nicht mit sich spaßen, wenn man grundlos gegen Landsleute vorgeht!"

„Mal langsam!", knurrte Dunkelmann unwirsch. „Spielen Sie hier nicht das Unschuldslamm!"

Und dann wurde er konkret: „Können Sie mir sagen, warum Sie die Haltezeichen der Beamten missachtet haben und sich der Festnahme entziehen wollten?"

„Ich hatte etwas Wichtiges vergessen", sagte Phil. „Ich mußte noch mal zurück. Ich hatte es eilig. Ich bin vermutlich zu schnell gefahren. Eine Verkehrskontrolle hätte mich aufgehalten und ich hätte den Flieger verpaßt!"

„Das haben Sie mit Sicherheit!", knurrte Dunkelmann.

DER DOPPELGÄNGER

Als man Phils Sachen durchsuchte, stellte man zwei Pässe, zwei Flugtickets, ein Handy und eine größere Summe Bargeld sicher. Goldklumpen und Silbertaler fanden sich nicht. Wenn es sie denn gegeben hatte und in dem roten Sofa versteckt waren, hatte Phil sie inzwischen zu Geld gemacht.

Einer der Pässe lautete auf den Namen Philipp Drake, der andere war auf John Houseman ausgestellt. Das gleiche galt für die Tickets. Dunkelmann rätselte: Wer war dieser Houseman? Wie kam Phil in den Besitz seiner Dokumente?

Auf den ersten Blick wiesen die Fotos auf den Pässen keine Unterschiede auf. Beide Passinhaber waren Brillenträger. Phil jedoch kam offenkundig ohne Brille zurecht. Phil hatte eine Narbe im Gesicht. Bei Drake hingegen war davon nichts zu sehen.

Dunkelmann verglich die Tickets. Houseman war zwei Tage früher als Drake in Deutschland eingetroffen. Das warf weitere Fragen auf. Zu diesem Zeitpunkt lebte Cord Drake noch. Wer immer auch dieser Houseman war, er könnte den Erblasser beseitigt und sich dann mit falschen Papieren als Erbe ausgegeben haben.

Dunkelmann ließ die Daten auf dem Handy analysieren. Bei der Auswertung stellte sich heraus, dass Phil wiederholt eine Nummer in den Staaten angerufen hatte. Dunkelmann nahm umgehend Kontakt auf.

Er schickte einen Mitarbeiter vor: „Machen Sie das! Mein Englisch reicht nicht. Die Amis kann ohnehin keiner verstehen!“

Es meldete sich eine Frau. Sie gab sich als Drakes Ehefrau aus. Man stellte klar, dass es sich um eine offizielle Anfrage seitens der deutschen Behörden handelte. Die Frau gab sich überrascht. Einen Anruf der Kripo hatte sie nicht erwartet.

Man bedauere, ließ man wissen, es gebe einiges zu klären ihren Mann betreffend.

Ihr Mann sei ein weitläufiger Nachkomme der Drakes, teilte sie auf Nachfrage mit. Er sei Prediger von Beruf. Sie seien einfache Leute. Die Familie sei kinderreich. Es sei nicht immer leicht gewesen, alle durchzubringen. Dass ein Erbe zu erwarten sei, sei eine gute Nachricht gewesen.

Sie sprach davon, dass ihr Mann nach Deutschland gereist sei, um die Angelegenheit abzuwickeln, dann aber mitgeteilt habe, dass der Erblasser unerwartet verstorben sei, vermutlich Selbstmord, eine schreckliche Geschichte! Später habe es geheißen, dass alles geregelt sei und ihr Mann in Bälde in die Staaten zurückkehren werde. Sie habe sich gefragt, warum er nachfolgend nichts mehr von sich habe hören lassen.

Dunkelmann fragte nach, ob sie ihren Mann bei den Telefonaten an dessen Stimme erkannt habe. Sie sprach davon, dass sie ihr etwas fremd vorgekommen sei, führte das aber darauf zurück, dass das bei Ferngesprächen öfter der Fall sei.

Er signalisierte seinem Mitarbeiter, dass er sich nach John Houseman erkundigen solle.

Sie kenne den Mann, versicherte die Frau. Er sei ein Nachbar. Ihr Mann habe sich hin und wieder mit ihm getroffen. Freunde seien sie eher nicht gewesen, aber irgendwie habe man zusammengehört, weil auch die Vorfahren der Housemans aus Dalborn in Lippe stammten. Houseman sei Sicherheitsbegleiter bei einem Luftfahrtunternehmen gewesen, ließ sie wissen, sei aber seit Längerem arbeitslos. Vermutlich habe man ihn gefeuert, warum könne sie nicht sagen. Sie sprach von einer zwielichtigen Erscheinung und glaubte zu wissen, dass er bei der Polizei kein unbescholtenes Blatt sei.

Er sei ein gewitzter Kerl, meinte sie, der sich gern als Charmeur gegeben, aber nie eine feste Beziehung gehabt habe. Er habe ziemlich eitel gewirkt und großen Wert auf sein Äußeres gelegt. Er habe sich ungewöhnlich cowboyhaft gekleidet. Zu seinem Outfit habe stets eine schwarze Baseball-Kappe gehört und er habe eine ausgesprochene Vorliebe für schwere Motorräder gehabt. Zu den Besonderheiten hätten auch ein Feuerzeug gezählt, auf dem sich ein merkwürdiges Zeichen befunden habe. Man habe immer gerätselt, was es damit auf sich haben könnte.

Man habe sich gefragt, fuhr sie fort, womit er seinen aufwändigen Lebensstil finanzierte, denn angeblich sei er ständig knapp bei Kasse gewesen. Er habe von Ausbeutung und Diskriminierung gesprochen und sich darüber beklagt, dass sich andere auf seine Kosten bereichert hätten. Das habe auch für die Familie ihres Mannes gegolten, denn die Drakes hätten vormals die Notlage ihrer Nachbarn ausgenutzt und deren Hof weit unter Preis an sich gerissen.

Dunkelmann ließ ausrichten, dass es Ungereimtheiten gebe, was den Verbleib ihres Mannes betreffe. Sie gab sich, wie erwartet, entsetzt und wollte Einzelheiten wissen. Dunkelmann hielt sich vorerst bedeckt und versprach, sich umgehend zu melden, sobald die Ermittlungen abgeschlossen seien.

Dunkelmann verglich erneut die Pässe. Auf den Fotos waren sowohl Houseman als auch Drake Bartträger. Haar- und Augenfarbe waren jedoch auf den Schwarz-Weiß-Aufnahmen nicht zu erkennen.

Auf Nachfrage teilte Drakes Frau mit, ihr Mann sei blond und habe blaue Augen. Houseman dagegen sei dunkelhaarig und habe braune Augen. Damit stand fest, dass Phil sein Aussehen manipuliert hatte, indem er die Haare blond gefärbt und sich eine Brille zugelegt hatte, die die Farbe seiner Augen verdecken sollte.

Dunkelmann ließ Spuren, die man an der in meinem Keller verscharrten Leiche gefunden hatte, in die USA verschicken. Drakes Frau stellte ein Haar zur Verfügung, das im Kamm ihres Mannes steckte. Das Ergebnis war eindeutig. Bei dem Toten handelte es sich um Philipp Drake. Damit stand fest, dass Phil ein Doppelgänger war, dass er in Wirklichkeit John Houseman hieß und der Verdacht begründet schien, dass er sowohl den Erblasser als auch den wahren Erben beseitigt hatte, um sich in den Besitz des Erbes zu bringen.

Es schien an der Zeit zu sein, Drakes Frau reinen Wein einzuschenken. Das mit dem Erbe gehe in Ordnung, ließ Dunkelmann ausrichten, aber was ihren Mann betreffe, gebe es leider keine guten Nachrichten. Man bedauere, mitteilen zu müssen, dass er nicht mehr unter den Lebenden weile.

Dunkelmann ließ bei den amerikanischen Behörden nachfragen. Die Auskunft ließ aufhorchen: Houseman war wegen Betrügereien und Waffenmissbrauch, Mitgliedschaft in einer paramilitärischen Bürgerwehr und Beteiligung an Übergriffen auf Ausländer vorbestraft.

Die Staatsanwaltschaft fand hinreichende Gründe für eine Anklage. Als sich Houseman vor dem Landgericht Detmold verantworten musste, war ich aus beruflichen Gründen vor Ort. Die Verteidigung bestritt jede Schuld ihres Mandanten. Er sei weder für die fremdenfeindlichen Ausschreitungen in Dalborn noch für den Tod von Cord und Philipp Drake verantwortlich.

Als Philipp Drake nach Deutschland habe reisen wollen, um ein Erbe anzutreten, habe Houseman ihn begleiten wollen in der Absicht, bei dieser Gelegenheit die Heimat seiner Vorfahren kennenzulernen. Da Drake aus beruflichen Gründen nicht umgehend habe anreisen könne, sei er allein vorausgeflogen. Bei seiner Ankunft in Dalborn sei ihm zu Ohren gekommen, dass der Erblasser unverhofft verstorben sei. Wie allgemein angenommen, sei Houseman von einem Unfall ausgegangen.

Er habe sich gewundert, dass Drake nicht, wie verabredet, nachgekommen sei, sich aber zunächst nichts dabei gedacht. Noch bevor er Drake vom Ableben des Erblassers habe in Kenntnis setzen können, sei Wolfgang Tötemeier aufgetaucht. Von ihm habe er erfahren, dass Drake bei einem Verkehrsunfall ums Leben gekommen sei. Er sei Tötemeier aus unerklärlichen Gründen vor den Wagen gelaufen. Tötemeier habe befürchtet, seine Unschuld nicht beweisen zu können. Er habe deshalb die Leiche beseitigen wollen und sei bei der Suche nach einem Ort, an dem sie unentdeckt bleiben würde, darauf verfallen, sie in Dalborn im Keller eines Hauses zu vergraben, das seinerzeit leer gestanden habe.

Houseman habe den Vorfall eigentlich melden müssen, räumte der Verteidiger ein, habe sich aber aus der Sache heraushalten wollen. Dass er sich mit Hilfe von Drakes Papieren widerrechtlich in den Besitz des Erbes habe bringen wollen, sei indes ein Fehler gewesen, den er zutiefst bereue, der aber insofern durchaus nachvollziehbar sei, als sein Mandant der Auffassung gewesen sei, die Drakes hätten sich vormals auf Kosten seiner Vorfahren bereichert. Hinzu komme, dass Houseman eine schwere Kindheit durchgemacht habe und deshalb zeitweilig auf die schiefe Bahn geraten sei. Später aber habe er einen kompletten Sinneswandel vollzogen und als Airmarschall ein untadeliges Leben geführt.

Als der Verteidiger abschließend zu dem Ergebnis kam, dass damit jeglicher Mordverdacht vom Tisch und nur der Tatbestand des Urkundenmissbrauchs zum Zweck der Erberschleichung erwiesen sei, zog Dunkelmann empört die Augenbrauen hoch.

Wie es aussah, hatte Tötemeier keine Chance. Dass er die Übergriffe in Dalborn organisiert hatte, galt als sicher. An seinem Messer hatte man Blutspuren von Özlem entdeckt und als man seine Jacke unter die Lupe nahm, stellte sich heraus, dass die Blutflecken von Amor stammten. Ein Abgleich zwischen dem Einschussloch im Nacken der Leiche und dem Kaliber von Tötemeiers Revolver deutete darauf hin, dass er den tödlichen Schuss auf Philipp Drake abgegeben hatte. Auch was den Tod von Cord Drake betraf, gab es eindeutige Indizien. An der Kleidung des Erwürgten hatte man Spuren gefunden, die von Tötemeier stammten, und auch die Fußspuren, die zum Teich führten, passten zu ihm.

Die Verhandlung wurde vertagt. Als man Houseman und Tötemeier abführte, warteten zahlreiche Einwohner aus Dalborn am Portal des Landgerichts in der Paulinenstraße. Man sah ihren Mienen den Unwillen an. Ich hörte, wie Gerstekorn die Bemerkung herausrutschte: „Die kleinen Fische fängt man, die großen läßt man laufen!" Kluckhan stand etwas abseits und schwieg. Er mochte froh sein, dass er nicht mehr in die Sache hineingezogen wurde.

Ich zückte die Kamera und hielt fest, wie die Beamten Houseman und Tötemeier zu einem Polizeifahrzeug führten. Ich hatte ein Sonderfahrzeug mit aufwändigen Sicherheitsvorkehrungen erwartet, aber es sah so aus, als handelte es sich um einen normalen Kleinbus. Houseman und Tötemeier trugen Handschellen. Houseman hatte eine dunkel getönte Brille auf. Tötemeier verbarg sein Gesicht hinter einem Aktenordner. Zwei Beamte verfrachteten sie auf die Rücksitze. Aus den Augenwinkeln glaubte ich zu erkennen, wie Houseman höhnisch zu mir herüberblickte.

Ich beschloss, dem Polizeifahrzeug zu folgen. Da ich meinen Pressewagen in unmittelbarer Nähe geparkt hatte, hatte ich keine Mühe, mich hinter das Einsatzfahrzeug zu setzen.

Die Strecke zu Haftanstalt in der Bielefelderstraße war kurz. Ich kannte mich in der Gegend aus und war auch mit der Einrichtung der Anstalt bestens vertraut. Als Reporter hatte ich wiederholt Termine vor Ort. Die Gebäude waren hochmodern und bestens ausgestattet. Ich dachte zwangsläufig an das ehemalige Zuchthaus am Bruchberg. Heutzutage wird es als Café genutzt, aber vor Zeiten, als der Vater des Dichters Christian Dietrich Grabbe dort „Zuchtmeister" war, ging es in dem Gebäude weniger gemütlich zu. Unlängst hatten Archäologen ein Tunnelgewölbe freigelegt und neun Goldmünzen gefunden. Vermutlich hatte ein Häftling sie dort heimlich vergraben. Ich fragte mich erneut, ob auch in dem roten Sofa ein Schatz versteckt war.

Kurz bevor wir die Zufahrt zur Haftanstalt erreichten, wurde ich urplötzlich aus meinen Gedanken gerissen. Von hinten näherte sich mit hoher Geschwindigkeit ein Wagen. Er überholte uns, setzte sich vor das Polizeifahrzeug und bremste abrupt ab. Der Fahrer des Polizeifahrzeugs konnte eine Kollision nur im letzten Moment verhindern. Auch ich musste energisch in die Bremsen gehen, um nicht aufzufahren.

Aus dem Fahrzeug stürzten zwei Maskierte. Einer gab einen Schuss auf die Reifen des Polizeifahrzeugs ab und hielt den Fahrer in Schach, der andere richtete seine Waffe auf die beiden Beamten im Fond und forderte sie auf, die Türen zu öffnen. Die Verwirrung auf Seiten der Besatzung war augenscheinlich groß. Die Beamten kamen nicht dazu, zu ihren Waffen zu greifen, oder glaubten, dass sie in ihrer Lage keine Chance hatten. Houseman und Tötemeier sprangen aus dem Wagen und brachten sich in dem wartenden Fluchtfahrzeug in Sicherheit. Die beiden Maskierten folgten ihnen. Der Fahrer gab Gas und rauschte davon. Eine Großfahndung wurde eingeleitet, aber die Suche verlief fürs Erste ergebnislos.

Die spektakuläre Flucht der beiden Halunken sorgte für Aufsehen in der Öffentlichkeit. Von Leichtfertigkeit und Versagen der Behörden war die Rede. Der Polizeipräsident und der Landrat waren in Nöten.

Ich hatte ausführlich über die Gerichtsverhandlung und den Verlauf der Flucht berichtet. Ich sprach von Indizien, die vermuten ließen, dass Tötemeier sowohl fremdenfeindliche Übergriffe als auch zwei Morde auf dem Gewissen habe, dass hinter den Kulissen gemunkelt werde, Houseman sei der Drahtzieher, dass sich die beiden aber durch ihre Flucht der Verantwortung entzogen hätten und die Verhandlungen vorerst ins Stocken geraten seien.

Mein Chef war angetan. „Gut gemacht! Das war eine fette Schlagzeile wert."

Er ließ durchblicken, dass das für meine Karriere positive Auswirkungen haben könnte. Ich würde also künftig nicht länger der „kleine Zeitungsfritze" bleiben.

Ich informierte Hilde. Ich hatte sie gleich am Handy: „Hab deinen Bericht gelesen. Schade, dass die Kerle der Polizei durch die Lappen gegangen sind. Ich hoffe, dass sie Tötemeier bald schnappen. Der muss schleunigst hinter Schloss und Riegel! Phil hofft glimpflich davonzukommen, aber wie es scheint, ist er alles andere als ein Unschuldslamm. Du glaubst gar nicht, wie wütend ich auf ihn bin! Der soll mir noch mal kommen! Offensichtlich habe ich mich gründlich in ihm geirrt. Jetzt weiß ich, warum er mit mir anbändeln wollte! Hätte ich das doch früher begriffen und mich nicht auf ihn eingelassen! Tut mir leid, dass sich das so unerfreulich auf unsere Beziehung ausgewirkt hat. Sei bitte nicht böse, Schatz!" Und dann sprach sie davon, dass es zur Zeit bei ihr ohnehin nicht rosig aussehe. „Ich glaube, die Auszeit war keine gute Idee", meinte sie vorsichtig.

Sie schwieg einen Augenblick und schien auf eine Antwort zu warten.

Was sollte ich sagen? „Pech gehabt!", wäre gemein gewesen. Ich versuchte es mit Bedauern und Aufmunterung: „Kopf hoch, du lebst noch!

Und dann rutschte mir heraus, was ich zuvor nie über die Lippen gebracht hätte: „Wir können ja noch mal über alles reden!"

Auch Dunkelmann sah Gesprächsbedarf. Wir wollten uns in seiner Wohnung treffen. Sie lag in einem mehrstöckigen Fachwerkgebäude in der Detmolder Exterstraße. Im Untergeschoß befand sich ein Lokal. Er hatte vor dem Haus auf mich gewartet. In seinem Rücken hing die Speisekarte: „Ziemlich schnieke Bude und schweineteuer!", ätzte er verächtlich.

Wir nahmen den Nebeneingang für die Mieter. Eine verwinkelte Eichentreppe mit verschnörkeltem Geländer führte in das Obergeschoß. Bei jedem Schritt knarrten die hölzernen Stufen.

„Hier hört jeder, wenn jemand kommt!“, meinte er scherzhaft. „Hat aber auch seinen Vorteil, sicherheitsmäßig sozusagen!“ Aus ihm sprach der Kriminalist.

Es war düster im Vorraum zu seiner Wohnung. Trotz Brille dauerte es eine Weile, bis er den richtigen Schlüssel gefunden hatte: „Es wird immer schlechter mit dem Kieken!“, meinte er. „Wenn das so weitergeht, brauche ich demnächst eine Lupe!“

Wir landeten schnurstracks in seiner Küche: „Ich habe nur zwei Räume, Bad und Klo“, sagte er. „Das reicht mir. Ich lebe hier schon lange allein. Es kommt nicht oft vor, dass ich Besuch habe.“

Er schaltete das Licht ein und bat mich, meinen Mantel abzulegen: „Da an die Haken!“, kommandierte er. „Eine Garderobe gibt's hier nicht.“

Auch in der Küche befand sich nur das Nötigste: Außer einem Küchenherd mit vier Heizplatten gab es eine Nirosta-Spüle, einen Eisschrank und eine Arbeitsplatte, auf der sich diverses Haushaltsgerät nebst einigen Dosen und Flaschen häufte. Hinter einer Tür befand sich die Vorratskammer. An der Fensterseite stand ein Esstisch mit vier Stühlen.

Die Einrichtung schien schon etliche Jahre auf dem Buckel zu haben. Am Herd gab es Spuren, die verrieten, dass schon öfter Speisen angebrannt und Töpfe übergelaufen waren.

„Nicht so genau hinschauen!“, warnte er. „Ist eben ein Junggesellenhaushalt. Bei Ihnen ist bestimmt alles ordentlicher.“

Ich hätte von Hildes Sauberkeitswahn sprechen können und davon, dass ich die meiste Arbeit am Hals hatte, verkniff mir aber den Hinweis.

Er bat mich, Platz zu nehmen, und holte Bier aus dem Kühlschrank und zwei Gläser.

„Der Kühlschrank hat seine Mucken“, entschuldigte er sich. „Ich hoffe, das Bier ist kalt genug. Manche legen Wert darauf. Mir ist das wurscht!“

„Denn man prost!“, sagte er. „Gleich gibts noch einen kleinen Happen.“

Er hatte mal wieder für Deftiges gesorgt und auf dem Markt Pickert, geräucherte lippische Leberwurst und Pflaumenmus besorgt.

„Sie sind doch von hier“, meinte er. „Dann kennen Sie das. Davon kann man nicht genug haben! Praktische Sache, spart das Kochen, kein modernes Fast Food, aber alles fix und fertig. Ich bin es leid, mich ständig mit Brot, Butter und Aufschnitt zu bevorraten. Das wird ratzfatz schlecht. Lohnt sich nicht für eine Person.“

Er wickelte die Sachen aus dem Papier und schaffte aus dem Geschirrschrank Teller und Besteck herbei.

„Auf Servietten müssen wir verzichten“, meinte er. „Die gibt es bei mir nicht. Das macht nur unnötig Arbeit.“

„Ich bin Ihnen dankbar“, sagte er nach dem Essen, „dass Sie uns bei den Recherchen so eifrig unterstützt haben. Wir sollten die Gelegenheit nutzen und die Sache noch einmal der Reihe nach durchgehen.“

Er setzte seine Brille ab, zündete sich, wie gewohnt, seine Pfeife an und blies den Rauch nachdenklich in unterschiedliche Richtungen.

„Houseman hat uns die ganze Zeit an der Nase herumgeführt, aber ich bin zunehmend zu der Auffassung gelangt, dass er der heimliche Drahtzieher war. Vor Gericht hat er jede Mittäterschaft abgestritten. Die Kappe könnte beweisen, dass er dabei war, als man die Leiche in Ihrem Keller vergrub. Das beweist allerdings nicht, dass er Phil Drake erschossen hat. Vermutlich muss Tötemeier die Sache ausbaden. Vielleicht nimmt er alles auf sich in der Erwartung, dass Houseman ihn wieder aus der Patsche hauen wird.

Fangen wir mit der Ausgangslage an: Houseman stammt aus ärmlichen Verhältnissen. Er hat es nicht weit gebracht. Er hat vermutlich auch keine Frau gefunden. Er mochte einen Hass auf alle entwickelt haben, die erfolgreicher oder auf die eine oder andere Weise anders waren als er. Er wollte sich durchsetzen. Dabei war ihm jedes Mittel recht.

Houseman wusste, dass Cord Drake sein Besitztum noch bei Lebzeiten überschreiben und Philipp Drake nach Deutschland reisen wollte, um das Erbe anzutreten. Houseman war heimlich vorausgereist. Als Erstes musste er dafür sorgen, dass ihm der eigentliche Erbe nicht in die Quere kam. Der Mord muss von langer Hand geplant gewesen sein. Ich gehe davon aus, dass Houseman und Tötemeier schon länger in Kontakt standen, möglicherweise über ein globales, rechtsradikales Netzwerk. Houseman wusste, wann Drake in Deutschland eintreffen würde. Er hatte sich mit Tötemeier verabredet und sie hatten Drake kurz vor Dalborn aufgelauert und seinen Volvo zum Anhalten gezwungen.

Drake an Ort und Stelle zu töten, wäre zu riskant gewesen, denn sie mussten befürchten, dass jederzeit ein Auto auftauchen könnte und ihre Aktion nicht unbemerkt geblieben wäre. Sie hatten Drake aus dem Wagen gezerrt und auf den Rücksitz verfrachtet und Tötemeier hatte sich hinter das Steuer gesetzt. Er war in den Forstweg abgebogen, hatte an dem Teich angehalten und Drake kaltblütig erschossen. Anschließend hatte Houseman Drakes Pass, Flugticket sowie sämtliche Erbunterlagen an sich genommen.

Sie hätten die Leiche im Wagen belassen können. Das mochte ihnen nicht sicher genug gewesen sein. Sie hatten sie deshalb in Ihrem Keller verscharrt und anschließend den Volvo in dem Teich versenkt. Houseman hatte sich ein perfektes Versteck ausgedacht. Das Wasser des Tümpels ist trübe und mit Algen übersäht. Das Ufer ist sumpfig und der Zugang zum Teich entsprechend schwierig. Selbst wenn ein Spaziergänger dort vorbeigekommen wäre, hätte er einen großen Bogen um das Gewässer gemacht. Nur an einer einzigen Stelle des Ufers gibt es einen festen Untergrund. Dort muss man den Volvo ins Wasser geschoben haben. Wenn es überhaupt Radspuren gab, waren sie inzwischen verwischt oder überwachsen.

Houseman suchte anschließend Cord Drake auf und gab sich als Erbe aus. Er hatte allerdings nicht damit gerechnet, dass Kluckhan kurz zuvor aufgekreuzt war. Aufgrund der Würgeattacke seitens Kluckhan fand er den Alten entsprechend geschwächt in seinem Bett an. Das war nicht gerade ein passender Moment, um Erbangelegenheiten zu besprechen! Der Alte könnte zudem misstrauisch geworden sein. Mag sein, dass er Fotos von dem wahren Erben besaß und er Unterschiede im Aussehen bemerkt hatte. Ihn könnte auch die Narbe auf Housemans Backe stutzig gemacht haben, denn davon wäre auf den Fotos nichts zu sehen gewesen. Vermutlich gab es bereits im Vorfeld Absprachen bezüglich der Abwicklung der Erbangelegenheit. Dem Alten könnte aufgefallen sein, dass Houseman davon nichts wusste.

Houseman musste befürchten, dass der Schwindel auffliegt. Also musste auch Cord Drake beseitigt werden. Tötemeier hat ihn erdrosselt und zum Teich geschleppt, um ein Ertrinken vorzutäuschen. Das hat offenbar niemand bemerkt und falls man die Würgemale am Hals der Leiche entdecken würde, hoffte man, dass der Verdacht auf Kluckhan fallen würde. Anschließend meldete sich Houseman bei Drakes Frau und versicherte, ihr Mann werde umgehend zurückkehren, sobald die Erbangelegenheit geregelt sei.

Kommen wir zu den Umständen, die ihm einen Strich durch die Rechnung gemacht haben: Er wusste nicht, dass wir nach der Attacke auf die Mühle einen Kleiderfetzen mit einer Wolfsrune und einen einschlägig bemalten Baseballschläger gefunden hatten. Damit war die Spur zu Tötemeier gelegt.

Dass es so lange gedauert hat, bis wir Houseman entlarven konnten, lag daran, dass wir davon ausgegangen waren, dass die Kluckhans den alten Drake auf dem Gewissen hatten. Wie sollten wir auch darauf kommen, dass Houseman Tötemeier dazu angestiftet hatte, den Alten umzubringen? Was Housemans Identität betraf, haben wir uns auf die Feststellungen des Gerichts und des Notars verlassen. Wir ahnten nicht, dass er einen falschen Pass vorgelegt hatte, und zudem hatte er vermeintlich ein sicheres Alibi, denn laut Flugticket war er zur Tatzeit noch nicht in Deutschland.

Leider sind uns bei den Ermittlungen weitere Pannen und Versäumnisse unterlaufen. Wir haben den Augenfälligkeiten in seiner Erscheinung anfänglich zu wenig Bedeutung beigemessen. Sein modischer Aufzug, der Baseballschläger und die Wolfsrune auf dem Feuerzeug passten eigentlich nicht zu einem Geistlichen, ganz zu schweigen von seinen rassistischen und fremdenfeindlichen Äußerungen.

Angesichts der merkwürdigen Widmung in der Bibel hätten wir frühzeitiger dem Verdacht nachgehen können, dass es sich bei ihm um einen Doppelgänger handelte. Wir hätten auch sein Umfeld rechtzeitiger und gründlicher unter die Lupe nehmen sollen. Wir hätten uns fragen sollen, was er vorhatte, wenn er wiederholt mit seinem Motorrad unterwegs war. Wir hätten so herausfinden können, dass er Kontakte zur rechten Szene aufgenommen hatte. Wir haben auch den Blutflecken auf dem Sofa und dem Rat, den Kellerboden zu versiegeln, anfänglich zu wenig Beachtung geschenkt. Uns hätte sofort klar sein sollen, warum er vorgeschlagen hatte, das Sofa baldmöglichst zu entsorgen, und wenn wir uns umgehend in dem Keller umgesehen hätten, wäre die Leiche schon zu einem viel früheren Zeitpunkt entdeckt worden.“

Er klopfte seine Pfeife aus und legte sie zur Seite. „Abgehakt!“, meinte er. „Der Herr sprach, es werde Licht, und es ward Licht!“

„Wie im Tatort“, sagte ich.

„Mag sein“, meinte er. „Nachträglich ist man immer schlauer.“

„Was ist mit der Kappe?“, wollte ich wissen.

„Wir leiten das Beweisstück an die Staatsanwaltschaft weiter“, sagte er. „Wenn demnächst vor Gericht, in Abwesenheit der Beklagten, erneut verhandelt wird, könnte es Anhaltspunkte liefern, Houseman zu überführen.“

Ich wollte wissen, wie es mit dem Verdacht auf Kindesmissbrauch weitergehen würde.

Dunkelmann zuckte mit den Achseln: „Auf Housemans Handy war die Nummer des Mannes gespeichert, der in Verdacht steht, sich auf dem Campingplatz in Lügde an jungen Mädchen vergriffen zu haben. Liesas Mutter hat auf mein Drängen belastende Aussagen gemacht. Aber das dürfte sich totlaufen."

„Ach ja", meinte er schließlich, „da ist noch was. Mir ist zu Ohren gekommen, dass man Houseman, sollte man ihn fassen, in die Staaten ausliefern werde. Ich habe keinen Einblick in die Vorgänge. Das läuft auf höherer Ebene. Ich bin kein Freund von Spekulationen, aber ich will nicht ausschließen, dass ihn die Geheimdienste als V-Mann in die rechte Szene eingeschleust haben. Kann sein, dass man deshalb als Gegenleistung milde mit ihm umgehen wird oder dass er überhaupt nicht belangt wird!"

Angesichts seines Vorstrafenregisters hatte ich damit nicht gerechnet. Schaut man wirklich darüber hinweg, wenn es um Spionage geht? Mein Gott, dachte ich, heutzutage weiß man überhaupt nicht mehr, was Sache ist!

Ich fragte mich, warum man Houseman als Spitzel eingeschleust hatte. Hatte das politische Gründe? Wollten bestimmte politische Kreise in den USA bei uns den Nationalismus schüren? Wollten sie bei uns das Wiedererstarken der Rechten nutzen, um das Land zu destabilisieren? Wollte man einen Konkurrenten im globalen Spiel der Mächte schwächen und letztlich auch die europäische Einigung sabotieren?

Dunkelmann runzelte die Stirn: „Das greift entschieden zu weit, Sieker! Das sind reine Spekulationen! Lassen Sie die Politik aus dem Spiel! Halten Sie bloß dicht! Und kein Wort in der Presse! Wir kommen sonst in Teufels Küche!"

STERNSCHNUPPE

Es ging auf Weihnachten zu. Der Kotten war zu neuem Leben erwacht. Hilde fand, dass ich „die Sache alles in allem recht gut hinbekommen“ hätte.

„Viel zu viel Platz nur für einen“, meinte sie. „Ich könnte mir durchaus vorstellen, hier zu wohnen.“ Aber auf getrennten Schlafzimmern würde sie vorerst weiter bestehen, fügte sie augenzwinkernd hinzu.

Das waren unerwartete Töne und hatte seinen Grund: Ihre neue Beziehung hatte Schiffbruch erlitten. Dabei hatte alles so schön begonnen. „Er war im Bankgeschäft“, sagte sie, „er war ein einflussreicher Mann, vermögend, weltoffen und gebildet! Anfangs gab er sich äußerst großzügig. Er war von meinen Bildern fasziniert. Ein eigenes Atelier für mich war angeblich kein Problem. Wurde aber nichts draus. Er hatte heimlich noch eine andere. Dieser Mistkerl!“

Einzelheiten wollte sie nicht preisgeben.

Wir zogen uns in die Stube zurück und nahmen auf dem roten Sofa Platz.

„Ein richtiges Schmuckstück!“, fand sie.

„Wenn man Altes liebevoll aufpoliert“, sagte ich, „entdeckt man seinen wahren Wert.“

Sie verstand die Anspielung und nickte zustimmend.

Ich kam auf den alten Drake zu sprechen, der sich das Möbel als Hochzeitsgeschenk ausgedacht hatte, und auf den Schatz, den ich darin vermutet hatte.

„Der arme Kerl ist nun auf Wolke sieben“, meinte sie bedauernd. „Er hat es zeitlebens nicht zu einer Frau gebracht und von dem Schatz hat er vermutlich auch nichts gehabt!“

„Wir sollten klüger sein“, fügte sie vielsagend hinzu. „Ich habe eine tolle Idee! Die Deele ist so riesig. Wir brauchen sie eigentlich gar nicht zum Wohnen. Man könnte sie als Atelier nutzen. Wir könnten uns ein gemütliches Eckchen freihalten, mit einem Ehrenplatz für das rote Sofa. Wie findest du das, Schatz?“

Ich nickte beifällig: „Warum eigentlich nicht!“

Sie hat es mal wieder geschafft, dachte ich. Was würde sie sonst noch alles wollen? Aber sie strahlte. So hatte ich sie noch nie gesehen.

Faida hatte es sich zu unseren Füßen bequem gemacht. Ich strich ihr über das seidige Fell. Sie blickte mich mit ihren großen Bernsteinaugen dankbar an.

„Eigentlich ein ganz liebes Tier!“, meinte Hilde. „Sie hat es verdient, dass man sich um sie kümmert!“

Als sie von einem „künftigen Leben zu dritt“ sprach, wußte ich, was sie damit sagen wollte.

Im Dorf hatte sich viel getan. Die Gerstekorns hatten eine Tierpension eröffnet. Das sei weitaus gewinnbringender als alles andere, fand man. Man musste nicht rund um die Uhr parat stehen und bekam keine schmutzigen Hände. „www.hunde-und-katzenportal.de“ hieß die Firma inzwischen im Netz. Das Leistungsangebot war vielfältig: An- und Verkauf, Lieferung frei Haus, auch über Amazon, Rückgaberecht, Versicherungsschutz, Lieferung von Tierfutter und Pflegemitteln, Futterempfehlungen, kostenlose Beratung in medizinischen Fragen und Tipps zum artgerechten Umgang mit Tieren, Hilfestellung in Problemfällen.

Kluckhan war inzwischen im Ruhestand. Das war eigentlich nicht nach seinem Geschmack, aber ansonsten gab es keine Rente.

„Mach deinen Kram allein!“, hatte er mürrisch zu seinem Sohn gesagt. Er werde künftig mehr Zeit für sonstige Dinge haben, hatte er vielsagend angekündigt. Man ging davon aus, dass er vermehrt unterwegs war, um versteckte Nazischätze aufzuspüren.

Kluckie lebte förmlich auf. Endlich war er die ständige Bevormundung seitens des Alten los. Vorbei war die Zeit, als er sich in virtuelle Welten verkroch. Mit dem „Kinderkram“, wie er es nannte, gab er sich nicht länger ab. Er packte kräftig zu und brachte den Hof zügig voran.

Mit Jürgen hatte er sich zunehmend angefreundet: „Prima Kerl! Macht seine Sache gut. Alle Hochachtung!“ Auch mit Özlem kam er bestens klar: „Die ist in Ordnung! Nach der können sich alle die Finger lecken. So eine Frau hätte ich auch gern.“

Man wollte ihn in jüngster Zeit öfter auf dem Hof der Gerstekorns gesehen haben und munkelte von einer Liebschaft mit der Tochter. Es kam deshalb nicht unerwartet, als es hieß, die beiden wollten heiraten. „Nicht schlecht“, meinte man im Dorf. „Da wird wieder mal über den Mist geheiratet. Das tut nicht nur den beiden Höfen, sondern dem ganzen Ort gut.“

Gerstekorn hatte aufgeatmet. „Ich hätte nicht gedacht, dass Kluckie noch an eine Frau kommt“, meinte er, „und schon gar nicht, dass er mein Schwiegersohn werden würde!“

Oma Gerstekorn hatte wacker die Stellung gehalten, aber gesundheitlich ging es ihr zunehmend schlechter. Inzwischen war sie auf einen Rollstuhl angewiesen. Sie konnte es gar nicht fassen: „Dass ich das noch auf meine alten Tage erlebe! So ein Glück für das Mädchen! Und der Junge hat auch wieder einen Vater. Der Herrgott hat es am Ende gut mit allen gemeint.“

Sie fieberte dem Hochzeitsfest entgegen. Es sollte möglichst alles wie früher ablaufen. Sie sah sich bereits auf dem Hochzeitsfoto inmitten ihrer Familie verewigt.

Auch von Özlem und Jürgen ließ sich Erfreuliches vermelden. Die Ernte war reichlich. Der Dorfladen lief gut. Ich schrieb einen wohlwollenden Artikel: „Biobetrieb in Dalborn etabliert. Große Nachfrage. Weitere Projekte in Planung. Wichtiger Schritt zur Belebung des ländlichen Raums.“

Jürgen hatte sich mit Jusuf versöhnt: „Der Kerl tut mir leid. Er kann sich einfach nicht freimachen von seinem Alten. Es wird Zeit, dass er auf eigene Füße kommt. Er kann meinetwegen zu uns in die Mühle kommen. Hier ist immer Platz für einen, der zupacken kann, egal woher er stammt!“

Jusuf hatte gute Kontakte zu türkischen Gemüsehändlern. Von denen könne Jürgen sich was abgucken, meinte er. Die verstünden ihr Geschäft.

Unlängst war Özlems Kind zur Welt gekommen. Das Mädchen sollte Agan heißen. Der Name bedeutet „Sternschnuppe“. Sternschnuppen waren seit Urzeiten geheimnisvolle Zeichen. Der Stern von Betlehem war keine Ausnahme. Sie waren strahlend, aber weit weg, eindrucksvoll, aber flüchtig. Sie konnten ein Menetekel sein oder einen Heiland ankündigen. Für Özlem sollte der Name zum Ausdruck bringen, dass der neue Erdenbürger wie ein Hoffnungsschimmer am Firmament aufgetaucht war.

Alle im Dorf zeigten große Anteilnahme. Özlem und Jürgen wurden mit Glückwünschen und Geschenken überhäuft. Oma Gerstekorn hatte ein silbernes Kettchen aus Familienbesitz beigesteuert. „Es soll nicht länger in der Schublade ruhen“, meinte sie. „Es soll ein Andenken fürs Leben sein!“ An dem Kettchen hing ein kleines Kreuz. Özlem störte das ein wenig.

Jürgen hatte mit großem Aufwand eine Krippe gebaut. Die Gottesmutter hielt ihr Kind liebevoll im Arm. Er hatte die Figur aus Holz geschnitzt. Alle waren erstaunt, wie gut er es verstanden hatte, ihr Özlems Aussehen zu verleihen. Als Kulisse hätte eine Hütte in Özlems Heimat gepasst. Aber er hatte sich für einen Kuhstall nach lippischer Art entschieden: „Das kommt der Realität näher!“

Ich war überrascht, wie angetan Hilde war. Sie fühle sich als „Wahloma“, meinte sie.

Sie hatte sich mit Özlem ausgesprochen: „Es tut mir so leid! Es war alles meine Schuld! Ich war eifersüchtig. Ich hätte meinem Mann keine Affäre mit dir unterstellen dürfen. Ich war es doch, die auf neue Beziehungen aus war!"

Özlem war gerührt und umarmte Hilde: „Wie schön, dass es mit euch beiden wieder klappt! Man muß nur Vertrauen zu einander haben." Wieder wie bei Rosamunde Pilcher, dachte ich.

Auf eine Taufe hatte man verzichtet, aber gefeiert werden sollte dennoch. Weihnachten wäre ein passender Zeitpunkt gewesen. Özlem hatte Bedenken. Die Geburt Jesu sei im Koran verzeichnet, räumte sie ein. Maria, heiße es, habe einen Boten Gottes getroffen, der ihr mitgeteilt habe, dass sie einen Sohn bekommen werde. An einen „Gottessohn" glaube man indes nicht, weshalb man in ihrer Heimat Weihnachten nicht feiere. Das gelte als „Fest der Christen" und Geschenke gebe es erst zum Jahreswechsel.

„Dann bauen wir eine Brücke und feiern an Sylvester!", schlug ich vor.

Özlem strahlte: „Prima Idee!"

Hilde hatte geholfen, die Deele festlich zu schmücken. Özlem und Jürgen hatten für Speis und Trank gesorgt. Kluckie hatte Spanferkel vorbereitet. Oma Gerstekorn hatte Pickert gebacken, mit geräucherter Leberwurst und Pflaumenmus, wie es sich gehört. Gerstekorn hatte ein junges Lamm mitgebracht und es in einer Ecke der Deele auf frisches Stroh gebettet. Die Kinder durften es vorsichtig streicheln.

Oma Gerstekorn schaute vom Rollstuhl aus zu. Frau Kluckhan saß neben ihr. Sie wirkte verschüchtert, als ob sie dem Glück noch nicht so recht trauen wollte. Sie war inzwischen geistig ziemlich verwirrt. Nächtlich hatte sie vermehrt „Erscheinungen". Ihr Mann war angeblich als Geist bei ihr aufgetaucht und wollte sie umbringen.

Er war eingeladen, hatte aber abgewinkt: „Macht euren Kram allein!" Er hatte noch immer nicht verwunden, dass man ihm unterstellt hatte, er habe den alten Drake auf dem Gewissen und sei in die Attacken auf Özlem verwickelt.

Auch mit Özlems Eltern hatte es nach wie vor nicht klappen wollen. „Vater hat auf stur geschaltet und sich völlig zurückgezogen“, ließ Jusuf wissen. „Mutter hat sich alles sehr zu Herzen genommen, macht aber ihren Mund nicht auf.“

Özlem hatte sich damit abgefunden. Sie hätten es im Grunde immer gut mit ihr gemeint, fand sie. Sie hätten es aber nicht verstehen können, dass sie alten Gepflogenheiten nicht habe folgen können.

Wir saßen in großer Runde in der Deele. Das Herdfeuer brannte, auf dem großen Esstisch spendeten zwei Kerzenleuchter ein sanftes Licht. So ähnlich war es auch vormals, wenn Hochzeit oder Kindstaufe gefeiert wurden.

Man stieß auf den neuen Erdenbürger an: „Auf die Zukunft! Auf ein friedliches Miteinander!“

Özlem strahlte. Jürgen strich dem Baby liebevoll über das Köpfchen. Dunkelmann klopfte dem Vater anerkennend auf die Schulter. Oma Gerstekorn war so gerührt, dass ihr die Tränen kamen.

Auch der Gemeindepastor war erschienen. Er gab sich freundlich, aber man merkte ihm an, dass es ihm lieber gewesen wäre, wenn er zur Taufe geladen worden wäre. Nach dem Essen hielt er eine kurze Ansprache. Er brachte seinen Abscheu darüber zum Ausdruck, dass ein vermeintlicher Amtsbruder die böse Saat gelegt hatte.

„Es haben sich schreckliche Dinge ereignet“, schloß er, „aber jetzt hat der Spuk ein Ende. Gott der Herr hat uns in seiner Gnade wieder Frieden beschert. Gottes Mühlen mahlen langsam, aber sicher. Der Herrgott möge die Sünder richten. Möge er ihrer Seele gnädig sein!“

Als Ortsvorsteher ergriff anschließend Gerstekorn das Wort. Er schloss sich den Ausführungen des Geistlichen voll und ganz an, bedauerte, dass es so lange gedauert habe, bis die ungeheuerlichen Straftaten endlich hätten geklärt werden können und der Verdacht nicht länger auf einem aus dem Dorf gelastet habe. Er betonte, dass man seit jeher im Dorf zusammengehalten und Probleme gemeinsam zu lösen verstanden habe, vergaß nicht, auf die gelungene Einbürgerung einer tüchtigen jungen Ausländerin zu verweisen, und gab seiner Genugtuung Ausdruck, dass die Höfe Kluckhan und Gerstekorn auf friedliche Weise zusammengekommen seien.

Dunkelmann war der Mittelpunkt des Geschehens. Alle fühlten sich ihm zu Dank verpflichtet. Ich hatte für ihn das rote Sofa in die Deele geschafft, als Ehrenplatz sozusagen. Er gab seiner Freude Ausdruck, dass der komplizierte Fall nach langem Hin und Her aufgeklärt war: „Mit Houseman ist uns ein dicker Fisch ins Netz gegangen. Wer weiß, was er und sein Kumpan sonst noch angestellt hätten! Ende gut, alles gut. Der Herr sprach, es werde Licht, und es ward Licht! Leider sind uns die beiden Halunken am Ende durch die Lappen gegangen. Die Suche nach ihnen ist noch im Gange. Ich hoffe, dass man sie baldmöglichst schnappt. Mal sehen, was kommt! Ich gehöre noch nicht zum alten Eisen!"

Alle klatschten lebhaft Beifall und ließen ihn hochleben. Dunkelmann wehrte bescheiden ab, zündete sich die Pfeife an und ließ den Rauch kreiseln. Man sah ihm an, dass er unzufrieden war.

Als es dunkel wurde, war wieder einmal eine Feuerschau angesagt. Alle verfolgten begeistert, wie die Feuertöpfe durch das nächtliche Dunkel wirbelten. Ich dachte an die Nacht, als Özlems Hochzeit in der Mühle gefeiert wurde. War der böse Spuk jetzt endgültig vorbei? Kann beinahe nicht sein, dachte ich. Das wäre zu schön, um wahr zu sein!

Ich hatte einen abschließenden Artikel verfaßt: „Frieden in Dalborn wieder eingekehrt. Brücken zwischen den Kulturen gebaut. Muslimisches Mädchen im Dorf integriert". Als Titel hatte ich gewählt: „Ein lippisches Weihnachtsmärchen".

Mein Chef war des Lobes voll: „Gut gemacht! Das war eine tolle Story. Das kam bei den Lesern gut an. Das mit dem Brückenbauen klingt gut, aber an ein echtes Happy-End kann ich nicht glauben. Das kommt leider nur im Herzkino vor."

In der Tat war noch längst nicht alles im Lot. Özlem steckte noch immer der Schrecken über die Ausschreitungen in den Knochen. Houseman und Tötemeier waren überführt, konnten aber nicht dingfest gemacht werden. Würden sie eines Tages wieder auftauchen? Und was mochte Kluckhan noch alles aushecken? War seine Suche nach Hinterlassenschaften des Dritten Reichs eine harmlose Marotte oder könnte auch er ein potenzieller Gefährder werden?

Mord und Totschlag, wohin man schaut! Gilt das Gesetz des Stärkeren? Will das nie aufhören? Und woran klammern wir uns in unserer Sehnsucht nach einer heileren Welt? Ist Liebe eine Fiktion? Geht es unter den Menschen auch nur ums Beutemachen? Ist der Mensch im Grunde ein Wolf?

Ich wollte alles hinter mir lassen und auf andere Gedanken kommen.

Hilde hatte wie immer den passenden Rat zur Hand: „Flieg doch mal für eine Woche nach Teneriffa! Da bist du weit vom Schuss! Dort kannst du die Seele baumeln lassen."

Als ich nach meiner Ankunft auf mein Gepäck wartete, wollte ich die Zeit nutzen und mir Zigaretten kaufen. Auf der Insel waren sie erheblich billiger als daheim. Ein Laden war ganz in meiner Nähe.

Als ich meine Geldbörse aus der Tasche kramte, wollte ich meinen Augen nicht trauen, als ich auf ein Feuerzeug stieß, das Faida im Dalborner Forst erschnüffelt hatte. Es mußte Houseman gehören, denn auf ihm fanden sich seine Initialen.

Nachdem erwiesen war, dass Philipp Drake an gleicher Stelle erschossen wurde, wollte Dunkelmann das Feuerzeug vor Gericht als Beweisstück verwenden. Dazu war es bei Prozeßbeginn nicht mehr gekommen, sollte jedoch bei nachfolgenden Verhandlungen Berücksichtigung finden.

Leider hatte ich vergessen, es Dunkelmann vor meiner Abreise zur Verfügung zu stellen. Ich wußte, was das für mich bedeutete: Houseman würde mit allen Mitteln versuchen, es wieder in seine Hand zu bringen, und falls er Wind davon bekommen sollte, dass ich mich in Teneriffa aufhielt, mochte er mir dort nachstellen.

Ich hatte genug hinter mir. Was sich in Dalborn abgespielt hatte, reichte mir. Der Schock saß mir noch in den Knochen. Ich konnte nicht ahnen, was alles auf mich zukommen würde. Es sollte eine lange Geschichte werden, die an anderer Stelle erzählt werden will.

BAND 2: TANZ AUF DEM VULKAN

Wenn Sie wissen möchten, wie es weitergeht, dann lesen Sie Band 2 „Tanz auf dem Vulkan“, der im Winter 2019 erscheinen wird. Darum geht es:

Der Erzähler kann dem Grauen nicht entrinnen. Bei seiner Ankunft in Teneriffa hat er den Eindruck, dass er von einem Unbekannten beäugt wird, und mutmasst, dass es sich um Houseman oder Tötemeier handelt. Er hat sich auf einer abgelegenen Finca einquartiert. Der Besitzer, der grießgrämige Campesino Lugo, wirkt wenig vertrauenerweckend. Sein Sohn Carlos gilt als labil und gewaltbereit und es hat den Anschein, als sei er auf die schiefe Bahn geraten. Er ist dem Erzähler offenbar feindlich gesinnt, weil er befürchtet, er könnte seine Machenschaften aufdecken. Der Erzähler will nicht ausschließen, dass auch er ihm nachstellen könnte und möglicherweise mit Houseman unter einer Decke steckt.

Dieser Eindruck verstärkt sich, nachdem der Erzähler während einer nächtlichen Autofahrt im Anaga-Gebirge von einem Unbekannten verfolgt und bedrängt wird.

Noch bevor das geklärt ist, kommt es in Dalborn erneut zu Übergriffen. Die Opfer sind die Kurdin Özlem, aber auch ein jüdischer Kunsthändler, der Roma Arpad und die Umwelt- und Friedensaktivistin Rosa. Kommissar Dunkelmann steht vor einem Rätsel. Stecken hinter den Anschlägen erneut rechte Schläger oder inzwischen auch islamistische Gefährder?

Rosa will Frieden schaffen, gerät aber allseits in Bedrängnis. Ihr Freund Harm propagiert offen rechtes Gedankengut und liegt deshalb ständig mit ihr im Streit. Der Konflikt eskaliert, weil er ihr ein Verhältnis zu einem jüdischen Jungen unterstellt, der nicht vergessen kann, was die Nazis seiner Familie angetan haben.

Harms Vater, ein renommierter Berliner Rechtsanwalt, ist eine dubiose Erscheinung. Siegfried Schnieders wird verdächtigt, mit Raubkunst zu handeln, und soll unter falschem Namen leben, um zu vertuschen, dass er der Sohn eines untergetauchten Kriegsverbrechers ist. Ist er der Kopf einer völkisch-nationalen Verschwörerclique? Steuert er rechtsradikale Terrorgruppen? Sind auch Houseman und Tötemeier Teil seines Netzwerks?

Wie sich herausstellt, gehörten zu seiner Klientel zahlreiche Alt-Nazis. Einer von ihnen scheint noch immer unter den Lebenden zu weilen. Rosa glaubt, dass es sich um ihren Großonkel Arvid handelt. Er war als SS-Angehöriger an Kriegsverbrechen beteiligt und hatte sich unter falschem Namen nach Argentinien abgesetzt, könnte aber inzwischen wieder zurückgekehrt sein und ihr nachstellen, weil sie seine wahre Identität aufdecken könnte.

Schnieders taucht unter und beginnt einen perfiden Rachefeldzug. Nach Attacken auf den Kunsthändler und Rosa fällt seinen Ränkespielen auch der junge Roma zu Opfer. Arpad ist inzwischen in die Fänge einer Drogenbande geraten, deren Anführer der aus Afghanistan stammende Talibananhänger Saif ist. Als die Bande auffliegt, wird Arpad von Saif nach Teneriffa verschleppt. Schnieders ist angeblich auch in Drogengeschäfte verwickelt. Ist es ein Zufall, das sich Saif in einem Haus verschanzt, das vormals Schnieders gehörte?

Als der Erzähler erneut auf die Insel reist, kommt es zu einer Reihe von Anschlägen auf öffentliche Einrichtungen. Gehen sie auf das Konto von Saif und Carlos? Der Erzähler behält die beiden im Auge. Während einer Bergtour geht über ihm eine Steinlawine nieder. Wollten sie ihn aus dem Weg räumen?

Nachdem Carlos die Seiten gewechselt hat, wird er von Houseman und Tötemeier gejagt. Kommissar Dunkelmann ist vor Ort und schaltet die Inselpolizei ein. Am Ende kommt es zum Showdown, als Houseman und Tötemeier in einem Höhlensystem auf Carlos und Saif treffen. Schüsse fallen. Eine gewaltige Explosion erschüttert den Vulkanberg. Können die Halunken endlich dingfest gemacht werden, sind sie in dem Labyrinth verschollen oder konnten sie entkommen?

LESEPROBE BAND 2

IM NEBELWALD

Ich sah zu, dass ich die Höhenstraße erreichte, und hielt vor dem ersten besten Haus an. Von meinem Verfolger war nichts mehr zu sehen. Ich hockte wie versteinert in meinem Wagen. Ich konnte mir den Vorfall nicht erklären. Hatte mein Hintermann gedrängelt, weil ich zu langsam gefahren war, oder war er gezielt hinter mir her? Hatte er eine Attacke vor? War ich ihm im letzten Augenblick entkommen?

Ich machte mich schleunigst davon und war erleichtert, als ich wieder auf der Finca eintraf. Ich legte meine Tasche auf einem Tisch neben dem Hauseingang ab, kramte die Schlüssel aus, schloss die Haustür auf und ging in die Küche. Ich reichte Faida das abendliche Leckerchen, suchte auch für mich etwas Essbares zusammen, griff nach einer Flasche Rotwein und einem Glas, setzte mich nach draußen und zündete eine Kerze an.

Ich war hundemüde, aber die Nacht war lau und ich beschloss, noch eine Weile sitzen zu bleiben, bevor ich zu Bett ging. Ich ließ mir Zeit mit dem Essen und goss mir noch ein Glas Wein nach. Faida kuschelte sich neben mir auf dem Boden. Ringsum war es totenstill, doch dann spitzte sie die Ohren. Im gleichen Augenblick vernahm ich einen dumpfen Ruf und mir war, als wäre über mir ein Schatten hinweggehuscht. Das war der Sturmtaucher, vermutete ich, aber Faida wirkte weiterhin erregt.

„Alles in Ordnung, bleib schön liegen!“, beruhigte ich sie und klopfte ihr sanft auf den Rücken.

Ich zündete mir eine Zigarette an, lehnte mich im Stuhl zurück und lauschte in die Nacht. Die Sterne funkelten und der Vollmond versetzte mein Umfeld in ein gespenstisches Licht. Im Spiel von Licht und Schatten wirkte die Silhouette einer hochgewachsenen, vielarmigen Säulenkaktee, als reckten sich Arme verzweifelt gen Himmel. Dann verschwand der Mond hinter Wolken und es kam ein leichter Wind auf. Wenn er durch die Wipfel der Palmen strich, erzeugte er in den Wedeln ein merkwürdig klapperndes Geräusch.

Ich begann zu frösteln, trank mein Glas leer und war im Begriff, den Tisch abzuräumen, als ich glaubte, ein leises Rascheln zu vernehmen. Das Geräusch schien aus Richtung der Mauer zu kommen, die rund um Lugos Wohnhaus verlief. Vielleicht ist eine Katze dort herumgestrichen, sagte ich mir.

Während ich noch angestrengt lauschte, ob sich das Geräusch wiederholen würde, vernahm ich ein kurzes Knacken. Es klang, als habe jemand eine Tür zugeschlagen. Hatte mich jemand beobachtet und sich wieder davongeschlichen? Nicht schon wieder, dachte ich. Was mir unterwegs widerfahren war, reichte mir. Ich konnte mir nicht vorstellen, dass der gleiche Kerl erneut hinter mir her war. Außerdem hätten die Hunde angeschlagen, wenn sich ein Fremder ums Haus geschlichen hätte.

War Lugo verspätet aus der Kneipe nach Hause zurückgekehrt? Er kam immer mit dem Wagen zurück. Motorgeräusche oder Lichtkegel der Scheinwerfer hatte ich jedoch nicht wahrgenommen. Hatte sich einer aus der Familie draußen zu schaffen gemacht? Üblicherweise war man um diese Nachtzeit schon längst zu Bett. Aber vielleicht hatte man vergessen, den Hühnerstall zu schließen oder die Wassernäpfe für die Hunde aufzufüllen. Dann hätte man die Außenbeleuchtung angeschaltet. Doch alles war dunkel geblieben.

Mir kam ein Verdacht: Könnte es sich bei dem Unbekannten um Carlos handeln? Der Kerl erschien mir von Anfang an dubios. Ich war ihm offensichtlich ein Dorn im Auge. War er verärgert, weil ich mich bei dem Streit mit Juan auf die Seite seines Bruders geschlagen hatte, oder gab es etwas zu vertuschen und befürchtete er, dass ich ihm auf die Schliche kommen könnte?

Ich hatte den Eindruck, dass er mich ausspionierte. Hatte er mitbekommen, dass ich ins Anagagebirge aufgebrochen war? War er es, der mich dort verfolgt hatte? Ich erinnerte mich, dass es sich bei dem Wagen, der vor der Bar geparkt war, um einen alten Landrover handelte, wie ihn auch Lugo fuhr. Aber von dieser Sorte gab es jede Menge auf der Insel und leider hatte ich mir das Kennzeichen nicht gemerkt. Wo aber hatte Carlos den Wagen nach seiner Rückkehr gelassen? Hatte er ihn an einer abgelegenen Stelle der Finca abgestellt?

Ich griff zum Tablett, räumte den Tisch ab und trug das Geschirr ins Haus. Es dauerte eine Weile, bis ich alles in der Küche verstaut hatte. Als ich zurück war, löschte ich die Kerze und griff zu meiner Tasche. Ich war mir ganz sicher, dass ich sie wieder verschlossen hatte, nachdem ich den Haustürschlüssel entnommen hatte. Jetzt aber lag sie offen da! Hatte sich jemand daran zu schaffen gemacht? Ich schaute nach, ob etwas fehlte.

Ich durchsuchte ein Seitenfach, in dem ich meine Papiere, mein Bargeld und meine Kreditkarte aufbewahrte. Die Sachen waren noch vorhanden. Mir fiel nichts ein, worauf ein Dieb sonst noch scharf sein könnte.

In dem Fach hatte auch ein Feuerzeug gesteckt, das ich im Dalborner Forst gefunden hatte. Bereits beim Einchecken vor dem Abflug nach Teneriffa hatte ich bemerkt, dass es versehentlich in mein Handgepäck geraten war.

Jetzt aber war es verschwunden. Ich wusste, dass es Houseman gehörte, denn auf ihm fanden sich seine Initialen. Nachdem sich herausgestellt hatte, dass es an der gleichen Stelle gelegen hatte, an der Philipp Drake erschossen wurde, sollte es als Beweisstück zur Verfügung stehen, wenn der Mordfall erneut vor Gericht verhandelt würde. Leider hatte ich vergessen, es Dunkelmann auszuhändigen.

„Verdammt, so ein Mist!“, entfuhr es mir. „Darauf also hat es der Dieb abgesehen!“

Ich wollte nicht ausschließen, dass Houseman herausgefunden hatte, dass ich nach Teneriffa gereist war. War er mir gefolgt? Hatte er auch herausgefunden, dass ich mich auf der Finca einquartiert hatte? Hatte er sich an Carlos herangemacht? Hatte er sich zunutzegemacht, dass auch Carlos es auf mich abgesehen hatte? Hatte er Carlos auf mich angesetzt? Hatte Carlos auf der Lauer gelegen und bemerkt, dass meine Tasche unbeaufsichtigt herumlag? Hatte er die Gelegenheit benutzt, in ihr zu schnüffeln, als ich in der Küche beschäftigt war? Hatte er das Feuerzeug entdeckt und aus den Initialen geschlossen, dass es Houseman gehörte?

Ich musste damit rechnen, dass er umgehend Houseman verständigen würde. Würde Houseman mich künftig in Ruhe lassen, nachdem das Beweisstück wieder in seinen Händen war, oder fürchtete er, dass ich noch mehr gegen ihn in der Hand haben könnte und ihm bei seinen Machenschaften in die Quere kommen könnte? Würde er versuchen, mich aus dem Wege zu räumen?

Am nächsten Morgen tippte ich meinen Artikel über die Tour ins Anagagebirge und schickte ihn meinem Chef. Von den mysteriösen Vorfällen während und nach der Tour ließ ich tunlichst nichts verlauten. Mein Bericht war dennoch nicht so ausgefallen, wie er sich das vorgestellt hatte.

„Das klingt zu negativ!“, mailte er zurück. „Das hört sich an, als ob die ganze Insel verhext wäre. So geht das nicht! Das schreckt die Leser ab! Rücken Sie die Schönheit der Insel stärker in den Vordergrund. Empfehlen Sie Restaurants und Andenkenläden.“

Er hatte bei der Redaktion des „Wochenspiegels“ angerufen. Der Kollege sollte mir einschlägige Tipps geben.

DER AUTOR

Nach dem Studium der Fächer Germanistik, Anglistik, Geographie und Kommunikationswissenschaft und einer Forschungstätigkeit auf dem Sektor Digitalisierung (maschinelle Sprachbearbeitung) schloß der Autor seine Ausbildung mit einer sprachwissenschaftlichen Promotionsschrift ab und war anschließend im gymnasialen Schulbereich tätig.

Als Kriegskind hat er hautnah den Schrecken des Bombenkriegs erlebt. Das hat ihn geprägt und den Anstoß geliefert, den Horror der Vergangenheit aufzuarbeiten. Im Zuge dieses Bemühens enstanden zahlreiche Publikationen zur Geschichte der deutschen Luftfahrt (Arado-Flugzeuge. Vom Doppeldecker zum Strahlflugzeug. Die deutsche Luftfahrt Band 31, Bernard & Graefe Verlag, Bonn 2001 und Edmund Rumpler – Wegbereiter der industriellen Flugzeugfertigung. Die deutsche Luftfahrt Band 32, Bernard & Graefe Verlag, Bonn 2004).

Öffentliches Aufsehen erregte er, indem er aufdeckte, dass die Inhaber dieser vormals namhaften deutschen Flugzeugwerke während des Dritten Reichs massiver Verfolgung ausgesetzt waren. Heinrich Lübbe, Gründer und Hauptinhaber der Arado-Flugzeugwerke und zugleich Großvater seiner Frau, hatte sich geweigert, an Hitlers Aufrüstung mitzuwirken, und wurde 1936 enteignet. Edmund Rumpler, auf dessen legendärem „Taubeneindecker" Lübbe 1911 die deutsche Fluglizenz Nr.

134 erworben hatte, war Jude und kam 1940 auf seiner Flucht ins Ausland unter mysteriösen Umständen ums Leben

Seit 1981 lebt Kranzhoff mit seiner Frau und vier Kindern in Dalborn in einem dreihundert Jahre alten, denkmalgeschützten Bauernhaus. Er widmete sich dem ökologischen Landbau und züchtete Islandpferde und schottische Angusrinder. Seine besondere Liebe zu Hunden spiegelt sich literarisch in der immer wiederkehrenden Windhündin Faida.

In letzter Zeit beschäftigte er sich intensiv mit lippischer Heimatgeschichte. Seine Dokumentation „Dalborn – Chronik eines lippischen Dorfes“, Lippe Verlag 2018, lieferte den Anstoss, die gewonnenen Erkenntnisse in einer Reihe von Kriminalgeschichten erzählerisch umzusetzen mit dem Ziel, Heimatgeschichtliches und aktuelle gesellschaftliche Konflikte so miteinander zu verquicken, dass dem Leser die Zusammenhänge auf unterhaltsame Weise erfahrbar werden.

Printed in Poland
by Amazon Fulfillment
Poland Sp. z o.o., Wrocław

23616143R00129